POUVOIR DE SORCIÈRE

LES SORCIÈRES DE KEATING HOLLOW, TOME 7

DEANNA CHASE

Traduction par
VIVIANE

RÉSUMÉ DU LIVRE

Shannon Ansell ne voulait pas parier avec Brian Knox, mais c'est arrivé comme ça. Maintenant, elle a accepté de sortir avec lui pendant six semaines, le seul homme qu'elle n'aurait jamais dû approcher. Six sorties en tête à tête en six semaines. Elle peut le faire tout en protégeant son cœur, non ? Non. Parce que, pour elle, la seule chose plus irrésistible encore qu'un bon pari, c'est Brian Knox.

CHAPITRE 1

*a*ssise au milieu des ombres, Shannon Ansell sirotait son champagne avec l'envie de se trouver n'importe où sauf au mariage de Jacob Burton et Yvette Townsend. Ce n'était pas qu'elle détestait les mariages… Bon, peut-être que si. Mais cela avait davantage à voir avec l'idée qu'elle se faisait du fait de se marier qu'avec la fête de ce soir. Et elle devait bien reconnaître que celle organisée par Jacob et Yvette était merveilleuse.

Le patio de Doigts de Fée, le spa chic dirigé par Faith Townsend, était éclairé par des guirlandes lumineuses. Des instruments de musique magiques semblaient jouer tout seuls dans un coin, tandis que les invités dansaient dans la fraîcheur de cette nuit d'été. C'était une réception élégante, intime, qui correspondait parfaitement à Yvette et Jacob. Shannon aurait été en train de se déhancher sur la piste en cet instant si elle n'avait pas fait le vœu de ne plus jamais se faire remarquer. Pas après la soirée de la veille. C'était trop gênant. Elle avait sérieusement envisagé de ne même pas venir à la réception, mais comme c'était elle qui avait fourni les desserts et fait le gâteau, elle n'avait pas eu la possibilité de se défiler.

— Salut, ma belle.

Hope Scott se glissa sur la chaise à côté de la sienne et posa une part de gâteau devant elle.

— Mange avant qu'il n'y en ait plus.

Shannon fronça le nez et secoua la tête. Elle savait qu'il était bon. Mieux que bon. Excellent, en fait. Yvette ne l'aurait pas embauchée pour le faire si ça n'avait pas été le cas. Mais Shannon n'était pas d'humeur à manger quoi que ce soit.

— Je vais me contenter du champagne, merci.

— Tu bois pour essayer d'oublier l'enterrement de vie de jeune fille d'hier soir ? demanda Hope en pouffant de rire. Détends-toi. Ce n'était pas si horrible, je t'assure.

Shannon fixa le visage en forme de cœur de la jolie blonde et laissa échapper un rire étouffé d'un air incrédule.

— Pas si horrible ? Arrête, d'accord. J'étais en train de donner des instructions pour s'entraîner à faire une fellation parfaite avec un gode quand Brian et Jacob sont entrés. Pire, je ne me suis même pas rendu compte que Brian était là avant d'arriver à la section gorge profonde de la leçon. Je pense que je vais devoir déménager. Peut-être que je pourrais trouver un job quelque part dans une boulangerie en Europe. Tu crois que c'est assez loin ?

— Non. Pas après ce que j'ai entendu. Je te suivrai, interrompit la voix amusée de Brian dans l'obscurité.

— Bon, ben je vais aller trouver Chad, dit Hope.

Il s'agissait de son fiancé. Elle se leva de sa chaise en faisant un grand sourire à Shannon et articula silencieusement : *Ramène-le chez toi.*

Shannon l'ignora. Pas moyen. Ça n'arriverait pas. Elle se

tourna vers Brian et gémit en voyant son beau visage émerger des ombres.

— Va-t'en. L'occasion pour toi de faire l'expérience de ce talent particulier a disparu il y a des mois de ça.

Il s'assit sur le siège que Hope avait libéré et passa un bras en travers du dossier de la chaise de Shannon.

— Dommage, dit-il.

Oui, c'était dommage. Le visage de Shannon s'embrasa alors qu'elle se souvenait de la nuit où elle s'était jetée sur lui et où il l'avait repoussée. À quoi est-ce qu'elle pensait, bon sang ? Elle ne pensait pas du tout, il était là le problème. Elle ne pouvait même pas mettre ça sur le compte de l'alcool. Ce n'était pas deux verres de vin qui lui avaient fait perdre la tête. Non, elle passait un bon moment avec lui, lors de cette soirée où il l'avait invitée, et elle n'avait pas voulu que ça se termine. Elle avait cru que c'était pareil pour lui, mais quand les vêtements avaient commencé à tomber, il avait pris la fuite. Elle n'avait plus eu de nouvelles de lui jusqu'à un peu plus tôt dans la semaine, quand elle avait acquiescé, comme une idiote, au *pari*.

Six rendez-vous en six semaines. Il devait découvrir ce qu'elle aimait comme genre de sorties et tout organiser. Si un seul de ces rendez-vous se passait mal, il devrait venir nettoyer sa piscine… *en string*… jusqu'à fin octobre. Si tous les rendez-vous se passaient bien et que Brian remportait le pari, elle devrait faire semblant d'être sa fiancée lors d'un mariage dans sa famille. Et puis il faudrait qu'elle lui fasse un massage… *nus tous les deux*.

Argh ! Elle était maso, ou quoi ? Oui. La réponse était certainement oui. Quelle autre explication pouvait-il y avoir pour qu'elle ait accepté un pari aussi ridicule ?

— Alors. Demain soir. Je passerai te chercher chez toi, à six heures, dit-il.

Elle lui jeta un regard de biais.

— Qu'est-ce qui te fait penser que je suis libre, alors que tu me préviens à la dernière minute ?

Ses yeux sombres pétillèrent sous le clair de lune.

— J'ai mes informations.

— Tu es salement arrogant, dit-elle en réprimant un petit rire.

Elle avait envie d'être en colère, mais elle n'y arrivait pas. D'habitude, elle donnait un cours de yoga le dimanche soir, mais il s'avérait que sa classe avait été déplacée au matin cette semaine-ci. Le fait qu'il soit au courant voulait dire qu'il s'était renseigné, comme un bon élève.

— C'est l'une des nombreuses raisons pour lesquelles tu m'aimes bien.

Il lui fit un clin d'œil et, sans demander sa permission, vola une bouchée du gâteau qu'elle n'avait pas touché.

— C'est l'une des nombreuses raisons pour lesquelles tu m'agaces.

Mais son sourire la trahissait. Ça le fit rire.

— D'accord. Je vois ça.

Elle leva les yeux au ciel, mais la vérité, c'était qu'elle était loin d'être agacée. Et son envie de se dissimuler dans les ombres avait disparu. Brian Knox la faisait se sentir toute chose, exactement comme lors de leur premier rendez-vous.

Mince.

Elle n'était pas censée apprécier sa compagnie. C'était un fauteur de troubles, et pas qu'un peu. Le genre d'hommes qui aimaient sortir avec elle, mais prenaient la fuite dès qu'on commençait à envisager de s'engager dans une vraie relation.

Elle avait déjà donné, et elle en avait marre de ce petit jeu. C'était terminé, en ce qui la concernait.

Si bien qu'elle n'était plus censée sortir qu'avec des hommes qui voulaient davantage. Elle était à la recherche d'un véritable partenaire. Brian Knox n'en était pas un. Il le lui avait bien fait comprendre lors de l'unique rendez-vous qu'ils avaient eu, quelques mois auparavant.

Si sa mémoire était bonne, ses mots exacts avaient été : *Pour être franc, Shannon, je ne cherche pas une relation. Ça ne fait qu'amener des ennuis.*

C'était là qu'elle avait décidé qu'il serait sa dernière amourette. Sa dernière tentation. Il était juste trop sexy.

Et puis quand ça avait commencé à devenir chaud entre eux, il avait pris la fuite en marmonnant vaguement qu'il devait se lever tôt le lendemain. Elle n'avait pas compris, elle s'était sentie rejetée, vide à l'intérieur. Cette nuit-là, elle s'était juré de ne plus approcher de ce genre de mecs et de ne sortir qu'avec des hommes qui recherchaient vraiment une relation. Malheureusement, depuis, elle s'ennuyait dans sa vie amoureuse. Après un rendez-vous particulièrement affreux avec un guérisseur d'Eureka qui avait passé toute la soirée à lui faire la soutenance d'un mémoire sur une potion pour faire disparaître les verrues, elle avait craqué et fait ce pari stupide avec Brian.

Elle s'était trouvée dans un état vulnérable. Que pouvait-elle y faire ? On avait bien le droit de s'amuser un peu, non ? Au pire, ces faux rendez-vous seraient ludiques. Cela ne voulait pas dire qu'elle devait renoncer à trouver la bonne personne pour elle.

Elle y réfléchirait demain. Ce soir, elle avait soudain envie de danser.

— Alors, Brian, commença-t-elle.

Il venait de se tourner vers elle quand une voix masculine et chaude déchira l'obscurité.

— Eh, Brian. Bouge. Tu es attendu ici.

Shannon reporta son attention vers le bar temporaire et y aperçut un bel homme avec des cheveux châtain clair, une peau dorée, et un sourire sexy à tomber. À côté de lui se trouvait une petite blonde aux yeux bleus qui souriait en direction de Brian. On aurait dit une fée, et elle n'aurait pas pu être plus différente de Shannon avec sa chevelure rousse flamboyante, ses yeux bruns et son mètre quatre-vingt.

— D'accord, dit Brian en hochant la tête.

Il reporta son attention vers Shannon.

— Qu'est-ce que tu allais dire ?

— Rien. Rien du tout.

Il était hors de question qu'elle avoue avoir été sur le point de l'inviter à danser.

Il étrécit les yeux en l'observant. Shannon haussa un sourcil d'un air de défi. Mais il ne le releva pas. Il se contenta de pouffer de rire et dit :

— D'accord, ma belle. À demain, six heures, alors.

— Comment il faut que je m'habille ? demanda-t-elle, consciente qu'il ne lui donnerait guère de détails.

Il parcourut son corps du regard et un sourire carnassier recourba ses lèvres.

— Sexy.

— Bien sûr, rétorqua-t-elle sèchement.

Il l'emmènerait probablement dîner et danser. Pour être franche, cela tombait dans le spectre des sorties qu'elle appréciait. Elle aimait danser. Mais elle espérait qu'il ferait preuve d'un peu d'imagination quant à l'endroit où il l'emmènerait.

— Bonne nuit, Shannon.

Il se pencha et effleura à peine sa joue de ses lèvres. Et puis il traversa le patio et passa aussitôt un bras autour de la taille de la fille aux allures de fée.

Argh ! Shannon se détourna pour ne pas le voir flirter avec quelqu'un d'autre. Elle savait que cela n'aurait pas dû la déranger. Ils n'étaient pas en couple. Et il n'y avait aucune chance qu'ils le soient d'ici la fin de ce pari. Ils seraient juste amis. Peut-être. Mais rien de plus.

— Ce siège est pris ?

Shannon tourna son attention vers l'homme qui avait incité Brian à revenir au bar. Le clair de lune tombait sur lui et faisait ressortir ses longs cils noirs. Elle dut reprendre sa respiration. Le ciel lui vienne en aide. Il était magnifique et elle ne pouvait s'empêcher de le fixer. Alors que Brian était grand, sombre et sexy avec une cicatrice qui venait couper un de ses sourcils, cette créature avait des yeux clairs qui pétillaient d'humour et un sourire engageant sur un visage qu'on aurait pu contempler des heures sans se lasser. Bon sang de... Où Jacob dénichait-il ses amis ? Canons et Cie ?

— Shannon ? demanda-t-il.

— Heu ?

Elle cligna des yeux pour essayer de se débarrasser du stupide brouillard qui embrumait son cerveau.

— Ce siège est-il pris ?

— Heu, non.

Elle agita la main pour lui indiquer qu'il pouvait s'asseoir.

— Merci.

Il lui tendit la main.

— Nous n'avons pas encore été présentés. Je suis Rex Holiday, un ami du marié.

— Shannon Ansell. Une amie de la mariée... plus ou moins.

— Plus ou moins ?

Ça le fit rire, un ronronnement profond, étrangement apaisant. Il allait falloir qu'elle le fasse recommencer.

— Ça veut dire quoi, ça ? demanda-t-il. Des meilleures ennemies ?

— Plus ou moins.

Elle pouffa de rire à son tour.

— On se connaît depuis des années. Je ne dirais pas vraiment que nous sommes amies, mais Yvette m'a fait confiance pour m'occuper des desserts. Quand nous étions à l'école, j'entretenais une rivalité avec sa sœur Abby qui s'étendait plus ou moins à toutes les sœurs Townsend. Elles sont très famille. Mais peut-être que nous sommes assez âgées maintenant pour que ça n'ait plus trop d'importance.

— C'est toi qui as fait ces caramels au beurre salé en forme de livres ? demanda-t-il, l'air impressionné.

— Oui. Yvette et Jacob dirigent une librairie ensemble. Ça me semblait approprié.

— Eh bien, Shannon Ansell, je rêve que la chocolatière de la ville m'accorde une danse. Qu'est-ce que tu en penses ? Tu veux bien me laisser te mener sur la piste ?

Il se leva et lui tendit la main.

Shannon jeta un coup d'œil à Brian. Il avait la tête penchée vers la petite fée qui lui murmurait quelque chose à l'oreille. Un éclair d'agacement brûlant parcourut sa colonne vertébrale, mais elle l'ignora et plaça sa main dans celle de Rex en répondant :

— Je commençais à me demander quand tu allais me le proposer.

CHAPITRE 2

*U*ne légère odeur de fraises enveloppa Brian alors que Cara se penchait et posait sa paume sur son biceps. Elle pouffait de rire à cause d'une histoire qu'elle était en train de lui raconter et qui impliquait la plage, sa meilleure amie et un problème de vêtements. Normalement, il aurait accordé toute son attention à quiconque serait en train de parler d'une femme à moitié nue, mais son regard était rivé sur la piste où Rex Holiday en personne venait d'enlacer Shannon.

Ma Shannon. La pensée lui traversa l'esprit et il dut réprimer un grognement frustré.

Brian n'avait pas été capable de se la sortir de la tête depuis le soir où elle l'avait invité dans son lit et qu'il s'était enfui comme un ado boutonneux trop inexpérimenté pour comprendre ce qu'on lui proposait.

Là était le problème. Il ne savait que trop bien ce qui se serait passé s'il s'était autorisé à se glisser entre les draps avec la rousse plantureuse. Ils auraient passé un mois incandescent ensemble, et puis il y aurait mis fin. Comme il avait mis fin à toutes ses relations précédentes parce que s'engager, ce n'était pas pour lui.

Et depuis, elle l'avait mis sur liste noire. Il ne pouvait pas lui en vouloir. Il était passé du chaud au froid si vite qu'elle avait dû avoir un choc thermique.

La musique passa à un slow, et Brian étrécit les yeux en regardant Rex attirer Shannon contre lui. Il appuya une joue contre la sienne et dit quelque chose qui la fit sourire, avant de faire légèrement courir sa main sur son bras nu.

L'enflure. Brian sentit tout son corps se tendre et il se demanda si quelqu'un s'en rendrait compte si Rex Holiday venait soudainement à disparaître. Probablement. Il était censé être à Keating Hollow pour un travail saisonnier et donnait un coup de main aux Pelsh avec leur nouveau vignoble. C'était un sorcier de terre doué, spécialisé dans la création de fermes efficaces à petite échelle.

En plus, il était ami avec Rex depuis la fac. Brian l'aimait bien, mais ça ne voulait pas dire qu'il n'avait pas envie de lui en coller une sans prévenir pour la façon dont il pelotait Shannon.

— Brian ? demanda Cara en posant sa petite main sur sa joue. Où est-ce que tu es passé ?

Il ramena son attention sur la jeune femme qui était quasi montée sur ses genoux. Il descendit du tabouret et posa les mains sur ses hanches pour l'empêcher de tomber.

— Désolé, Cara, il faut que je me dégourdisse les jambes.

Elle le dévisagea de ses yeux bleus et vifs.

— Qu'est-ce qui ne va pas ?

— Rien, mentit-il tout en essayant de ne pas regarder vers Shannon et Rex. Pourquoi ça ?

— Tu as l'air… ailleurs.

Bon sang, oui, il était ailleurs, mais il ne comptait pas parler de ça avec elle.

— Tout va bien. Je pensais juste à un projet pour le boulot.

La jeune femme se détendit et elle lui fit un grand sourire.

— Oh, celui pour mon père ?

— Tout à fait, dit-il parce que c'était le seul projet qu'il avait en ce moment.

— J'ai hâte que le spa ouvre. J'ai déjà commandé une robe chez Bella Ballarini. Elle a des designs à tomber. Je pensais à quelque chose de romantique avec de la dentelle. Cela marcherait bien pour un spa chic et new age, non ?

— Oui, tout à fait, dit-il.

Il n'en avait rien à faire.

— Tu me montreras les designs pour l'ameublement ce soir quand on sera rentrés, hein ? Mon père voulait savoir ce que j'en pensais.

Il grinça des dents. Il ne pouvait pas vraiment dire non. Tout comme il n'avait pas vraiment pu refuser de l'héberger dans sa chambre d'amis. Elle s'était invitée alors qu'il était au téléphone avec son père. Robert Manchester avait aboyé de rire et dit :

— Bien sûr que tu iras chez lui. Vous sortez ensemble, non ? Il n'est pas idiot.

Cara avait pouffé de rire et dit qu'elle allait faire ses bagages, pendant que Brian était resté muet de stupéfaction. Depuis quand au juste le vieil homme avait-il décidé que Cara et lui sortaient ensemble ? Cela faisait plus d'un an que Brian n'était même pas passé à Los Angeles. Il avait proposé d'aller avec elle au mariage de Jacob, mais c'était juste parce qu'elle s'était plainte de ne connaître personne à part lui et le marié.

Dès qu'elle avait quitté la conversation, Manchester s'était fait sérieux.

— Elle t'aime vraiment beaucoup, Knox. Quand est-ce que tu vas faire ta demande ?

— Ma demande ? avait balbutié Brian. Qu'est-ce que… ?

— Pas la peine de jouer les surpris. Une fois que vous serez mariés, tu viendras travailler directement pour moi, et tu reprendras la boîte un jour. C'est tout bonnement logique, surtout depuis que nous avons monté ce partenariat entre les corporations Manchester et Knox.

Manchester parlait de la chaîne d'hôtels de luxe que possédait le père de Brian, et de ses propres spas. Les deux hommes étaient amis depuis des années, et le fait que les familles auraient bien voulu voir Brian et Cara s'unir n'était pas un secret. Mais c'était la première fois que quelqu'un se comportait comme s'il y avait quelque chose de plus là-dedans qu'un vœu pieux.

Brian avait ouvert la bouche pour nier fermement toute idée de fiançailles, mais avant qu'il ait pu dire quoi que ce soit, la voix de Manchester avait tonné à l'autre bout de la ligne :

— Il faut que j'y aille, gamin. On reparlera des détails plus tard.

La communication avait été coupée et Brian avait fixé l'appareil avec un agacement sans bornes. Il avait alors eu la certitude qu'il n'aurait pas dû accepter de travailler avec Manchester. Il s'était vaguement demandé si son père et le propriétaire de spas n'auraient pas secrètement conclu une sorte d'accord si jamais Brian épousait Cara. C'était tout à fait plausible. Le père de Brian pouvait être un sale manipulateur quand c'était nécessaire. Si Brian ne travaillait pas avec lui, il y avait une raison.

— Brian, chouina Cara. Quand est-ce que tu comptes m'inviter à danser ?

Il fit un bon pas en arrière, car il avait besoin de mettre de l'espace entre eux. Le souvenir de son père qui essayait de le pousser à l'épouser était bien trop frais. La prendre dans ses bras pour danser avec elle était bien la dernière chose qu'il avait envie de faire. Surtout alors qu'il mourait d'envie de traverser la piste et de renvoyer Rex se rhabiller. Mais il ne pouvait pas dire non à Cara et inviter quelqu'un d'autre juste après sans passer pour un connard de première. Il réprima un soupir et lui tendit la main.

— Une danse, Cara ?

Elle afficha un grand sourire.

— Je commençais à me demander si tu allais m'inviter.

Il ne répondit pas, car en vérité, il ne l'aurait pas fait sans Shannon et Rex. Il attrapa sa main et la tira sur la piste.

— Voilà qui est mieux, dit-elle en lui souriant. Là, on va quelque part.

Oui, ils allaient bien quelque part, pensa-t-il en la faisant tourbillonner dans la direction de Shannon et Rex.

— Wow. Qui aurait cru que tu étais un vrai Fred Astaire ?

Elle se mit aussitôt à son rythme, les yeux brillants d'excitation.

— Tu as pris des cours de danse quand tu étais petit ou quoi ?

— Ou quoi, répondit-il en la faisant glisser en arrière.

Il n'avait pas franchement envie de parler de son éducation. Sa mère était à Broadway avant de rencontrer son père, et elle avait forcé ses enfants à étudier les arts. Il avait choisi la musique et la danse lors de ses jeunes années. À l'époque, les cours de jazz, de ballet et de danse contemporaine l'ennuyaient, car il avait juste envie de jouer de la guitare électrique et de passer tout son temps avec les jeunes branchés du cours de hip-hop. Au lieu de cela, même s'il avait eu le droit de prendre ces cours-là aussi, il avait passé bien plus de temps à jouer du piano et à participer à des démonstrations de jazz organisées par l'école. Avec le recul, il était reconnaissant d'avoir pu faire tout ça. Cela lui avait énormément appris, même s'il n'avait jamais vraiment voulu devenir un artiste. Époustoufler Shannon avec son style lui suffirait… s'il parvenait à l'avoir à nouveau dans ses bras un jour.

— Eh bien, quand ça sera notre tour, on va les laisser babas.

Elle fit quelques pas compliqués, combinés avec un déhanché qui laissait entendre qu'elle avait elle aussi des années d'entraînement.

— Il n'y aura pas de « notre tour », Cara, répliqua-t-il d'une voix bourrue avant de la lâcher sans plus de cérémonie pour aller tapoter l'épaule de Rex.

— Eh, Brian. Qu'est-ce qui se passe ? demanda son ami avec un sourire décontracté.

— Ça te dérange si je m'interpose ?

Il fit un clin d'œil à Shannon qui se tenait à côté de Rex, les bras croisés sur sa poitrine.

— Heu, d'accord.

Rex jeta un œil à Shannon.

— Ça ne te dérange pas, hein ?

Brian haussa un sourcil, la défiant de dire non. Si elle n'avait vraiment pas envie de danser avec lui, il laisserait tomber, mais en ce cas, il comptait bien se rattraper le lendemain. Il la vit hésiter, mais avant qu'elle puisse refuser, il lui tendit la main.

— Montrons-leur comment on fait.

De l'intérêt fit pétiller ses yeux couleur whisky et il sut qu'il avait dit ce qu'il fallait. Avec un grand sourire, il fit un pas en avant, plaça une main sur sa hanche et tira sur celle de Shannon pour l'attirer contre lui.

— Tu es sûr que tu veux faire ça ? murmura-t-elle à son oreille. Ton amie a l'air assez déçue.

Brian ne jeta même pas un regard en arrière vers Cara avant de répliquer :

— Ce n'est pas elle que j'ai envie de tenir dans mes bras pour le reste de la nuit.

Shannon laissa un petit rire lui échapper :

— Parce que moi, oui ?

Il la fixa d'un regard intense.

— Shannon, si c'était moi qui décidais, je te ramènerais chez moi et je resterais collé contre ton corps divin pour les prochaines vingt-quatre heures. Mais comme je sais que tu te contenteras de lever les yeux au ciel et de me dire que j'ai loupé le coche, je vais me contenter de te faire danser.

Elle fronça les sourcils et jeta un coup d'œil par-dessus son épaule.

— Si c'est comme ça que tu traites les filles avec qui tu sors, je ne suis pas sûre que tu mérites six semaines de mon temps.

Il eut l'impression de s'être pris un seau d'eau froide sur la tête. C'était vraiment ce qu'elle pensait de lui ? Bien sûr. Pourquoi en serait-il autrement ? Cara était *vraiment* la personne avec qui il était venu à cette soirée, après tout. Ils étaient arrivés ensemble, s'étaient assis à la même table, et avaient même dansé quelques instants auparavant. Pourquoi Shannon penserait-elle autrement ?

— C'est juste une amie de la famille, Shan. Tu peux me croire. Il n'y a rien entre nous. Nos parents travaillent ensemble.

— Je vois.

Ses sourcils se défroncèrent, mais il y avait toujours une légère note de suspicion dans sa voix.

— Tu ne me crois pas.

C'était un constat, pas une question.

— C'est un reproche ? Je n'ai pas eu de très bonnes expériences avec les hommes.

— Je n'ai pas non plus eu de très bonnes expériences avec les femmes de mon côté, alors je comprends totalement. Mais je crois que si on baissait tous les deux un peu notre garde, on pourrait trouver quelque chose qui vaille nos efforts.

Il fut récompensé par un petit sourire alors qu'elle demandait :

— Oh, comme quoi ?

— Comme ça.

Il leva la main de la jeune femme et la fit tourner sur elle-même juste une fois avant de la ramener contre lui et de l'enlacer à nouveau. Il pencha la tête et abaissa ses lèvres vers les siennes, jusqu'à ce qu'ils ne soient plus qu'à quelques centimètres l'un de l'autre.

La respiration de Shannon accrocha alors qu'elle fixait ses lèvres.

L'envie de la faire sienne était juste là. Tout ce à quoi il pouvait penser, c'était la goûter à nouveau, l'embrasser de manière possessive. Mais quelque chose lui disait qu'il fallait que ce soit son choix. Elle lui avait déjà fait comprendre qu'elle n'avait pas vraiment confiance en lui, et il n'avait pas envie de lui faire prendre la fuite. Alors il appliqua une légère pression en bas de son dos et murmura :

— Shannon, embrasse-moi.

Il n'y eut pas d'hésitation. Elle se dressa sur la pointe des pieds, et quand ses lèvres douces effleurèrent les siennes, Brian l'étreignit plus fort et attendit. Quand sa langue toucha la sienne, il fut perdu. Il enfouit une main dans son épaisse chevelure rousse et se perdit complètement en elle.

CHAPITRE 3

Shannon était assise à une table au fond du Café Incantation. Elle venait juste de donner son cours de yoga et elle poussa un soupir rêveur en fixant son moka tiède. Seigneur. Brian savait danser, hein ? Il lui semblait que c'était la première fois qu'on la faisait tourbillonner ainsi. Et elle sentait toujours ses lèvres sur les siennes, plus de douze heures après. Bon sang. Ce baiser, c'était quelque chose. Ses doigts et ses orteils avaient même commencé à la picoter.

— Oh oh. On dirait que ça se complique, déclara une voix familière.

Shannon releva la tête pour voir Hope Scott – qui répondait auparavant au prénom de Luna – debout devant sa table. Ses cheveux blond miel étaient tirés en arrière en un chignon bien net, et elle portait un pantalon de yoga et un polo avec le logo de *Doigts de Fée*, ce qui voulait sûrement dire qu'elle travaillait et prenait sa pause.

— Je peux me joindre à toi ? demanda Hope, de la sympathie dans ses grands yeux verts.

— Bien sûr. Pourquoi pas.

Shannon désigna de la main la chaise en face d'elle. Hope ne dit rien pendant un moment, tandis qu'elle sirotait son chai latte. Elle s'appuya d'un bras à la table et observa Shannon à sa façon tranquille, jusqu'à ce que cette dernière commence à gigoter un peu.

— Vas-y, balance, finit par dire Shannon.

Elle savait que l'autre femme avait quelque chose en tête, et attendre qu'elle finisse par lâcher le morceau était un peu une torture. Shannon n'était pas du genre à garder ses opinions pour elle, et elle appréciait que ses amies fassent preuve de la même franchise.

Hope posa sa tasse sur la table et inclina la tête de côté pour observer son interlocutrice.

— Tu es en train de te demander quoi faire à propos de Brian, hein ?

Shannon réprima un rire.

— Qu'est-ce qui m'a trahie ? Le fait que je me sois sauvée juste après avoir été embrassée comme ça, ou ma mine chavirée à chaque fois qu'on me parle de lui ?

— Tu n'as pas l'air chavirée, là, dit Hope avec un petit haussement d'épaules.

— Non ? Juste agacée, alors ?

L'autre pouffa de rire.

— Plus, oui. Mais ton soupir juste avant que j'arrive, c'était vraiment un « je suis tellement dans la mouise ». Tu veux en parler ?

— Qu'est-ce qu'il y a à en dire ? Il est super canon, pas disponible émotionnellement, et très susceptible de me larguer dès que je le laisserai avoir ce qu'il veut. Cet homme est un condensé de toutes les erreurs que j'ai faites jusqu'à aujourd'hui, et je ne peux malgré tout pas m'empêcher d'avoir hâte d'être à notre rendez-vous de ce soir. Sans mentionner qu'il est venu au mariage d'Yvette avec cette petite fée blondinette et qu'elle n'avait pas l'air ravie de nous regarder nous chatouiller les amygdales sur la piste de danse. Je n'ai pas envie de me retrouver prise entre deux feux. Je ne supporte pas les histoires de ce genre.

Hope arracha un morceau de son croissant avec les doigts et dit :

— On dirait que tu as beaucoup de choses à dire sur le sujet.

Shannon la fusilla du regard.

— Tu ne m'aides pas, là.

— Je sais. Désolée. C'est juste évident pour moi qu'il te plaît. Qu'est-ce que ça aurait de si grave de lui laisser une chance et de voir où ça te mène ?

Parce que je me retrouverai avec le cœur brisé... une fois de plus, pensa Shannon. Mais au lieu d'énoncer sa vérité, elle répondit :

— Je n'ai pas envie de m'investir émotionnellement avec quelqu'un qui n'est à l'évidence pas intéressé par une relation sur le long terme. C'est une perte de temps.

Hope hocha la tête.

— D'accord. Je comprends. Mais tu as ce pari qui est censé se dérouler sur six semaines, alors autant en profiter, non ?

Ses lèvres se retroussèrent en un sourire rusé.

— Il n'y a rien de mal à s'amuser un peu avec M. Super Canon.

Oh que si. Elle le paierait dans six semaines quand il partirait de son côté et elle du sien. Toutefois, les paroles de Hope l'avaient fait vibrer d'anticipation. Oh, par tous les diables ! Il n'y avait pas moyen qu'elle finisse l'été sans lui arracher ses fringues.

— Tu sais quoi, Hope Scott ?

— Quoi ?

— Je crois que je t'appréciais davantage quand tu gardais la plupart de tes opinions pour toi.

— Menteuse, dit Hope en riant. Tu m'aimes juste comme je suis.

— C'est vrai, répliqua Shannon en haussant les épaules.

Les deux femmes s'étaient rapprochées rapidement, car Shannon comprenait bien le sentiment qu'avait Hope d'être une marginale à Keating Hollow. Hope n'avait pas grandi dans la petite ville magique, et même si elle savait désormais qu'elle était du même sang que les sœurs Townsend, elles avaient encore du travail pour consolider leurs relations. Et Shannon était la mauvaise fille au lycée, celle qui séchait les cours et traînait avec des gens peu recommandables de la côte. Elle n'avait jamais su comment être amie avec les autres filles de la ville. Sa relation avec ses parents avait toujours été difficile. La seule personne dont elle se sentait vraiment proche, sa grand-mère, était morte quand elle était en première, et après ça, elle avait trouvé plus simple de garder tout le monde à distance.

Hope finit son croissant et reprit :

— Tout ce que j'en dis, c'est que Brian a l'air d'un mec cool. Si j'étais toi, je réfléchirais à lui donner une chance.

— J'ai de la concurrence, maintenant ? demanda un homme avec une voix rocailleuse qui approchait de la table.

Shannon leva les yeux vers le grand homme blond aux yeux clairs. C'était le prototype de l'Américain, bien mis et canon. Il faisait penser à un joueur de football américain adulé, sauf qu'en réalité, c'était un pianiste à l'éducation classique qui avait eu un certain renom avant d'abandonner la scène l'année précédente.

— Non. Pas même un peu.

Hope sauta de sa chaise pour planter un baiser sur les lèvres du nouveau venu.

— Ne va pas imaginer que tu pourrais te débarrasser de moi si facilement.

— Même pas en rêve.

Il lui fit un clin d'œil et passa un bras autour de sa taille. Ils se tournèrent tous les deux pour regarder Shannon, mais celle-ci passa outre les tourtereaux pour saluer Levi d'un signe de tête. C'était le frère de Hope. Il avait suivi Chad dans le café et se tenait à quelques pas de là, les mains dans les poches. L'adolescent de seize ans portait un jean noir déchiré aux genoux et un tee-shirt des Stones. Shannon approuvait ses choix vestimentaires. L'ado avait une silhouette fine et longue, et ça lui allait bien. Il lui rendit son signe de tête.

— Salut, Shannon.

— Salut, toi.

Elle désigna la chaise que Hope venait de libérer.

— Assieds-toi.

Il s'installa et jeta un regard à Chad.

— Tu pourrais me prendre un moka ?

— Bien sûr, mon grand.

Chad entraîna Hope avec lui jusqu'au comptoir. Penchés l'un vers l'autre, ils continuèrent à bavarder tandis qu'Hanna Pelsh prenait la commande de la personne devant eux.

Shannon tourna son attention vers Levi.

— Comment tu te sens à Keating Hollow ?

Levi était nouveau en ville, il n'avait commencé à vivre avec Hope que depuis cet été. Elle lui avait offert un toit quand leur père biologique l'avait mis à la porte. Depuis, elle avait officiellement obtenu sa garde, alors il était là pour de bon.

— Pas mal. Je vais prendre des cours en ligne jusqu'à la rentrée, et en attendant, je donne aussi un coup de main à Chad dans sa boutique de musique. Je tiens la caisse quelques jours de la semaine pendant qu'il donne des cours particuliers.

— Vraiment ? Alors tu n'es pas là juste pour les gros travaux ? demanda-t-elle en pouffant de rire.

Levi avait passé pas mal de temps à aider Chad avec l'ouverture de la boutique. L'activité physique lui avait fait du bien. Il s'était remplumé de manière visible depuis qu'il était arrivé à Keating Hollow.

Levi leva ses bras fins et contracta ses biceps.

— Qu'est-ce que tu veux dire ? C'est du solide, ça.

Shannon éclata de rire.

— Tu es incroyable, gamin. Et comment ça marche, la boutique ? Keating Hollow est-elle devenue la nouvelle Mecque musicale ?

Il haussa les épaules.

— Pas tout à fait, mais Chad a l'air content. Moi, par contre, j'ai besoin de faire plus d'heures. Et comme ce n'est pas à la boutique que je peux les faire pour le moment, j'ai décidé d'offrir mes services en matière de jardinage. Tu connais quelqu'un qui aurait besoin d'aide pour désherber ou tondre la pelouse ?

Shannon se redressa. Elle n'avait plus de jardinier depuis que le type qui s'en occupait avait déménagé dans le sud deux mois auparavant.

— Oui. Moi. Quand est-ce que tu peux commencer ?

Levi haussa les sourcils.

— Tu as l'air désespérée.

— Je le suis. Les mauvaises herbes sont en train de tout bouffer, et mon jardin ressemble à une jungle.

— Cet après-midi ?

— Parfait.

Elle se renfonça dans son siège et sourit.

— Si ça se passe bien, je t'embaucherai pour venir faire l'entretien toutes les semaines. Ça te va ?

— C'est parfait.

Le sourire du jeune garçon valait le sien.

— Tu seras ma première cliente.

— Si tu fais du bon boulot, je ferai passer le mot à la chocolaterie. Alors… fais ça bien, d'accord ?

Shannon savait qu'il travaillerait bien. C'était un bon gamin. Levi n'avait jamais rien reçu sur un plateau d'argent. Et il ne s'attendrait pas à ce que ce soit le cas pour ce job.

— Je ferai du bon boulot. Tu peux me croire. Et si je manque un truc que tu voudrais que je fasse, n'hésite pas à me le faire savoir.

— Ça marche.

Elle lui tendit la main en travers de la table. Il la prit immédiatement et la serra.

— Marché conclu.

— Marché conclu, répéta-t-elle.

— C'est l'heure ! cria Miss Maple.

Shannon jeta un coup d'œil vers elle et vit que la vieille dame l'observait depuis le seuil de son bureau. Elle avait les bras croisés sur sa poitrine et s'appuyait au chambranle.

— Mais il n'est que quatre heures.

Les yeux noisette de son aînée pétillèrent de malice alors qu'elle répondait :

— Mais tu as un rendez-vous ce soir. Vas-y. Tu as besoin de temps pour te préparer. Bichonne-toi. Tu le mérites.

Shannon leva les yeux au ciel et continua à réassortir l'étagère de devant avec des caramels couverts de chocolat.

— C'est un rendez-vous pour de faux avec Brian. Je n'ai pas franchement besoin de me faire toute belle.

— Tu ne m'auras pas comme ça, Shannon Ansell. Je sais que tu as envie d'y aller. Arrête de faire comme si ça ne te faisait rien. Pas avec moi.

Les paroles de sa patronne arrêtèrent net Shannon. Miss Maple était la seule personne en ville avec qui elle se sentait assez à l'aise pour se confier. Et elle avait raison, bien sûr. Shannon avait envie d'aller à ce rendez-vous. Elle essayait juste de ne pas trop penser à cette vérité dérangeante.

— D'accord. Très bien. Vous avez raison. Je n'y vais pas à reculons, loin de là. Mais ça ne veut pas dire pour autant que j'ai besoin de partir en avance. Ça ne va pas me prendre tant de temps que cela de me préparer. Je serai chez moi à cinq heures trente. Il est censé passer me prendre à six heures. C'est juste ce qu'il me faut pour rafraîchir mon maquillage et me changer.

— Oh, ma puce.

Miss Maple vint se poster à côté d'elle et lui donna un coup de coude.

— Non. Je n'accepterai pas que ma protégée doive se presser ce soir. Rentre chez toi. Rase-toi les jambes. Mets un truc bien moulant qui le fera baver. Fais-le pour moi. Cela fait dix ans depuis mon dernier rendez-vous. Laisse-moi vivre un peu par procuration, tu veux bien ?

Shannon pouffa de rire devant l'expression candide sur le visage de Miss Maple.

— Vous exagérez. Vous vous en rendez compte, hein ?

Miss Maple lui fit un grand sourire et désigna la porte.

— File. Je m'occupe de la fermeture. Mais demain, je veux tous les détails.

— Vous êtes vraiment un sacré numéro, marmonna Shannon.

Mais elle dénoua son tablier et partit derrière récupérer son sac à main.

— Tu m'aimes quand même, cria Miss Maple dans son dos.

Shannon ne pouvait pas le nier. Depuis qu'elle avait commencé à travailler à Une Cuillerée de Magie, dix ans auparavant, Miss Maple avait remplacé sa famille. Elle avait été là pour Shannon quand sa mère avait menacé de la déshériter, quand son père avait eu une liaison avec la meilleure amie de sa mère et avait fini dans les tabloïds, et quand Shannon s'était cassé la jambe en dérapant sur le trottoir et qu'elle avait été incapable de travailler pendant des semaines.

Miss Maple avait été là pour elle d'un millier d'autres façons, petites ou grandes, au fil des années. Elle l'avait même nommée gérante d'Une Cuillerée de Magie, la boutique que la vieille dame aimait de toute son âme. La confiance qu'elle lui accordait comptait plus que tout pour Shannon. Ce n'était pas une exagération de dire qu'elle voyait davantage en Miss Maple une figure maternelle qu'en la femme qui lui avait donné naissance.

Après avoir pendu son tablier, noté ses horaires, et attrapé son sac à main, Shannon repassa dans la boutique pour trouver son mentor.

— Maple ?

— Par ici, ma chère.

Shannon suivit le son de sa voix jusque dans l'entrée où elle aperçut Miss Maple allongée par terre sur le dos, en train d'observer le dessous d'une des tables.

— Qu'est-ce que vous faites ?

— Je contre un sortilège d'amour.

Une bouteille de produit neutralisant et un chiffon blanc à la main, elle aspergea la zone avant d'essuyer en frottant quelque chose qui se trouvait sur le dessous du plateau de la table.

25

— De la magie de terre. Très rudimentaire. Je parierais que c'est l'œuvre d'un élève.

— Comment ça ?

— C'est une potion mélangée à de la terre, ce qui veut dire…

— … qu'elle est souillée d'autres éléments, ce qui peut faire aller le sortilège de travers, finit Shannon pour elle.

— Exactement. J'espère que la personne qui s'est assise là en dernier a de bons mécanismes de défense, autrement, sa vie amoureuse est sur le point de partir en cacahuète, déclara Miss Maple.

Shannon pinça les lèvres et essaya de se rappeler qui était passé par la chocolaterie ce jour-là. Personne ne s'était assis à l'une des tables. C'était une journée calme et la plupart des clients avaient payé leurs confiseries et étaient partis en hâte. C'était probablement à cause du concert estival qui avait lieu au bord de la rivière ce jour-là.

— Je me demande depuis combien de temps c'est là.

Miss Maple se releva.

— Pas plus de quelques jours. Dès que je me suis assise à table, j'ai senti la magie. Elle était faible, mais elle se remarquait quand même.

Shannon mordilla sa lèvre inférieure. Ça la perturbait de ne pas avoir remarqué le problème, même si elle admettait volontiers que la magie de Miss Maple était bien plus puissante que la sienne. Ce n'était pas surprenant que son aînée l'ait senti alors qu'elle n'avait rien remarqué.

— Je suis désolée. Je devrais faire attention et vérifier les tables pour ce genre de choses.

Miss Maple agita la main.

— Tu ne l'aurais pas remarqué, c'est normal. C'était subtil.

Maintenant, file. Va te préparer pour ton rendez-vous, et ne t'inquiète de rien ici. Je m'occupe de tout.

Shannon hésita, pas certaine de pouvoir partir comme ça, mais Miss Maple lui adressa un regard aigu et désigna la porte. Shannon pouffa de rire et fit ce qu'on lui ordonnait. Elle aimait sa patronne et elle n'avait pas envie de l'insulter en refusant sa généreuse proposition.

— À demain, dit Shannon en la saluant de la main depuis la porte.

— Ne t'inquiète pas si tu arrives tard. J'ouvrirai, lui cria Miss Maple. Profite de cette soirée, même si elle dure.

Shannon réprima un grognement et marmonna :

— Cette Cendrillon se transforme en citrouille à minuit. Ça, vous pouvez en être certaine.

CHAPITRE 4

Shannon fit virer sa petite Mustang rouge dans la rue bordée d'arbres en fredonnant. Malgré ce qu'elle avait dit à Miss Maple ou à Hope, elle devait bien avouer qu'elle avait hâte de voir quel genre de rendez-vous avait prévu Brian. Même si elle était déterminée à ne pas craquer pour lui, cela ne voulait pas dire qu'elle n'appréciait pas sa compagnie. Elle l'appréciait. Beaucoup. Si ça n'avait pas été le cas, elle n'aurait jamais accepté ce pari de six rendez-vous en six semaines. Il la faisait rire et flattait son ego. Faire semblant de sortir avec lui ne serait pas vraiment un calvaire. Il fallait juste qu'elle trouve un moyen de ne pas engager son cœur dans l'équation.

Elle fit passer sa voiture dans l'allée et sifflota alors qu'elle remontait le chemin bordé de fleurs qui menait à sa porte d'entrée.

— Shan ? l'appela une voix familière, quelque part près du porche.

— Silas ?

Elle tourna la tête et observa les environs à la recherche de son petit frère.

— C'est toi ?

— Oui.

Il sortit des ombres et ouvrit grand les bras en attendant qu'elle arrive jusqu'à lui.

— Oh. Heu. Ouah ! Qu'est-ce que tu fais là ?

Elle courut jusqu'à lui et le serra dans ses bras.

— Pourquoi tu ne m'as pas prévenue que tu venais ?

Il la serra un peu plus fort et la fit tournoyer autour de lui avant de répondre :

— C'est pas aussi fun quand on prévient.

Shannon savait qu'il essayait d'avoir l'air désinvolte, amusé, mais il y avait quelque chose d'étranglé, de presque douloureux, dans sa voix.

— Silas ?

Elle recula pour bien le regarder. Il y avait des cernes sombres sous ses yeux, et une ride d'inquiétude sur son front. C'était un ado. Il n'aurait pas dû avoir de rides d'inquiétude avant encore bien des années. Elle appuya son pouce sur le sillon entre ses sourcils et dit :

— Qu'est-ce qui te perturbe comme ça, frangin ? Tu n'as que dix-sept ans. La vie ne peut quand même pas être si compliquée, hein ?

Silas laissa un rire sans joie lui échapper.

— Ouais. Tu te souviens de nos parents, ou bien ?

Il y avait dans sa voix quelque chose de dur qu'elle ne lui connaissait pas et qui lui serra le cœur. Elle savait très bien ce qu'il voulait dire, mais elle avait toujours espéré que ses parents lui réserveraient toujours leurs demandes égoïstes et ne les imposeraient pas à Silas. Il était, après tout, la raison pour laquelle ces deux-là avaient encore une carrière.

— Malheureusement, oui.

Elle lui adressa un sourire plein d'empathie en déverrouillant la porte.

— Rentre, et raconte tout à ta grande sœur.

Il la suivit à l'intérieur et ils traversèrent la maison jusqu'à la cuisine ensoleillée.

Elle sortit une carafe de thé glacé et leur servit à boire à tous les deux.

— Qu'est-ce qui se passe ? Qu'est-ce qu'ils ont fait cette fois ?

Silas fixa son verre de thé, un sourcil haussé.

— Tu n'as rien de plus fort ?

Shannon observa les boucles en bataille de son frère, et ses yeux sombres et las. Il avait l'air fatigué. Pas juste physiquement, mais émotionnellement.

— Tu sais très bien que je ne vais pas te servir d'alcool. Je me fiche de ce qui se passe à Hollywood, tu es encore mineur et je...

— Oh là, Miss Sainte-Nitouche, l'arrêta-t-il en levant les yeux au ciel. Je voulais dire un coca ou un soda au gingembre, par exemple. Tu sais, un truc qui a du goût ? Le thé, ça n'a jamais été ce que je préfère.

— Oui, d'accord. Bien rattrapé.

Shannon repartit vers le frigo, y prit un soda au gingembre et le déposa devant lui.

— Celui-ci vient de la brasserie des Townsend.

— Quoi ? Pas de cookies ? demanda-t-il en s'asseyant au bar qui séparait la cuisine du salon.

— Tu exagères, gamin.

Shannon savait qu'il essayait de gagner du temps. Quoi qu'il se passe à Hollywood, cela l'avait suffisamment secoué pour qu'il fasse tout le trajet jusqu'à Keating Hollow. Elle allait devoir se montrer patiente et le laisser raconter ça à son rythme.

— Tu es vraiment en train de me dire qu'il n'y a pas de cookies dans la boîte ? demanda-t-il.

Elle pouffa de rire.

— Non. Ce n'est pas ce que je suis en train de te dire. Des biscuits au beurre de cacahuète, ça te va ?

— Amène ça.

Il prit une grande gorgée de sa limonade au gingembre, mais ne détacha pas les yeux d'elle alors qu'elle sortait une poignée de biscuits de la boîte *Une Cuillerée de Magie*.

Une fois qu'elle les eut placés sur une serviette en papier devant lui, elle prit un soda au gingembre pour elle aussi et le rejoignit.

— Ça fait vraiment plaisir de te voir, Silas. Combien de temps est-ce que tu restes ?

— Aussi longtemps que tu le voudras bien.

Il se pencha en avant, la mine défaite, et fixa ses mains.

— Heu, le tournage pour ta série, ça ne reprend pas dans le courant de l'automne ? demanda-t-elle gentiment. Ou bien tu comptes arrêter ?

Silas faisait partie du casting d'une série populaire qui se passait dans un internat pour créatures paranormales. Au cours des dernières années, sa renommée avait grandi, et Silas Ansell était désormais pratiquement une star.

— Mon contrat ne s'arrête pas avant l'année prochaine, dit-il en laissant tomber sa tête sur le comptoir.

Shannon plaça doucement une main dans son dos.

— Qu'est-ce qui s'est passé ? Pourquoi tu veux partir ?

Il poussa un gros soupir.

— Ce n'est pas forcément que je veux quitter la série. Je ne veux juste plus être contrôlé par les parents.

Il leva la tête et regarda sa sœur droit dans les yeux.

— Ils essaient de me forcer à faire une télé-réalité. Une qui me suivrait dans ma vie quotidienne et exposerait mon intimité au monde entier.

— Quoi ? Tu blagues.

Les yeux écarquillés, Shannon sentit cette douleur familière revenir dans son ventre. C'était celle réservée à leurs parents quand ils se montraient particulièrement ignobles.

— Je suis on ne peut plus sérieux.

Il resserra sa prise autour de sa bouteille de limonade, et les articulations de ses doigts virèrent au blanc.

— Ils n'arrêtent pas de dire que ça fait partie d'un contrat de pub qui triplera ma valeur et que ça fera de moi la plus grande star planétaire. Mais bon sang, Shan. Il n'y a pas moyen que j'accepte que des caméras me suivent partout. Tu sais à quel point je tiens à mon intimité.

— Presque autant que moi, confirma-t-elle.

— Presque ?

Un aboiement de rire lui échappa.

— Tu tiens tellement à ta vie privée que tu as laissé tomber Hollywood et ta chance d'avoir une carrière d'actrice pour revenir ici et vendre du chocolat. Je dirais que tu es bien dix fois plus réservée que moi.

— Tu n'as peut-être pas tort.

Shannon avait fui Hollywood alors qu'elle n'avait que vingt et un ans, juste alors que sa carrière naissante commençait à décoller.

Elle plaça une main douce sur la sienne.

— Dis-moi ce qu'ils ont fait. Quel ultimatum t'ont-ils donné ?

S'il y avait une chose qu'elle savait quant à ses manipulateurs de parents, c'était qu'ils étaient prêts à tout pour obtenir ce qu'ils voulaient. Et si une télé-réalité pouvait tripler les revenus de Silas, cela ferait une sacrée commission pour la compagnie d'agents qu'ils avaient montée.

Il ferma les yeux, très fort. Son expression était si douloureuse que tout ce qu'elle avait envie de faire, c'était le serrer dans ses bras et le tenir à l'abri de ces vautours jusqu'à son dix-huitième anniversaire.

— Maman a dit que si je ne le faisais pas, elle refuserait toutes les autres propositions en mon nom et se concentrerait sur Landon Perry à la place. Apparemment, je suis ingrat et elle refuse de gaspiller ses efforts pour un gamin pourri gâté qui ne comprend pas comment revaloir leurs efforts à ceux qui l'ont aidé à atteindre le sommet.

— Argh.

Shannon enfouit son visage dans ses mains et ravala le cri primal qu'elle avait envie de pousser. Leur mère était la force motrice de la compagnie ; leur père se contentait de jouer au golf et la laissait tout gérer. Il y avait une possibilité pour qu'il ne soit même pas au courant de ce qui se passait avec Silas.

— Et ton argent ? Elle menace aussi de le retenir ?

— Bien sûr. Mais ça, c'est pas nouveau. Elle me menace avec ça au moins une fois par jour quand je fais, immanquablement, quelque chose qui ne lui plaît pas. Par exemple, hier, elle était en rogne parce que j'ai suspendu ma serviette à la porte de la salle de bain plutôt qu'au portant qu'elle a installé là il y a un mois. Et ce n'est même pas sa salle de bain à elle. Elle est tarée.

— Je ne vais pas contester.

Leur mère avait des petites manies vraiment bizarres. Shannon était capable de passer outre certaines, comme son obsession que tout soit à la bonne place. Mais celle qui consistait à avoir le contrôle total de la carrière de ses enfants en dépit de leurs souhaits ? Non. Certainement pas.

— Tu devrais regarder pour te faire émanciper. Tu le sais, hein ?

— Je sais. J'aurais dû le faire l'an dernier quand elle a refusé le rôle dans ce film indé que j'avais tellement envie de faire. Elle ne m'a même pas demandé mon avis avant de dire à son assistante de les appeler pour leur dire que ça ne nous intéressait pas. J'ai gardé ce script en tête pendant des mois, Shan. Qui n'aurait pas envie de jouer un danseur de génie qui voyage dans le temps pour sauver la vie de sa partenaire ?

— Notre chère mère ? Elle ne le ferait que s'il y avait un chèque à au moins cinq zéros à la clé.

Silas renifla.

— Je t'en prie. Il faut que ça aille chercher au-dessus de cinq cent mille, sinon elle ne touche pas assez pour que ce soit intéressant pour elle.

Shannon tendit la main et serra celle de son frère.

— Je suis vraiment désolée, Si. J'aimerais pouvoir faire davantage pour toi.

— Me laisser dormir ici, c'est déjà énorme. Je n'en peux plus de LA. Je veux juste dormir, randonner, et faire comme si des millions de gens ne connaissaient pas mon visage.

— Ça marche, frangin. Et si on allait à la plage ensemble dans la semaine ? Je suis en congé mercredi. On pourra aller se perdre au milieu des séquoias pour commencer.

Silas hocha la tête.

— Parfait. Mais là tout de suite, j'aimerais bien une douche. C'était long de conduire jusqu'ici.

Shannon haussa un sourcil.

— Elle est où, ta voiture ? Je ne l'ai pas vue en arrivant.

Il pouffa de rire.

— Au garage. Elle est un peu trop tape-à-l'œil pour le coin. Je n'ai pas envie d'attirer l'attention.

— Trop tape-à-l'œil ? Tu n'as plus ta Poussière d'étoiles ? demanda-t-elle.

C'était le surnom de sa Toyota Prius vert citron.

— Non, maman m'en a fait changer.

Il grinça des dents avant d'ajouter.

— Elle a dit que c'était mieux pour mon image si j'avais une voiture de sport.

Shannon ferma les yeux et secoua la tête. Il était dur de croire qu'ils étaient du même sang que cette femme vaine qui avait essayé de vivre par procuration à travers eux depuis quatorze ans.

— C'est ridicule. Je suis désolée, Silas. Avec quoi tu t'es retrouvé ?

— À ton avis ? Une Porsche, bien sûr.

— Silas Ansell mérite le meilleur, ânonna Shannon.

Elle avait du mal à imaginer son petit frère se déplacer dans un bolide pareil. La Prius était parfaite pour lui. S'il avait voulu quelque chose de plus chic, une Tesla aurait pu lui convenir. Mais une Porsche ? Non.

— Exactement.

Il se leva de son tabouret et agita la main pour libérer sa magie d'air et envoyer sa bouteille de limonade au gingembre voler jusque dans l'évier. Alors qu'il montait l'escalier, il demanda :

— Je suppose que ta chambre d'amis est libre ?

— Pour toi, toujours.

— Merci, frangine.

Shannon le regarda disparaître dans l'escalier. Même si elle était ravie qu'il soit venu lui rendre visite, une boule de colère venait de se former dans son ventre. Elle se demandait ce que son père avait à dire du conflit entre Silas et leur mère. Probablement rien. Rester passif et la laisser écrabouiller leurs deux enfants lui convenait très bien, tant que cela payait sa carte de membre dans un club de golf exclusif et qu'il n'avait jamais de problème à avoir une table dans les restaurants les plus chics. Il n'avait pas l'instinct acéré de sa femme, mais il était content de mener la belle vie.

Perdue dans ses pensées, Shannon sortit sa baguette turquoise et pailletée de son sac à main et la pointa vers la cuisine. Les ingrédients, ainsi qu'une casserole et un plat pour le four, sortirent du placard alors qu'elle mettait sa magie à l'ouvrage pour faire l'un des plats préférés de Silas. Un plat auquel il n'avait sûrement pas eu droit depuis sa dernière visite. Les macaronis au fromage, ce n'était pas quelque chose de permis pour une star de la télé. Pas quand on s'appelait Ansell, en tout cas.

Certaine que sa magie ferait le travail, elle passa dans le salon sur le devant de son cottage et releva la tête juste à temps pour voir Levi lancer la tondeuse et se mettre au travail sur son jardin à l'abandon.

— Je me sens si productive, dit-elle pour elle-même en pouffant de rire.

Entre sa magie et ses talents pour déléguer, elle était une vraie fée du logis. Contente d'elle-même, elle s'assit dans un fauteuil trop grand pour profiter d'une pause bien méritée.

Elle avait dû s'assoupir un moment, car après ce qui lui sembla être seulement quelques instants, elle entendit Silas demander :

— C'est qui le beau gosse qui tond ta pelouse ?

Shannon ouvrit les yeux et découvrit son frère debout devant la baie vitrée, vêtu d'un jean propre et d'une chemise lavande. Ses cheveux étaient parfaitement coiffés et son teint était resplendissant. Il était beau – il l'avait toujours été.

— Levi. C'est le demi-frère de Hope. Ça fait juste quelques mois qu'il a emménagé.

— Hope ? demanda-t-il.

— Ah oui. Je ne t'ai pas raconté. Avant, elle se faisait appeler Luna. C'est ma nouvelle amie qui travaille au spa, expliqua Shannon.

— Au spa…

Un sourire rêveur se dessina sur ses lèvres et il poussa un soupir.

— Quand est-ce que je peux avoir un rendez-vous, au plus tôt ?

Ça la fit rire.

— Je les appellerai demain matin.

Il se tourna et lui fit un clin d'œil.

— Tu es ma sœur préférée.

— Je suis ta seule sœur, rétorqua-t-elle en levant les yeux au ciel. Tu peux me faire une faveur ?

— Quoi donc ?

Il était à nouveau en train de regarder par la fenêtre en ayant oublié toute forme de subtilité tandis qu'il observait Levi se déplacer dans le jardin.

— Va offrir quelque chose à boire à Levi pendant que je finis le repas.

Elle se leva de sa chaise et partit vers la cuisine.

— Ah. Aucun problème, tu peux me croire.

Il la dépassa pour entrer dans la cuisine et poussa un hoquet de surprise.

— Tu fais des macaronis au fromage.

— Bien sûr.

Il se retourna, l'enveloppa de ses bras et dit :

— Je t'aime.

— Je sais. Maintenant, file de là et laisse-moi terminer.

Silas sortit deux autres limonades au gingembre du frigo et disparut par la porte d'entrée. Shannon se mit à fredonner en dressant la table. Il n'y avait rien qui lui fasse autant plaisir que d'avoir son petit frère à la maison.

CHAPITRE 5

*B*rian gara son SUV noir dans la rue du petit cottage
blanc de Shannon. Des fleurs vives en bordaient
l'allée et pendaient de jardinières à son porche. Sa maison était
plus accueillante et plus mignonne qu'il ne l'aurait imaginé. La
jeune femme affichait si souvent une carapace, sans aucun
doute pour se protéger du reste du monde. Ça le rendait tout
chose de s'imaginer être accueilli dans cette facette plus douce
de sa vie.

Il se glissa hors du véhicule et jeta un coup d'œil au jeune
homme qui tondait sa pelouse. Il étrécit les yeux et reconnut
Levi Kelley, le frère de Hope Scott. C'était un bon gamin. Brian
avait eu l'occasion de faire un peu connaissance avec lui, car il
se rendait de temps en temps à la boutique de musique de
Chad Garber pour donner quelques cours de batterie, alors il
ne fut pas surpris de voir Levi redresser soudain la tête et le
fixer. Il était doté de magie d'esprit, ce qui voulait dire qu'il
pouvait sentir quand il y avait des gens à proximité, sans avoir
besoin de les voir.

Brian leva la main pour le saluer. Levi sourit et lui rendit son salut. La seconde d'après, il se tourna de façon soudaine alors qu'un autre gamin sortait de la maison, deux bouteilles à la main. Il traversa le porche et fit signe à Levi de le rejoindre. Celui-ci hésita, mais finit par couper la tondeuse et avancer vers le nouveau venu.

L'adolescent aux cheveux sombres lui était vaguement familier, mais Brian n'arrivait pas à se souvenir d'où il le connaissait. Pour autant qu'il le sache, Shannon n'avait pas de famille à Keating Hollow. Était-ce juste un ami de Levi, alors ? Qui que ce soit, il devait venir d'ailleurs. Keating Hollow n'était pas grand, et tout le monde se connaissait.

— Salut, Brian, s'écria Levi alors qu'il approchait du porche.

— Salut, mon grand. Comment ça va, ce job de jardinier ?

— Super pour l'instant. Shannon est ma première cliente.

Il se tourna vers l'autre adolescent qui était appuyé à la rambarde.

— Voilà Silas. Silas, je te présente Brian.

Brian tendit une main à l'adolescent.

— Ravi de te rencontrer, Silas.

— De même, dit le gamin aux cheveux sombres en lui serrant la main. Tu es là pour ma sœur ?

La porte d'entrée s'ouvrit à la volée et Shannon grimaça en balbutiant :

— Brian. Oh, mince, je suis désolée. Je…

Elle jeta un coup d'œil vers Silas.

— Mon frère me rend une visite surprise. Il vient de Los Angeles et j'aurais dû appeler, mais je ne pense pas que ce soir soit le meilleur moment. Est-ce qu'on peut remettre ça à une autre fois ?

La déception serra la gorge de Brian, mais il hocha la tête. Qu'est-ce qu'il pouvait faire d'autre ? Protester ? Pas vraiment.

— Bien sûr. C'est…

— Remettre quoi ? demanda Silas dont le regard passa de Shannon à Brian.

— Rien, répondit aussitôt la jeune femme. Ce n'est pas important.

— Aïe, s'écria Brian en plaquant une main contre son cœur comme s'il avait été blessé. Ça fait mal, Ansell. Pas important ? Rajoute du sel sur la blessure, je t'en prie.

— Ce n'est pas rien, intervint Levi, toujours serviable. Brian était censé venir chercher Shannon pour leur premier rendez-vous.

Shannon leva la main pour lui faire signe d'arrêter.

— Attends un…

— Un rendez-vous ? demanda Silas en dévisageant sa sœur. Pourquoi tu n'as rien dit ? Tu n'es même pas prête.

Avant qu'elle puisse dire quoi que ce soit d'autre, il passa son bras sous le sien et la tira vers la porte.

— Donne-nous un quart d'heure, Brian. Je vais l'aider à se préparer.

— Silas ! siffla Shannon. Arrête. Je suis une adulte. Je peux me débrouiller toute seule.

— Apparemment pas, rétorqua-t-il. Sinon, tu serais dans une petite robe noire, prête à aller faire la fête.

— Tu le crois, ça ? demanda Shannon alors que Silas la poussait dans la maison. Ça fait une heure qu'il est là, et bim, c'est lui qui dirige ma vie.

Brian lui fit un grand sourire et haussa les épaules.

— Il va dans mon sens, alors je ne vais pas me plaindre.

— Bien sûr, j'imagine.

Elle leva les yeux au ciel et, s'appuyant d'une main à la porte, planta ses pieds dans le sol pour rester en place.

— Écoute, j'étais en train de faire à manger pour Silas. Ça

devrait être prêt. Tu crois que tu peux servir Silas et Levi pendant que je me prépare ?

— Bien sûr.

Il jeta un coup d'œil à Silas qui se tenait juste à l'entrée, et lui adressa un hochement de tête reconnaissant.

— Allons-y, Shan. Il est temps de te débarrasser de ta tenue de vendeuse et de trouver quelque chose digne d'un premier rendez-vous.

Il fit un clin d'œil à Brian et entraîna sa sœur à l'étage.

Brian se tourna vers Levi.

— Prêt à manger ?

— Je ne comptais pas manger ici, dit-il en jetant un coup d'œil vers le jardin. Mais je ne peux pas vraiment dire non maintenant qu'elle a cuisiné quelque chose pour nous, si ?

— En effet, confirma Brian.

— D'accord. Donne-moi dix minutes pour finir et ranger la tondeuse.

Brian hocha la tête et rentra chez Shannon comme s'il était chez lui. Il entendit la chanson de Prince, « 1999 », qui passait à l'étage, et se demanda si c'était la playlist de Shannon ou celle de son frère. Il supposait que c'était Shannon, puisque la chanson était plus vieille qu'eux deux, mais quoi qu'il en soit, il approuvait. Prince était l'un des plus grands musiciens de leur époque.

Brian suivit l'odeur de fromage qui flottait dans la maison. Il ne lui fallut guère de temps pour trouver la cuisine, où des ustensiles s'agitaient tout seuls et tranchaient des légumes pour une salade. Une carafe suspendue au-dessus de trois verres avec des glaçons était en train de les remplir d'eau.

Trois verres.

C'était une preuve incontestable du fait que Shannon avait bien eu l'intention de l'envoyer bouler, et il sentit une vague de déception l'envahir. Il savait qu'il avait déconné le soir où il avait laissé les choses aller trop loin et où Shannon s'était retrouvée au lit, à lui faire signe de la rejoindre, et qu'il l'avait repoussée. Ce qui se passait ce soir, était-ce sa façon de se venger ?

Il secoua la tête. Non. Shannon était bien plus directe que ça. Elle avait dit que son frère lui rendait une visite surprise et il n'avait pas de raison de douter de sa parole. Il jeta un coup d'œil à la table de la salle à manger et pensa : *Mais alors ?*

Vingt minutes plus tard, quand Shannon et Silas reparurent en haut de l'escalier, la table était dressée pour quatre. Il avait déposé le gratin de macaronis au fromage au centre de la table et réparti la salade dans des bols assortis. Une bouteille de limonade au gingembre était placée devant chaque assiette, ainsi que les verres d'eau glacée.

— C'est quoi ça ? demanda Shannon dont le regard s'illumina alors qu'elle découvrait le travail de Brian. Quatre couverts ? On reste ici ?

Elle baissa les yeux vers la robe argentée scintillante qu'elle avait assortie à un legging noir et elle pouffa de rire.

— Je suis peut-être un peu trop chic.

Brian la contempla, l'eau à la bouche. La robe lui allait à merveille et révélait juste assez de sa silhouette pour lui donner envie d'en voir davantage, mais pas assez pour être scandaleuse. Elle avait fait quelque chose à ses cheveux, ils étaient plus lisses et cascadaient en belles anglaises régulières dans son dos. Son maquillage mettait en valeur ses lèvres parfaites. Il mourait d'envie de franchir les quelques pas qui les séparaient, de la serrer dans ses bras et de l'embrasser comme jamais.

— Brian ? demanda-t-elle en riant. Est-ce que ça va ?

— Non, il ne va pas bien du tout, dit Silas. Tu es si canon

que tu viens de l'achever. Le pauvre ne trouve même plus ses mots.

Levi ricana. Silas lui fit un clin d'œil et l'autre ado se mit à rougir furieusement.

Brian se racla la gorge et avança en lui tendant la main.

— Tu es superbe, Shannon.

Un rire nerveux échappa à la jeune femme.

— J'ai dit à Silas que cette robe c'était trop. Je devrais peut-être me changer si on reste ici.

— Certainement pas, dit Brian en secouant la tête. Et puis, on ne reste pas là. On mange ici, et ensuite je vous emmène tous les deux pour la soirée.

— Quoi ? demanda Silas. Qui ça, tous les deux ? Tu ne parles pas de moi, si ?

— Bien sûr que si.

Brian jeta un coup d'œil au frère de Shannon.

— C'est ta première soirée ici, n'est-ce pas ? Je comprends que ta sœur ait envie de passer du temps avec toi.

Il se tourna vers Levi.

— Tu es le bienvenu si tu veux te joindre à nous, bien sûr.

Levi baissa les yeux vers son tee-shirt et son jean et dit :

— Heu, je n'ai pas exactement la tenue pour ça.

Silas regarda Levi puis Brian et demanda :

— C'est quoi le programme, au juste ? Ce n'est pas comme si Keating Hollow était la Mecque de la vie nocturne.

— On ira sur la côte.

Brian marcha jusqu'à la table et tira une chaise pour Shannon.

— Mangeons avant que ça refroidisse.

Le visage de la jeune femme s'illumina et il sut qu'il venait de marquer un certain nombre de points. Peut-être qu'elle lui pardonnerait leur premier rendez-vous, après tout.

Shannon s'assit et regarda son frère.

— Allez, Si. C'est quand la dernière fois que tu as fait une soirée tranquille, sans photographes partout ?

Il jeta un coup d'œil inquiet en direction de Levi et fusilla sa sœur du regard.

— Merci. J'ai pu être incognito, quoi ? Vingt minutes ?

Levi se mit à rire.

— Mec. J'ai su qui tu étais à la seconde où je t'ai vu. Ce n'était pas très compliqué vu que tu as le même nom que Shannon.

— Ah bon ?

Silas fronça les sourcils.

— Pourquoi tu n'as rien dit ?

Levi haussa les épaules.

— Je me suis dit que tu devais en avoir marre des gens qui prennent des pincettes avec toi parce que tu es acteur. Je n'ai jamais vraiment compris le délire de vénérer les célébrités. Tu restes une personne comme les autres, non ?

Un sourire appréciateur s'afficha lentement sur le visage de Silas. Il se tourna à nouveau vers Shannon.

— OK. Je viens si Levi vient.

— Levi ? demanda Shannon. Partant pour qu'on t'embarque ?

— D'accord, mais est-ce que j'ai le temps de rentrer chez moi me débarbouiller ?

— Brian ? reprit-elle. Est-ce qu'il y a des horaires stricts pour ce que tu as prévu ?

— Non.

Il attrapa la cuillère dans le plat de macaronis et déposa une bonne quantité de pâtes au fromage dans l'assiette de la jeune femme.

— Pas vraiment.

— Ne t'inquiète pas pour ça. Tu peux te débarbouiller ici, dit Silas en jaugeant l'autre ado. On a l'air de faire la même taille. Je te prêterai des fringues propres.

— Si tu es sûr, dit Levi.

— Oui.

Il attendit que Brian lâche la cuillère et servit les macaronis pour lui et Levi.

— Merci, dit celui-ci, l'air soudain timide.

— De rien, mon mignon.

Il tourna toute son attention vers l'autre garçon, faisant pleinement usage du charme qui l'avait rendu célèbre.

Shannon renifla.

— Subtil, Si.

Il l'ignora et continua à poser des questions à Levi sur sa vie à Keating Hollow.

Brian se demanda ce que Shannon ferait s'il commençait à la draguer de façon aussi évidente que Silas le faisait avec Levi. Elle l'enverrait probablement bouler, décida-t-il. Le fait était qu'elle semblait en avoir marre des petits jeux et des conneries. S'il voulait la séduire, il allait devoir faire des efforts. Mais ce n'était pas grave. Il était plus que partant pour ce genre de défi.

CHAPITRE 6

*a*ssise sur le siège passager du SUV de Brian, Shannon le regardait rouler sur la route sinueuse qui conduisait vers la côte de Californie du Nord. Il portait une chemise noire à col rigide, les manches roulées jusqu'aux coudes. Elle avait du mal à détacher son regard de ses avant-bras. Sa peau bronzée et ses muscles bien définis étaient irrésistibles.

— À quoi tu penses, là ? demanda-t-il de sa voix légèrement rauque.

— Hein ?

Elle arracha son regard de ses bras et croisa les siens. Mince. Il lui adressa un sourire entendu, comme s'il était parfaitement conscient que cela faisait cinq minutes qu'elle le reluquait.

— Tu comptes me dire ce qui se passe dans ta tête, là ? demanda-t-il avec un sourire taquin.

Non. Jamais. Il n'avait pas besoin de savoir qu'elle se demandait quel effet ça lui ferait de laisser courir ses doigts sur sa peau chaude. Pas plus que les deux ados à l'arrière. Même s'ils ne leur prêtaient aucune attention. Levi posait des questions à Silas sur sa vie à Hollywood, et celui-ci semblait ravi de lui répondre. Bon sang. Si elle ne le calmait pas, son ego causerait sa perte. Cela dit, il n'était pas en train de se vanter devant Levi. Plutôt l'inverse, pour tout dire. Ils s'entendaient bien, tous les deux.

— Je me demandais juste où tu avais l'intention de nous emmener.

Brian pouffa de rire.

— C'est une surprise.

Elle leva les yeux au ciel. Même si elle avait très envie de lui dire qu'il avait foiré ce rendez-vous et de préparer son string pour venir nettoyer sa piscine, elle ne pouvait vraiment pas le faire. Il était arrivé pile à l'heure. Elle était certaine qu'il s'était rendu compte qu'elle, par contre, avait oublié qu'il devait venir. Et même alors, il avait suivi le mouvement et s'était occupé de finir de préparer le dîner. Il avait même inclus son frère dans le programme qu'il avait concocté. Pour être franche, elle devait avouer que Levi n'était pas le seul à être charmé. Brian marquait pas mal de points de son côté.

— D'accord. Mais j'espère pour toi que ça vaut le coup. Ça m'embêterait que tu doives te trouver de la crème solaire.

Ses yeux pétillèrent et il éclata de rire.

— Ne rêve pas trop. Je n'ai aucune intention de perdre ce pari. Mais si ça arrive, ne t'inquiète pas pour moi. J'ai tout ce qu'il faut pour la crème.

Shannon sentit sa bouche s'assécher en s'imaginant passer les mains sur son corps pour l'aider à protéger sa peau du soleil.

— Shan ? demanda Silas.

— Oui ?

Elle se tourna pour regarder son frère.

— Qu'est-ce qu'il y a ?

Son regard passa d'elle à Brian, avant de revenir à elle, et il étrécit les yeux.

— Tu comptes me dire en quoi consiste ce pari ?

— Non. Ce n'est pas important, dit-elle en dégageant une boucle rousse de devant ses yeux.

— Peut-être pas important, mais ça a l'air très *intéressant*. Où est-ce que Brian devra utiliser cette crème solaire, au juste, s'il perd ce fameux pari ?

— Ça ne te regarde pas, frangin.

Brian ricana.

— Et toi, dit-elle à son rancard, tiens-toi bien ou je vais devoir te demander de me ramener chez moi avant même que cette soirée ait commencé.

— Oh non, certainement pas. Levi et moi n'avons pas passé tout ce temps dans la voiture juste pour qu'on nous ramène à Keating Hollow. Tu oublies que je viens de passer deux jours à conduire ? On va s'amuser ce soir, d'une façon ou d'une autre, ordonna Silas.

Shannon réprima un soupir. Il avait raison. Elle aurait dû insister pour qu'ils restent à la maison afin que son frère puisse se reposer. Au lieu de ça, elle avait été toute contente que Brian imagine un plan alternatif, car même si elle n'était sans doute pas prête à le reconnaître, elle avait eu hâte d'avoir ce rendez-vous avec lui… malgré le fait qu'elle l'avait complètement oublié. Argh. Elle était impossible. Elle passait vraiment d'un extrême à l'autre dans cette histoire.

— Ne t'inquiète pas. Je me tiendrai bien, déclara Brian avec un air parfaitement innocent.

Elle leva à nouveau les yeux au ciel, mais sourit en regardant les eaux bleues de l'océan Pacifique par la fenêtre. Ce mec savait la prendre.

Il ne fallut guère de temps avant que Brian s'arrête sur un parking plein de voitures. Il coupa le moteur, sortit et se dépêcha de venir ouvrir la porte à Shannon. Les deux ados sur la banquette arrière étaient descendus du véhicule avant même qu'elle ait le temps de défaire sa ceinture.

Brian lui tendit la main et une douce chaleur se répandit dans la poitrine de la jeune femme alors qu'il l'aidait à descendre de la voiture. La galanterie n'avait pas disparu au final.

— Tu déconnes, dit Silas en riant. Roller Palace ? Tu nous emmènes faire du patin à roulettes ?

Shannon se tourna et jeta un regard à la marquise surplombant la porte d'entrée du grand bâtiment carré. Elle se tourna vers Brian en haussant les sourcils.

— Il y a une piste de roller à Eureka ?

— Oui, c'est génial, non ?

Il passa un bras autour de sa taille et commença à la guider vers l'entrée.

— Heu, je ne suis pas sûre.

Elle pouffa de rire devant le visage de Silas dont l'expression oscillait entre surprise et horreur.

— Détends-toi, petit frère. Ça va être sympa.

— Je vous en prie, dites-moi qu'il y a un terrain de skateboard derrière, dit-il en fourrant ses mains dans ses poches de devant.

— J'en doute, dit Brian. Et puis ça nous gâcherait le fun.

— Comment ça ? demanda Silas.

— La moitié du plaisir, c'est le ridicule du truc, dit Levi dont les yeux brillaient d'amusement.

À l'évidence, il avait hâte de voir la star de la télé tourner en rond sur une piste de patin à roulettes.

Silas reporta son attention vers l'autre garçon. Shannon se

demanda brièvement s'il allait se mettre à jouer les divas hollywoodiennes. Cela arrivait de temps en temps, et même si ça l'agaçait prodigieusement, elle se contentait généralement de le lui faire remarquer et passait à autre chose. Elle comprenait que parce que leurs parents le plaçaient sur un piédestal pour obtenir ce qu'ils voulaient de lui, il avait parfois du mal à rester humble. Mais elle n'avait pas besoin de s'inquiéter. Silas adressa un sourire sincère à Levi et dit :

— Ah oui ? Tu es partant pour aller faire du patin à roulettes ?

— Moi oui, si tu en fais aussi.

Shannon secoua la tête en les regardant se diriger vers l'entrée, puis elle regarda Brian.

— Ce n'était pas le plan de base, hein ?

Il secoua la tête.

— Non, mais j'ai été bien inspiré, tu ne trouves pas ?

Elle pouffa de rire et se laissa aller contre lui pour lui donner un coup d'épaule.

— C'était risqué. Mais on dirait que ça fonctionne. Comment tu connais cet endroit ?

— J'ai entendu Candy en parler et j'avais envie d'essayer il y a quelques semaines de cela. Franchement, je ne pensais même pas qu'il existait encore des endroits où ça se faisait. La dernière fois que je suis monté sur une piste de patin à roulettes, Hanson devait encore être le groupe le plus cool du moment.

— Les Hanson, vraiment ?

Brian prit sa main avec un grand sourire.

— Allons voir ce qu'ils passent comme chansons maintenant pour les slows en rollers. Qu'est-ce que tu en dis ?

— Je meurs d'impatience.

— Parfait.

Il la balaya de son regard sombre.

— Juste au cas où tu te poserais la question, ton carnet de bal est plein pour ce soir.

Sa peau se mit à la picoter. Bon sang, elle adorait quand il disait des choses comme ça. Elle savait qu'elle aurait dû essayer de ne pas se laisser atteindre. Tomber amoureuse n'était pas une option, mais il disait toujours pile ce qu'il fallait. Si seulement elle avait pu avoir envie de quelqu'un d'un peu moins… dangereux pour son cœur.

Brian lui tint la porte ouverte et, alors qu'ils entraient, il passa la main dans le bas de son dos, instaurant un contact dont elle savait déjà qu'il lui manquerait pendant des jours.

Levi et Silas avaient déjà payé leurs tickets et une fois qu'elle et Brian furent passés devant la caisse, Shannon aperçut son frère et l'autre adolescent assis sur un banc, en train d'enfiler leurs patins de location.

— Voilà qui devrait être intéressant, déclara Shannon, se sentant le cœur plus léger que depuis des semaines.

— Intéressant ? J'espérais plutôt marrant.

Il s'assit à côté d'elle et se débarrassa de ses chaussures. Voilà qu'il paraissait plus jeune, tout à coup.

— Ça marche.

Ils passèrent les deux heures suivantes à faire du patin à roulettes au son des derniers tubes, tous les quatre. Quand le moment des slows arriva, Brian fit tournoyer Shannon autour de la piste tandis que Silas et Levi partirent au bar. Shannon se demanda rapidement pourquoi Silas n'avait pas proposé à Levi de patiner avec lui. Il semblait évident que les deux jeunes gens se plaisaient, mais peut-être que son frère se livrait juste à son numéro de charme habituel, sans vouloir créer d'attentes pour autant. Quoi qu'il en soit, elle était heureuse, car ils avaient tous les deux l'air de passer un bon moment.

Elle patinait autour de la piste, main dans la main avec Brian, et elle lui sourit.

— Merci pour ce moment.

— Pas la peine de me remercier. Je m'amuse aussi. Qui aurait cru que ce serait aussi cool d'écouter Taylor Swift pendant un double rancard avec ton frère ?

Shannon se mit à rire.

— Je n'irais pas jusqu'à dire qu'il s'agit d'un double rancard. Ils viennent à peine de se rencontrer.

Brian jeta un coup d'œil à la table où les deux garçons étaient assis, leurs têtes inclinées l'une vers l'autre alors qu'ils discutaient.

— Si tu le dis, Shannon. Mais si c'était mon frère, je ferais en sorte d'avoir la fameuse conversation avec lui après.

— La fameuse conversation ?

Sa cage thoracique vibra alors qu'elle se retenait de rire.

— Il a dix-sept ans. Tu penses vraiment qu'il ne sait pas déjà tout ce qu'il faut savoir ?

— Aucune idée.

Il prit une mine penaude.

— Mais quand j'avais dix-sept ans, un rappel hebdomadaire ne m'aurait pas fait de mal.

Elle serra sa main, très amusée.

— J'imagine. Et je prends note de ton avis. Je vérifierai si mes parents lui ont expliqué tout ce qu'il y a à savoir sur les abeilles et les petites fleurs. Et si ce n'est pas le cas, je ferai en sorte d'y remédier.

Brian étrécit les yeux en observant les deux garçons.

— Ou une conversation sur les abeilles et les abeilles.

Elle hésita entre lever les yeux au ciel et pouffer de rire à nouveau. Au final, elle se contenta de secouer la tête en le grondant pour rire :

— Tu ne viens pas de sortir ça.

Il eut un sourire ironique et se tourna, si bien qu'il patinait en marche arrière. Mais alors qu'il s'apprêtait à poser ses mains sur les hanches de Shannon, un de ses patins glissa, et il s'écroula, les quatre fers en l'air, en entraînant la jeune femme dans sa chute.

— Argh ! s'écria-t-elle alors que son coude heurtait la surface dure. Aïe. Saleté de… Mince, ça fait mal.

Elle serra son bras contre sa poitrine et sentit des larmes lui brûler les yeux.

— Oh, bon sang ! Shannon, est-ce que ça va ?

Brian se mit à genoux tant bien que mal, l'attrapa par le haut des bras, et la fit se relever avec prudence.

— Est-ce qu'il faut qu'on t'emmène voir un guérisseur ?

— Je, heu… je ne sais pas trop.

La douleur remontait de son coude jusqu'à son épaule, mais elle n'aurait su dire l'étendue des dégâts. Elle ne voulait pas bouger pour le moment.

— Shannon ?

Levi apparut soudain à côté d'eux, de l'inquiétude dans son regard sombre.

— C'était une sacrée chute. Tu arrives à bouger le bras ?

— Je ne sais pas, avoua-t-elle. Je ne suis pas sûre d'avoir envie d'essayer.

Il hocha la tête et tendit la main à Brian pour l'aider à se relever. Une fois que le rancard de Shannon fut sur ses pieds, il vint se placer derrière elle et la remit délicatement sur pied, en faisant attention à ne pas toucher son coude.

— On va te faire sortir de la piste.

Elle hocha la tête en se sentant un peu stupide d'être ainsi couvée d'attentions par Brian et Levi. Elle avait juste cogné son coude. Ça ne pouvait pas être si grave que ça, hein ?

Une fois qu'ils eurent quitté la piste et furent installés à l'une des tables, Brian commença à défaire les patins de la jeune femme, tandis que, assis à côté d'elle, Levi frottait doucement ses paumes l'une contre l'autre.

— Tu veux bien que je regarde ton bras ?

Elle le dévisagea.

— Le regarder comment ?

— Pour évaluer ta blessure. Je ne peux rien guérir moi-même, mais ma magie d'esprit me permet de sentir les choses, et je devrais être capable de déterminer si tu as besoin de voir un guérisseur. J'ai un peu travaillé avec la guérisseuse Snow. Hope m'emmène avec elle quand elle va travailler sur certains cas, et j'apprends à mieux utiliser mon don.

— Hope t'emmène avec elle ? répéta Shannon.

Sans le fait que Hope soit d'accord pour qu'il travaille avec la guérisseuse Snow, elle n'aurait jamais accepté qu'un jeune de son âge examine son bras. Hope était massothérapeute de profession, mais elle avait aussi des dons particuliers en matière de guérison et elle travaillait avec Snow sur des cas difficiles.

— Oui. Elle voulait vraiment que je commence à travailler avec Snow. Elles ont toutes les deux l'air de penser que je suis utile.

Il haussa une épaule, en essayant de son mieux de se montrer humble.

— Tu as l'air sacrément utile, Levi.

Elle lui fit signe de venir devant elle et ajouta :

— D'accord, voyons si je me suis cassé une aile.

Levi la contourna et vint se placer derrière elle. Il commença à masser ses épaules avec des mains étonnamment puissantes. De la chaleur émanait de ses doigts et la douleur aiguë reflua. Au bout d'un moment, il fit lentement glisser ses mains le long de ses bras. Son contact n'était qu'un effleurement sur sa peau. La douleur ne s'intensifia pas, mais elle ne diminua pas non plus. Elle s'était faite sourde, pénible, mais en arrière-plan.

Levi poussa un soupir et la lâcha.

— On dirait que tu vas juste avoir un sacré bleu.

— Alors ce n'est pas cassé ? demanda Brian.

Son regard était inquiet et son corps tendu, comme s'il était prêt à agir dans la seconde. Levi secoua la tête.

— Je ne pense vraiment pas.

Il se tourna pour faire face à Shannon.

— Mais un guérisseur te rassurerait sûrement davantage et serait sans doute capable de faire disparaître la douleur.

— Nan, c'est bon, dit-elle en secouant la tête.

Hope lui avait un peu parlé de la capacité que son frère avait de sentir les choses, et elle lui faisait confiance.

— J'ai une potion analgésique à la maison. Ça devrait suffire.

Les épaules de Brian se détendirent de façon visible. Il s'assit à côté d'elle et prit sa main dans la sienne.

— Prête à y aller ?

— Je crois.

— On va aller rendre les rollers et récupérer tes chaussures, l'informa Silas.

Il fit un signe de tête à Levi pour l'inviter à se joindre à lui pour cette mission. Quand ils furent hors de portée d'oreilles, Shannon fit un petit sourire à Brian.

— C'était chouette. Merci.

— En dépit du fait que tu as failli te retrouver en miettes à cause de moi ? demanda-t-il, un sourcil haussé.

— C'était un accident.

Elle se laissa aller contre lui et lui donna un petit coup d'épaule.

— Ne sois pas trop dur envers toi-même. Ta maladresse n'a pas gâché la soirée. Tu n'as pas encore perdu ce pari.

Elle disait ça pour le taquiner, mais ses yeux se voilèrent d'une émotion qu'elle n'arriva pas à déterminer, et elle fronça les sourcils.

— Quoi ?

— Ce n'est pas le pari qui m'inquiète, Shannon. Je ne veux juste pas que cette soirée un peu bête se termine avec toi dans un plâtre.

Elle se sentit fondre devant sa sincérité et resserra ses doigts autour des siens.

— Ce n'était pas une soirée bête. J'ai été contente que tu embarques Silas et Levi à la dernière minute et que tu choisisses quelque chose d'aussi… marrant. Tu as une idée de quand c'était la dernière fois que j'ai eu un rancard où j'ai autant souri ?

— La dernière fois que tu es sortie avec moi ? demanda-t-il avec un sourire effronté.

Elle pouffa de rire.

— Espèce de vantard. Mais non. La dernière fois, j'étais trop occupée à t'imaginer à poil.

Voilà qui lui cloua le bec, ce qui amusa d'autant plus Shannon. Il cligna des yeux et en un instant, son regard s'embrasa.

— Quand on sera chez toi, je peux faire en sorte que tu n'aies plus besoin de faire appel à ton imagination.

— Heu, une autre fois, peut-être, dit-elle en tapotant sa jambe. J'ai un ado avec qui il faut que j'aie la fameuse conversation.

Il gémit et porta la main à son cœur.

— Il y a intérêt à ce que ce second rendez-vous arrive vite.

— Six rendez-vous en six semaines, non ? lui rappela-t-elle. Vendredi prochain, ça te va ?

Il secoua la tête.

— Non. Je veux sortir avec toi demain soir, et le lendemain. Et le soir d'après encore. Qu'est-ce que tu en dis ? On pourrait changer les conditions du pari. Six rendez-vous en six jours ?

Elle savait qu'il plaisantait. Il avait un grand sourire et ses yeux pétillaient de malice. Mais il lui semblait aussi qu'il y avait là une sincérité cachée. Par les dieux. Le cœur de Shannon allait jaillir hors de sa poitrine s'il continuait à jouer à ça. Elle avait envie de le défier, de le laisser la courtiser pendant toute la semaine à venir. Mais Silas revint avec ses escarpins et elle secoua la tête.

— Non. Vendredi prochain.

Brian haussa les épaules.

— Ça valait le coup d'essayer.

Le trajet de retour se fit en conversant plaisamment. À l'arrière, les garçons parlaient de skateboard, de jeux vidéo, de films, et ils projetaient d'aller randonner dans les jours à venir. Shannon les écoutait et émettait de temps en temps une opinion ou suggérait des activités à faire dans la petite ville pour ce qu'il restait de l'été.

Brian resta silencieux tandis qu'il les ramenait à Keating Hollow. Il ne parla qu'une fois garé devant chez elle, quand les garçons furent sortis du SUV.

— Comment va ton coude ?

— Pas trop mal.

Elle tendit le bras et lui montra qu'elle parvenait à le plier sans grimacer.

— Tant mieux.

Il sortit de voiture et fit le tour pour l'aider à descendre. Il la raccompagna jusqu'à sa porte et s'approcha d'elle pour poser délicatement ses mains sur ses hanches.

— J'ai passé une très bonne soirée.

Elle plongea dans ses yeux sombres et faillit fondre. Il y avait là une douceur qu'elle ne lui avait encore jamais vue. Était-ce là le vrai Brian ? L'avait-elle mal jugé en le considérant comme un play-boy de Californie du Sud ? Une image de Skye, l'enfant qu'il avait pensé être la sienne avant de découvrir qu'il s'agissait de la fille de Jacob, lui traversa l'esprit et elle se souvint qu'il était possible d'être tendre *et* d'être un play-boy. Se laisser séduire par cet homme, c'était sûrement chercher les ennuis.

Pas vrai ?

— Shannon ? demanda-t-il en se penchant vers elle.

Elle déglutit avec difficulté.

— Oui ?

Il se lécha les lèvres et demanda d'une voix rauque :

— Je peux t'embrasser ?

Rien au monde n'aurait pu la pousser à lui dire non en cet instant. Elle fixa ses beaux yeux sombres et répondit :

— Oui.

CHAPITRE 7

*a*ssis devant chez lui dans son SUV, Brian prit une grande inspiration. Que lui était-il arrivé au juste ce soir ? Il avait commencé la soirée en espérant faire un peu fondre la carapace que Shannon avait bâtie autour d'elle. Faire en sorte qu'elle lui accorde une chance, peut-être commencer à sortir avec elle pour de bon. Et pourquoi pas faire passer leur relation dans la zone « plus qu'amis ».

Au lieu de ça, c'était sa carapace à lui qui s'était fissurée. Non, pas fissurée. Elle avait explosé. Le besoin désespéré de la protéger qu'il avait ressenti quand elle était tombée sur le coude, c'était quelque chose qu'il n'avait jamais connu avec quiconque auparavant. Il avait eu envie de l'envelopper de ses bras, de la ramener à la maison et de prendre soin d'elle aussi longtemps qu'elle l'accepterait. Au final, il l'avait ramenée chez elle, l'avait embrassée pour lui dire bonne nuit, et était rentré seul chez lui. Comme toujours.

Mince.

La solitude n'avait jamais été un problème pour lui. À vrai dire, en général, c'était ce qu'il préférait. Ce qu'il ressentait pour Shannon était complètement nouveau et il n'était pas certain d'être à l'aise avec ça.

De la lumière inonda son porche et il sursauta. Qui se trouvait chez lui, bon sang ? Il saisit immédiatement son téléphone et fit défiler ses contacts pour trouver le numéro de Drew Baker, le shérif adjoint de Keating Hollow. Il avait déjà appuyé sur *Appel* quand l'intrus apparut dans son champ de vision.

— Cara ? dit-il, même s'il était impossible qu'elle l'entende alors qu'il était toujours dans le SUV.

— Baker, annonça Drew à l'autre bout de la ligne.

— Salut, Drew. C'est Brian Knox. J'ai cru que quelqu'un s'était introduit chez moi, mais c'est juste une amie que je n'attendais pas. Désolé de t'avoir dérangé pour rien.

Drew émit un petit rire.

— Pas de souci. Je préfère que ce soit une fausse alerte que quelque chose de grave.

— Je comprends. On se voit demain à la brasserie ?

— Ça marche. Bonne soirée.

Drew raccrocha alors que Brian ouvrait sa portière.

— Ah te voilà, s'écria Cara.

Les mains sur les hanches, elle le fusilla du regard.

— Où est-ce que tu étais passé, bon sang ?

Il étrécit les yeux et ignora sa question. Ça ne la regardait pas.

— Cara. Je te pensais partie pour Los Angeles depuis des heures.

— Je vois ça.

Sa voix était aussi glaciale que son expression.

— Tu étais avec *elle*, n'est-ce pas ?

— Si tu parles de Shannon, alors oui, en effet. Qu'est-ce que ça peut te faire ?

Il la dépassa et entra chez lui en se demandant comment elle était entrée. Il se rappelait distinctement avoir fermé à clé en partant dans la soirée.

— On sort ensemble ! s'écria-t-elle derrière lui, toujours debout sous le porche.

Brian fit volte-face si vite qu'il n'aurait pas été surpris de laisser une marque de brûlure sous ses talons.

— Quoi ?

— On sort ensemble. Nos familles s'attendent à ce que nous soyons fiancés d'ici la fin de l'année.

Elle leva les mains vers le ciel et le dépassa pour entrer dans la cuisine d'où elle sortit une bouteille du frigo. Elle se versa un verre de vin blanc.

Brian se tint sans bouger, choqué, et la regarda vider la moitié de son verre. Le choc commença à se dissiper et fit place à de la colère pure.

— On ne sort *pas* ensemble.

Elle ouvrit la bouche pour protester, mais il leva la main et la fit taire.

— Je me fiche de ce que nos pères racontent. Je t'ai accompagnée à ce mariage en tant qu'ami pour que tu ne te retrouves pas toute seule.

Sa voix était dure, même à ses propres oreilles, et il grimaça. Il adoucit son ton pour essayer de se comporter en gentleman plutôt qu'en connard insensible.

— Écoute, je suis désolé si on s'est mal compris, mais je ne pense vraiment pas que ce serait une bonne idée pour nous de sortir ensemble.

— Parce que tu veux te taper cette Shannon, dit-elle d'une voix acerbe.

Il ne pouvait pas franchement nier. Il avait envie de Shannon. Il avait probablement envie d'elle plus qu'il n'avait jamais eu envie de personne. Mais cela ne regardait pas Cara. Et franchement, ça l'énervait qu'elle ait eu besoin de mettre ça sur le tapis.

— Ne rentrons pas là-dedans, tu veux. Tu comptes m'expliquer pourquoi tu as fait demi-tour et ce que tu fais encore à Keating Hollow ?

Elle croisa les bras devant sa poitrine et pinça les lèvres. Il la fixa.

— Si tu ne veux pas me dire ce que tu fais là, peut-être que tu peux au moins m'expliquer comment tu es entrée. J'avais fermé à clé.

Elle prit une expression penaude, détourna les yeux et marmonna quelque chose.

— Pardon ?

Elle leva les mains en l'air.

— J'ai ouvert une fenêtre. Vas-y. Appelle les flics si tu veux. J'avais besoin d'aller aux toilettes et je ne pouvais plus attendre.

Elle avait l'air ridicule avec le menton dressé, les poignets serrés l'un contre l'autre comme si elle attendait les menottes. Brian se sentit soudain épuisé. Sans un mot de plus, il se tourna et s'enfonça dans la maison.

Des pas résonnèrent derrière lui et il réprima un soupir. Ce n'était pas comme s'il pouvait simplement lui ordonner de partir. Il était tard et elle n'avait pas de voiture. Il se demanda vaguement comment elle était revenue là. Un Uber ? Un taxi ? L'un ou l'autre, probablement. Ou une voiture de location, peut-être. Ça n'avait pas d'importance. La seule chose qui en avait, c'est qu'il se trouvait obligé de lui proposer sa chambre d'amis de nouveau.

— Je vais me coucher, dit-il sans la regarder. Tu n'as qu'à prendre la chambre d'amis.

— Je n'ai pas dîné, dit-elle.

Il grinça des dents, prit une grande inspiration et se força à articuler :

— Prends ce que tu veux dans le frigo.

— Merci, dit-elle d'une toute petite voix qui le fit se sentir comme un connard de première.

Mais bon sang, ce n'était pas lui qui s'était introduit chez une autre personne par effraction et l'avait accusée de tromperie alors qu'ils n'étaient même pas en couple.

Il fit une pause et se passa une main dans les cheveux. Il se tourna et croisa le regard circonspect de la jeune femme.

— On parlera demain matin, après avoir dormi.

— C'est probablement pour le mieux, répondit-elle.

— Bonne nuit, Cara.

— Bonne nuit, Brian.

Le téléphone professionnel de Brian qui sonnait bruyamment le tira d'un profond sommeil. Il s'assit dans son lit et cligna des yeux, la vision floue. Le réveil affichait 7 h 07.

— Oh la vache, marmonna-t-il. Qui est-ce qui m'appelle à l'aube ?

Il sortit du lit, vêtu en tout et pour tout d'un boxer, et passa dans le salon où son bureau était accolé à un mur. Comme il vivait seul, il avait installé son poste de travail à l'endroit offrant la meilleure vue sur la vallée qui s'étendait au-delà de son hectare de terrain sur le flanc montagneux de Keating Hollow.

Le téléphone continua à sonner, perturbant le calme matinal.

— Knox Design, dit-il dans le combiné.

— Knox. Qu'est-ce que tu as fait à ma fille, au juste ? aboya Manchester au bout du fil.

Brian prit un moment pour analyser ce que son client venait de dire. Puis il se racla la gorge.

— Je suis désolé, monsieur. Je ne comprends pas de quoi vous parlez.

— Ne joue pas les idiots, Knox. Tu ne peux pas sortir avec d'autres femmes sous son nez. Elle est anéantie. Elle m'a appelé avant même qu'il fasse jour, au bord des larmes. Il va falloir que tu prennes le premier avion et que tu te pointes ici pour t'excuser, sinon tu peux dire adieu à ce deal.

— Heu, quoi ?

Brian traversa rapidement le couloir et jeta un coup d'œil dans la chambre d'amis. Le lit était fait et Cara n'était nulle part en vue.

— Tu m'as très bien entendu. Je ne peux pas travailler avec un type qui a brisé le cœur de ma petite fille. Je t'attends ici ce soir, sinon, je vais devoir me trouver un autre designer.

— Je n'ai pas…

Un déclic retentit à l'autre bout de la ligne. Cet abruti lui avait une fois de plus raccroché au nez. Brian reposa le téléphone avec brusquerie et appela :

— Cara ? Tu es là ?

Silence.

Il poussa un soupir de soulagement. Elle était partie ? Il l'espérait. Il enfila un tee-shirt et un jean, puis passa dans la cuisine pour faire du café. Une fois qu'il aurait eu sa dose de caféine, il pourrait commencer à gérer cette matinée. Mais alors que la cafetière se mettait en route, il aperçut un petit mot posé sur le bar. À contrecœur, il alla le chercher et lut le papier couvert d'une jolie écriture.

. . .

Brian,

Je crois qu'il vaut mieux qu'on s'éloigne un moment afin de réfléchir à ce que nous souhaitons dans cette relation. Je suis partie par le vol de six heures. Appelle-moi une fois que tu seras décidé à faire ce qu'il y a de mieux pour nous tous.

Cara

ELLE AVAIT DESSINÉ un petit cœur à côté de son nom, et cela lui donna la nausée. Il froissa le petit mot et le jeta à la poubelle. Comment s'était-il retrouvé dans cette situation ubuesque ? Il n'avait jamais été en couple avec Cara. Il n'avait jamais accepté de l'être. Enfin, pas vraiment. Il était sorti avec elle quelques fois quand ils étaient ados, mais il y avait plus de quinze ans de cela. Même à l'époque, leurs parents avaient laissé entendre qu'un jour viendrait où ils se marieraient. Brian les avait toujours ignorés. Qui pense à se marier à dix-neuf ans ? Sûrement pas lui, et sûrement pas avec quelqu'un que ses parents auraient choisi pour lui.

Son café à la main, il revint à son bureau et regarda les croquis qu'il avait faits pour Manchester. Il balança tout le dossier dans la corbeille à papiers. Il n'y avait pas moyen qu'il fasse le design du nouveau spa de Manchester. Pas alors que l'autre l'avait menacé.

Son téléphone se remit à sonner. Il poussa un juron et décrocha.

— Knox.

— Brian, tonna la voix de son père à l'autre bout du fil.

— Tu t'attendais à quelqu'un d'autre ?

Il prit une gorgée de café et s'assit sur le fauteuil de bureau en cuir.

— Ne te montre pas désinvolte. Qu'est-ce que tu as fait à

Cara Manchester ? Son père vient de m'appeler pour me gueuler dessus. Il menace de rompre notre partenariat si tu n'arranges pas tes conneries.

— Alors tu vas devoir te trouver un nouveau partenaire, papa, parce que ce type est complètement dingue. Je n'ai rien fait du tout à sa fille.

Brian tendit le bras et alluma son ordinateur.

— Il dit que tu lui as brisé le cœur. Arrange ça, gronda son père.

— Non.

— Non ? répéta son père d'une voix moqueuse, comme si c'était inenvisageable que Brian ose le défier.

Et peut-être que cela avait été le cas par le passé, mais les choses avaient changé. Brian ne travaillait plus pour la firme familiale, et il ne comptait plus le faire. Plus jamais. Et même si sa boîte de design ne décollait jamais, ce n'était pas grave. Il avait une entreprise de vente en ligne de produits pour spa qui fonctionnait très bien et n'avait rien à voir avec Knox Corporation. Comme Brian se taisait, son père ajouta :

— Tu vas arranger les choses avec Manchester et Cara, ou il y aura des conséquences.

— Quelles conséquences, papa ? Tu comptes me déshériter ? Flash info : je m'en fiche. Fais ce que tu as à faire. Mais personne ne me dictera avec qui je dois être en couple ou me marier. Je refuse de jouer les gigolos, que ce soit pour toi, pour Knox Corp ou pour ma carrière. Compris ?

Son père poussa un soupir qui semblait plus fatigué qu'agacé.

— Bien sûr que non. Je ne te suggérerais jamais de compromettre ton intégrité, mais si nous ne faisons rien, c'est un sacré contrat qui va nous passer sous le nez.

— *Nous* passer sous le nez, papa ? Je ne fais plus partie de

Knox Corp. Qu'est-ce que tu veux que je fasse au juste ? Faire semblant de m'intéresser à Cara juste pour que tu puisses obtenir ce que tu veux de ce partenariat ? Eh bien autant te le dire tout de suite, ça ne va pas arriver. Je suis avec quelqu'un. D'ailleurs, je viendrai avec elle au mariage de Brittany. Je te la présenterai à ce moment-là.

Il y eut une longue pause avant que son père demande :

— C'est sérieux comment ?

— Aussi sérieux que ça peut l'être.

Brian sentit son cœur manquer un battement. Mince. Il fallait qu'il reprenne le contrôle. Il avait toujours eu l'intention d'emmener Shannon au mariage et de la faire passer pour sa fiancée. C'était un acte d'autoprotection de sa part, et c'était une des clauses du pari. Il ne s'était pas attendu à ce que cette idée lui plaise autant.

— Tu lui as offert une bague ?

Son père était soudain très intéressé. À l'évidence, il voulait savoir quel genre de femme au juste était sa future belle-fille. Il n'avait qu'à continuer à se le demander. Brian n'avait pas l'intention de lui dire quoi que ce soit de plus sur Shannon avant le mariage de sa sœur.

— Non. Mais je compte le faire.

Brian fut surpris de constater que cette idée ne le paniquait pas comme cela aurait été le cas un an auparavant. Avait-il mûri ou bien était-ce seulement que désormais il imaginait une femme différente à ses côtés ? Il secoua la tête. Rien de tout cela n'était réel. C'était juste une histoire pour que sa famille le lâche. Il fallait qu'il arrête de s'imaginer Shannon avec un diamant au doigt.

— Je vois. Bon, garde ça pour toi pour le moment. Je pense qu'il y a une façon de sauvegarder ce partenariat sans te marier avec la Manchester. Mais je vais avoir besoin de ton aide.

— Pour faire quoi ? demanda Brian en appuyant une main contre son front.

Pourquoi s'était-il retrouvé avec une famille pareille ? Ce n'était pas pour rien qu'il avait déménagé à huit cents kilomètres de là.

— Il faut qu'on calme Manchester, mais il ne sera pas très réceptif si tu te pavanes partout avec ta fiancée. Tu peux être là cet après-midi ?

Non. En fait, si, il aurait pu. Mais en dehors d'une urgence médicale, il n'y avait pas moyen qu'il parte en Californie du Sud après l'ultimatum que Manchester lui avait posé. Il résuma la conversation à son père et lui dit :

— Je pense qu'aucun de nous n'a envie de laisser penser à Manchester qu'il est en position de force. Si j'y vais, il va croire que c'est lui qui a le dessus.

— D'accord.

Son père prit une grande inspiration.

— Bon. Tant pis. Je m'occupe de lui. Juste… Pour l'instant, fais profil bas.

— Comme si ce n'était pas toujours le cas ? Personne n'écrit de ragots sur moi ici.

— Non, mais si quelqu'un découvre que Manchester voyait déjà sa fille fiancée et que ça n'arrive pas, ne va pas t'imaginer que te trouver à Keating Hollow te protégera en quoi que ce soit. Les vautours te retrouveront.

Il n'avait pas tort. Le nom de Knox était suffisamment célèbre pour que si les journalistes people avaient vent de quelque chose, ils rappliquent comme des goélands autour d'un chalutier. Non merci. Brian aimait sa petite vie tranquille à Keating Hollow. Il ne voulait pas que des reporters viennent tout foutre en l'air.

— Compris. On se reparle plus tard. J'ai du travail.

— Vraiment ? demanda son père. Manchester m'a dit qu'il arrêtait tout avec toi.

Brian leva les yeux au ciel.

— Oui, papa. J'ai une société de commerce en ligne qui marche très bien, tu te rappelles ? J'ai toujours quelque chose à faire. Franchement, je me fiche du design pour Manchester. Maintenant, je vais pouvoir me trouver d'autres clients sans être bloqué par sa clause de non-concurrence. Ce type est juste horrible sur tous les plans.

— Ah oui ?

— Oui. Fais attention à ce que tu lui accordes. Il exploitera toutes les failles. Crois-moi. Fais en sorte que ton contrat soit en béton.

— Tous mes contrats le sont.

CHAPITRE 8

L'odeur sucrée du caramel et du chocolat emplit l'air quand Shannon ouvrit la vitrine pour nettoyer les étagères. Ça n'avait pas arrêté de toute la journée à Une Cuillerée de Magie, et elle avait hâte d'être chez elle pour se détendre.

C'était la fin de l'après-midi, une vingtaine de minutes avant la fermeture, et elle se sentait épuisée. Après sa soirée sur la piste de patins à roulettes avec Brian et les deux ados, elle avait souhaité bonne nuit à Levi et Silas, les avait laissés devant la télé, et était partie tout droit se coucher. Malheureusement, elle n'avait pas dormi tant que ça. Pour tout dire, elle était restée allongée dans son lit à revivre le baiser qu'elle avait échangé avec Brian et à regretter de ne pas avoir eu le cran de l'inviter à entrer. Au lieu de cela, elle l'avait embrassé une dernière fois, lui avait dit qu'elle avait passé une très bonne soirée, et s'était enfuie à l'intérieur avant de craquer. Lui proposer de rester après un rancard était une erreur qu'elle refusait de commettre à nouveau.

Vu sa fatigue, elle était bien heureuse de maîtriser la magie d'air. Elle n'avait qu'à agiter sa baguette pour que la serpillière se passe toute seule dans la confiserie, lui épargnant tout effort physique. Encore dix minutes et elle pourrait rentrer chez elle, enfiler un pantalon de yoga confortable, et manger le reste des macaronis au fromage. Elle avait hâte.

La serpillière venait de terminer son travail quand le téléphone se mit à carillonner comme un clocher. Miss Maple lui avait dit une fois que, quitte à avoir un téléphone, autant que la sonnerie soit agréable. Shannon était d'accord, mais là, elle était juste agacée que quelqu'un appelle à cinq minutes de la fermeture.

Elle afficha un sourire en espérant que cela la forcerait à prendre une voix enjouée et décrocha :

— Une Cuillerée de Magie, que pouvons-nous faire pour embellir votre journée ?

— Shannon ?

C'était la voix de sa mère qui venait d'aboyer au téléphone.

— Où est passé Silas, tu vas me le dire ? On a un rendez-vous demain matin qu'il ne peut pas manquer.

Shannon réprima un gémissement et essaya d'ignorer l'angoisse qui montait en elle.

— Bonjour, maman. Ça fait un bail, hein ? Comment vas-tu ?

— Pas bien. Où est ton frère ? Il est avec toi, pas vrai ?

L'envie de raccrocher et de faire comme si ce coup de fil n'avait jamais eu lieu était forte. Mais Shannon ne pouvait pas faire ça. Après tout, Silas était encore mineur, et même si elle était contre pratiquement toutes les décisions que ses parents avaient prises pour lui en prétextant que c'était pour son bien, ils avaient au moins le droit de savoir qu'il était en sécurité.

— Oui. Il est ici à Keating Hollow, mais il ne m'a pas

accompagnée au travail. Il est sûrement à la maison, ou en train de faire une randonnée, je ne sais pas.

— Une randonnée ! Il ne peut pas faire ça. Le tournage de sa nouvelle série commence la semaine prochaine. S'il se blesse, ça sera très problématique. Il faut que tu le trouves et que tu le mettes dans le prochain avion pour Los Angeles. Envoie-moi les horaires, et je me débrouillerai pour qu'une voiture l'attende à l'arrivée.

Le carillon de la porte retentit et Shannon releva la tête pour voir entrer Silas et Brian. Silas avait un sourire ironique et Brian tenait un bouquet de tournesols. Il articula silencieusement un « salut » et lui adressa un sourire sexy qui envoya une décharge plaisante à la jeune femme.

Ouah. Elle aurait eu bien besoin d'un éventail.

— Shannon ? Tu m'as entendue ? demanda Gigi Ansell.

— Oui. Mais il ne prendra pas l'avion, maman. Sa voiture est ici, et d'après ce que j'ai compris, il n'a pas envie de faire cette nouvelle série. Il ne te l'a pas dit ?

— Maman ? murmura Silas.

Il blêmit et fit la grimace. Shannon hocha la tête avec un sourire contrit.

— Pff. On paiera quelqu'un pour la ramener. Ou bien tu n'as qu'à le faire, toi. Ça fait bien longtemps que tu ne nous as pas rendu visite. Je te jure, ce bled c'est comme des sables mouvants, il t'a avalée tout entière. Il faut que tu sortes de là avant d'avoir oublié comment interagir avec le reste du monde.

— Je ne vais certainement pas conduire jusqu'à Los Angeles.

La dernière fois qu'elle en était partie, elle avait fait le vœu de ne jamais y revenir. Ses parents lui avaient gâché le plaisir d'habiter dans cette ville.

— Très bien. Alors monte dans un avion avec Silas. On

embauchera un chauffeur, ce n'est pas un problème. Je vous attends demain tous les deux.

— Ce n'est juste pas possible. J'ai un travail. Je ne peux pas me barrer comme ça pour faire tes quatre volontés, dit Shannon en contenant ses émotions.

Si elle ne l'avait pas fait, elle se serait retrouvée à hurler dans le combiné.

— Combien de fois t'ai-je dit que tu n'as pas besoin de travailler dans ce bouiboui ? la réprimanda Gigi. Il y a un travail qui t'attend comme manager jusqu'à ce que ton portfolio soit remis en état. Il faut juste que tu...

— Il faut que rien du tout, maman. Je me plais ici. J'y suis heureuse. Ça ne peut pas être si terrible que ça. C'est ici que tu m'as élevée.

Les Ansell avaient emménagé à Keating Hollow quand Shannon n'avait que sept ans. Sa grand-mère paternelle y vivait, et son père avait convaincu Gigi qu'il fallait qu'ils prennent soin d'elle, car elle était âgée. Gigi avait accepté à contrecœur. Elle avait de grands projets pour sa carrière à Hollywood. Elle avait décroché quelques petits rôles, mais rien qui permette de payer les factures. Alors, comme ils étaient fauchés et que Mamie Ansell avait besoin d'une aide à domicile, ils avaient déménagé tous les trois.

Mamie Ansell était morte onze ans plus tard, alors que Silas n'avait que quatre ans, et que Shannon entrait à l'Université de Los Angeles. Toute la famille était partie en Californie du Sud. Gigi avait bien l'intention de faire des stars de Shannon et Silas. Quatre ans plus tard, Shannon avait terminé ses études et était aussitôt repartie à Keating Hollow. Elle ne voulait plus avoir à attendre des retours d'audition, qu'on lui dise qu'il fallait qu'elle perde cinq kilos de plus et, surtout, elle ne voulait plus avoir à subir les critiques de sa mère. Son seul regret était d'avoir laissé Silas seul avec leurs parents.

C'était alors que Gigi Ansell s'était entièrement concentrée sur son fils. Au cours des neuf dernières années, il avait été modèle pour plus de catalogues et joué dans davantage de pubs qu'elle n'aurait su le dire. Mais à la différence de Shannon, c'était un travail qui lui plaisait vraiment. Dommage que leur mère fasse tout ce qui était en son pouvoir pour l'en dégoûter.

— Je n'ai pas eu le choix. Tu le sais. Ton père... Eh bien, c'est toujours lui qui avait le dernier mot, mais depuis qu'il a couché avec cette *femme*, les choses ont changé. C'est moi qui décide, maintenant. D'ailleurs, il est parti faire de la lèche auprès des producteurs de Stream Box. C'est un nouveau service de streaming, et je te parie mes Louboutins que je pourrais t'obtenir un rôle dans leur nouvelle série qui sortira l'an prochain. Qu'est-ce que tu en dis ? Je te mets un rendez-vous pour demain après-midi ?

Parier ses Louboutins voulait dire qu'elle était sûre à cent-un pour cent d'obtenir ce qu'elle voulait. S'il y avait bien une chose à laquelle sa mère tenait, c'étaient ses chaussures de luxe. Le statut social, c'était tout ce qui comptait pour elle.

— Non merci, dit Shannon en faisant comme si ce n'était pas grand-chose de refuser une réunion avec un producteur important.

Car ça ne l'était pas pour elle. Elle aimait jouer, mais elle n'aimait pas le côté business de la vie d'actrice. Et si en plus c'était sa mère qui gérait sa carrière, c'était un grand non.

— Je serai ici à Keating Hollow avec Silas. Je crois que tu devrais le laisser respirer. Il est surmené, maman. Laisse-le se reposer quelques jours et puis tu pourras l'appeler.

— Se reposer. Ça fait déjà une semaine qu'il est en arrêt,

souffla Gigi. Il a dix-sept ans, pas cinquante. Tout ce qu'il lui faut, c'est une grasse matinée, et il sera prêt à repartir.

— Heu, tu l'as bien regardé dernièrement ? Il a des cernes et il est beaucoup plus pâle que d'habitude. Je pense que le mieux que tu puisses faire, c'est le laisser un peu tranquille, dit Shannon.

— La vache, merci, frangine. C'est cool de savoir que j'ai une tête de déterré, marmonna Silas.

Shannon couvrit le combiné de sa paume et murmura :

— Chut, je suis en train de te gagner quelques jours de tranquillité avant que tu doives la gérer.

Il leva les mains dans un geste de capitulation et s'avachit sur une des chaises.

La mère de Shannon poussa un soupir très ennuyé.

— Très bien. Mais s'il ne répond pas quand je l'appelle dans deux jours, je prends un avion et c'est moi qui le ramène à la maison.

— Maman, je ne…

— Laisse tomber, Shannon. Ce n'est pas un jeu. C'est de sa carrière qu'il s'agit. S'il a besoin de faire mumuse dans les séquoias quelques jours, admettons. Mais je ne vais pas le laisser se cacher jusqu'à la fin de l'été. Il a des engagements à honorer.

Il y eut un clic et Shannon comprit que sa mère avait raccroché. Elle reposa le combiné du téléphone fixe et marcha jusqu'à la table pour s'asseoir à côté de Silas.

— Alors ? demanda-t-il.

Elle se massa une tempe.

— Je t'ai obtenu deux jours avant qu'elle ne pète un câble. Elle exige que tu lui parles à ce moment-là, sinon elle va débarquer pour venir te chercher elle-même.

Il gémit et se couvrit le visage de ses mains.

— Je suis désolée. Tu es allé voir Lorna White aujourd'hui ? demanda-t-elle.

C'était l'avocate de la ville.

— Non.

Il laissa tomber sa tête sur la table et tapa doucement la surface avec son crâne.

— Ne va pas te casser un truc, dit Brian en pouffant de rire. Je parie qu'elle est toujours dans son bureau, si tu veux y aller maintenant.

Silas arrêta son geste autodestructeur et tourna la tête pour regarder Shannon.

— Tu crois que je peux lui faire confiance ?

— Je pense, oui. Lorna est avocate dans une petite ville et elle se fiche du prestige ou de fâcher la mauvaise personne. En d'autres termes, maman n'aura aucune influence sur elle, ce qui n'est pas forcément le cas avec certains avocats à Hollywood.

— Arf. D'accord.

Il se hissa sur ses pieds.

— Je vais aller lui parler.

— Tu veux que je vienne aussi ? demanda Shannon en se levant.

Elle mourait d'envie de l'accompagner et d'entendre de ses oreilles ce que Lorna pourrait dire, mais elle savait aussi que Silas en avait marre de se faire trimballer. Il y avait des choses qu'il avait besoin de faire seul.

— Non. Pas ce soir. Je veux juste voir ce que ça implique et combien de temps ça peut prendre. Si la procédure prend six mois, ça ne vaut pas trop le coup, hein ? demanda-t-il.

— C'est sûr.

Il aurait dix-huit ans dans tout juste huit mois. Quelque chose qui traînerait en longueur ne valait pas le coup de s'embarquer dans une dispute familiale.

— Je te verrai à la maison.

Il partit vers la sortie, mais juste avant d'ouvrir la porte, il se tourna vers Brian et dit :

— Bonne chance, mon vieux.

Shannon haussa un sourcil en regardant Brian.

— Pourquoi est-ce que tu as besoin de chance ?

— Pour ça.

Il lui tendit le bouquet de tournesols et plongea la main dans un sac en toile qu'elle n'avait pas remarqué jusqu'alors. Il en sortit une bougie. Il l'alluma en claquant des doigts, la posa sur la table, recula, et passa un bras autour de la taille de Shannon.

— Impressionnant, le taquina-t-elle, car il venait d'utiliser sa magie de feu.

Il lui fit un grand sourire.

— Attends un peu.

Shannon lui jeta un coup d'œil soupçonneux.

— Qu'est-ce qui… ?

La flamme jaillit dans les airs et se transforma en une baguette scintillante qui inscrivit les mots : *Veux-tu dîner avec moi ?*

Shannon ne put s'empêcher de se sentir charmée. C'était tellement mignon.

— Si un dîner ne te convient pas, aller boire un verre ou juste se balader au bord de la rivière, ça me va aussi. Je voulais juste passer un peu de temps seul avec toi vu qu'hier on s'est retrouvés avec deux ados pendant notre rancard. Non pas que j'aie passé un mauvais moment. Silas et Levi sont tous les deux de chouettes gosses.

— Oui, ils sont chouettes, dit Shannon en lui jetant un regard de côté. Ça compte comme notre rendez-vous numéro deux ?

Elle le vit sous-peser mentalement le pour et le contre. S'il disait oui, cela augmenterait significativement les chances qu'elle dise oui. S'il disait non, il aurait encore cinq rendez-vous et plein de temps devant lui avant que le pari ne se termine.

— Tu m'as dit hier que le pari c'était un rendez-vous par semaine pendant six semaines, donc non. Celui-ci ne compte pas. J'ai juste envie de passer un peu de temps avec toi et d'apprendre à te connaître un peu mieux avant notre prochain rendez-vous.

Bon sang, comment aurait-elle pu dire non ? Le fait était qu'elle n'avait pas *envie* de dire non. Et après avoir géré le cauchemar qui lui servait de mère, tout ce qu'elle avait envie de faire, c'était se sortir cette conversation de la tête. Brian serait une distraction parfaite.

— D'accord, entendu. Si on mangeait au pub avant d'aller faire un tour au bord de l'eau ?

Ses lèvres se fendirent en un large sourire.

— Tu n'as pas besoin de me le dire deux fois.

Il lui tendit son bras.

— Prête ?

— Carrément.

Elle sortit sa baguette de l'étui à sa taille, en agita le bout, et renvoya la serpillière et son seau à leur place dans le placard qui était resté ouvert. Elle tendit la main et éteignit les lumières avant de sortir sur le trottoir pavé de la Grand-Rue de Keating Hollow.

CHAPITRE 9

*B*rian glissa sa main dans celle de Shannon et ignora l'étrange pression dans sa poitrine qui s'était installée là au moment où elle avait accepté le rendez-vous. Il s'attendait vraiment à ce qu'elle dise non, surtout vu qu'il avait essayé de l'impressionner avec un tour de magie idiot. Il laissa un petit rire lui échapper, tant gêné qu'amusé par ses méthodes de drague d'amateur.

— Qu'est-ce qui te fait rire ? demanda Shannon.

Le soleil était bas dans le ciel et projetait une lueur chaude qui illuminait ses traits dans cette fin d'après-midi.

— Moi. Je n'arrive pas à croire que mon petit tour avec le feu ait fonctionné.

Il sentit son visage s'embraser et pria pour que sa rougeur disparaisse.

Shannon se mit à rire.

— D'accord, c'était un peu guimauve. Mais j'aime bien ça. Quiconque arrive à me faire rire marque des points bonus.

— C'est pour ça que tu as dit oui ? Tu me trouves drôle ?

— Oui… et non. Pour être franche, je voulais quelque chose

qui me distraie après avoir eu affaire à ma mère. Elle me rend chèvre.

Brian renifla.

— On dirait moi quand je parle de mon père. J'ai aussi eu une conversation de ce genre aujourd'hui.

Ils échangèrent un long regard de compassion l'un pour l'autre.

Il l'attira un peu plus près de lui pour lui faire éviter la flaque de crème glacée qui avait été abandonnée devant le Café Incantation.

Elle regarda le trottoir et quand elle releva la tête vers lui, elle avait une expression tendre.

— Merci.

— Je t'en prie.

Il était heureux d'avoir réussi à dépasser sa façade exubérante pour découvrir son côté doux. Cela lui donnait envie de recommencer encore et encore.

La brasserie de Keating Hollow était étonnamment tranquille alors qu'on était en été, une période habituellement très chargée. Sadie, une petite blonde, se précipita pour les accueillir.

— Bonsoir Shannon, bonsoir Brian. Une table pour deux ? demanda-t-elle.

— Oui.

Brian lâcha la main de Shannon et plaça la sienne en bas de son dos.

— Qu'est-ce qui se passe ? Où ils sont, tous ? demanda Shannon alors qu'ils suivaient Sadie jusqu'à une table près de la fenêtre.

— Il y a une sorte de soirée dégustation chez les Pelsh organisée par Rex Holiday. Du vin gratuit, ça marche à tous les coups.

Sadie sourit.

— Mais vous savez quoi ? Même si mes pourboires ne vont pas voler bien haut ce soir, ça ne me dérange pas. C'est cool d'avoir une soirée calme de temps en temps.

— Je vois très bien, dit Shannon. Je comprends pourquoi il n'y avait personne à la confiserie cet après-midi.

— Oui, confirma Sadie. Je crois que Rex essaie de jauger comment les gens réagissent aux vins sur lesquels il travaille avec Mr Pelsh. Ils testent leurs premières moutures et essaient de voir lesquelles envoyer à la vente et lesquelles faire vieillir davantage. J'ai entendu dire que Mr Pelsh a aussi quelques vins qu'il a mis en bouteille l'an dernier et qu'il veut essayer. Ça va être une sacrée fête de quartier, je crois.

— C'est sûr, dit Brian en prenant le menu qu'elle lui tendait. Mais ce soir, je pense que je vais juste prendre le nouveau cidre de poire de Rhys. On m'a dit qu'il était délicieux.

— Je vais essayer celui à la pomme, déclara Shannon.

Rhys était l'assistant du gérant de la brasserie et on lui avait récemment confié la production de cidre.

Sadie leur assura qu'elle revenait tout de suite avec leurs boissons et partit derrière le bar.

— Rex est un ami à toi, non ? demanda Shannon.

Brian fronça les sourcils.

— Oui, jusqu'à ce qu'il commence à draguer ma copine au mariage de Jacob.

Shannon aboya de rire.

— Ta copine ?

Il hocha la tête.

— Le code d'honneur masculin dit qu'il n'aurait pas dû poser ses sales pattes sur toi.

— Le code d'honneur ? souffla-t-elle. Tu déconnes.

— Absolument pas. Il savait déjà que tu me plaisais. Qu'il

soit venu te faire son numéro, c'est pas correct du tout. Ça pourrait sonner le glas d'une amitié vieille de plus d'une décennie.

Shannon leva les yeux au ciel.

— On dansait juste, on ne s'est pas roulé de pelles. Et si tu mets fin à une amitié pour ça, tu es un abruti.

— Ah oui ? Pourquoi ? demanda-t-il en la regardant avec attention.

Une vague de rire commençait à monter dans sa poitrine devant la réaction qu'il obtenait d'elle. Son amitié avec Rex ne risquait rien. Pour tout dire, il savait que Rex l'avait invitée à danser juste pour le faire bisquer. C'était une sorte de défi.

— Parce que tu es idiot, c'est tout, dit-elle, l'air exaspérée. Je ne suis pas au vignoble, là, si ? Je n'étais même pas au courant qu'il y avait une dégustation. Au lieu de quoi, je suis là avec toi. Ça devrait t'indiquer quelque chose.

Un sourire s'étira lentement sur le visage de Brian. Elle avait raison. Cela lui indiquait tout ce qu'il avait besoin de savoir.

Une heure plus tard, il paya l'addition, se leva et lui tendit la main.

— Prête à aller marcher un peu ?

— Je vais en avoir besoin après les macaronis au fromage d'hier soir et ce hamburger frites aujourd'hui. Punaise. J'ai l'impression d'avoir pris cinq kilos en deux jours.

Il s'autorisa à la parcourir du regard ; il adorait sa silhouette pulpeuse.

— Impossible. Mais si c'était le cas, je dirais qu'ils se sont parfaitement répartis.

Shannon le regarda comme s'il avait perdu la tête.

Il se contenta de rire et la traîna hors de la brasserie. L'air s'était quelque peu rafraîchi et quand il vit qu'elle avait la chair de poule sur ses bras nus, il la dirigea vers son SUV qui était garé devant le magasin de musique de Chad.

— On prend la voiture ? demanda-t-elle en fronçant les sourcils.

— Non. Tu as l'air d'avoir froid.

Il ouvrit la portière arrière et en sortit un sweat gris à fermeture éclair.

— Je me disais que tu voudrais peut-être prendre ça.

Et voilà cette expression à nouveau. Cette douceur qui lui donnait l'impression de regarder droit dans son âme. Bon sang, elle allait causer sa perte un de ces jours si elle continuait à le regarder comme ça.

— Merci, dit-elle en l'enfilant.

Le pull faisait au moins deux tailles de trop pour elle, mais ça plaisait à Brian. Il n'y avait rien de plus sexy que de voir la fille sur qui vous aviez des vues porter vos fringues. C'était comme s'il avait posé sa marque sur elle en lui prêtant ce vêtement.

Reprends-toi, Knox, s'ordonna-t-il. *Tu n'es plus au lycée, crétin.*

Il réprima un petit rire et passa un bras autour de la taille de la jeune femme pour l'attirer contre lui.

— Tu ris de nouveau. Qu'est-ce qui t'arrive cette fois ? demanda-t-elle alors qu'ils commençaient à descendre la rue vers la rivière.

— Je ne ris pas, mentit-il. J'apprécie juste cette balade vespérale avec ma future fiancée.

Il lui fit un clin d'œil et elle rougit. Bon sang, il adorait ça.

— Fausse fiancée, le corrigea-t-elle. Et ne sois pas présomptueux. Tu as peut-être bien commencé, mais ça ne veut pas dire que tu vas tenir jusqu'à la fin.

Brian s'arrêta net et la fixa, les sourcils haussés.

— Ne pas tenir ? Tu blagues ? Je suis un coureur de fond. Je vais toujours au bout de ce que j'entreprends.

Sa voix s'était faite chaude, et il était impossible de dissimuler le désir qui s'y nichait. Il tendit la main et écarta une mèche de devant ses yeux avant d'ajouter :

— Tu peux me croire là-dessus.

Shannon se lécha les lèvres en baissant les yeux vers la bouche de Brian.

Bon sang. Elle essayait de le tuer ou quoi ?

— Shannon, si tu continues à me regarder comme ça, je vais t'embrasser jusqu'à ce que tu ne puisses plus respirer.

— D'accord, souffla-t-elle.

Et voilà. C'était fini pour lui. Il ne pouvait plus freiner. Elle lui avait donné le feu vert, et rien au monde n'aurait pu l'arrêter désormais. Il posa les mains sur ses joues et se pencha jusqu'à ce que ses lèvres ne soient plus qu'à quelques centimètres des siennes. Mais il avait beau avoir follement envie d'elle, il fallait qu'il soit sûr que c'était réciproque.

— Tu es sûre ?

Shannon tendit la main et agrippa sa chemise de son poing pour le tirer encore davantage vers elle, jusqu'à ce que leurs corps soient collés l'un à l'autre, et elle répondit à la question en recouvrant sa bouche de la sienne.

Il laissa aussitôt ses mains filer dans les cheveux de la jeune femme tout en lui faisant incliner la tête en arrière. C'était un baiser torride, passionné. Cela faisait des mois qu'ils se cherchaient mutuellement, et là, on aurait dit qu'ils étaient tous deux affamés.

Shannon lâcha sa chemise, passa ses bras autour de la taille de Brian et commença à faire glisser ses doigts de haut en bas dans son dos. Son contact était divin, mais pas tout à fait aussi magique que sa bouche. Par les dieux, il aimait sentir le goût du sel, du cidre, et de quelque chose de légèrement sucré, sur ses lèvres.

— Tu as un goût de biscuit au sucre, murmura-t-elle contre ses lèvres.

Il recula et pouffa de rire.

— Quoi ? Comment c'est possible ?

Elle haussa les épaules.

— Je ne sais pas, mais j'adore les biscuits au sucre.

L'instant d'après, ses lèvres se trouvaient déjà contre les siennes à nouveau. Quand ils se séparèrent, ils respiraient fort tous les deux. Brian appuya son front contre celui de la jeune femme et murmura :

— Est-ce que tu as la moindre idée d'à quel point je crève d'envie de te ramener chez moi, là ?

Elle poussa un profond soupir.

— À peu près autant que j'ai envie de te ramener chez moi, j'imagine.

Brian gronda.

— Bon sang, Shannon. Ne va pas dire des choses comme ça si tu ne le penses pas.

— Oh, je le pense.

Mais alors même qu'elle prononçait ces mots, elle recula et se mordit la lèvre.

— Le problème, c'est qu'il faut que je rentre chez moi et que je parle à Silas. Il faut qu'il me raconte comment ça s'est passé avec Lorna.

— Ah oui.

Brian ferma les yeux et essaya de se forcer à redescendre.

— Bien sûr, oui. Je peux te raccompagner, ou bien tu es venue en voiture ?

— Je suis venue à pied, mais je croyais qu'on allait à la rivière.

— Shannon, si je t'emmène jusqu'au bord de l'eau, il y a quatre-vingt-quinze pour cent de chances pour que j'essaie de te déshabiller sous un arbre. J'ai beau avoir très envie de passer davantage de temps avec toi, il vaudrait peut-être mieux qu'on s'arrête là pour ce soir.

Elle renversa la tête en arrière et éclata de rire.

— Oh, comme si tu n'y aurais pas pensé ?

Il la regarda en la mettant au défi de le contredire.

— Tu as raison. Si. C'est juste que je trouve ça très drôle que tu te montres aussi franc à ce propos. Ça me plaît.

Elle se dressa sur la pointe des pieds pour effleurer ses lèvres une dernière fois.

— C'est une des raisons pour lesquelles tu me plais autant. J'apprécie que tu ne cherches pas à cacher ce que tu penses… Enfin, en général.

Elle prit un air triste et il était sûr de savoir à quoi elle faisait référence. Le souvenir de la nuit où il l'avait repoussée lui revint à l'esprit, une image si vive qu'il fit un pas en arrière et se passa une main sur le visage.

— Tu penses me dire un jour ce qui t'a pris ce soir-là ? demanda-t-elle.

Il releva la tête, étonné de la voir être si directe. Mais ça n'aurait pas dû le surprendre. C'était là la personnalité de Shannon, et une partie de ce qui l'attirait autant chez elle.

— Oui. Je vais te le dire en te ramenant chez toi.

CHAPITRE 10

$\mathcal{S}$hannon resta silencieuse alors qu'elle marchait au côté de Brian dans la Grand-Rue. Elle mourait d'envie d'entendre pourquoi il l'avait repoussée cette nuit-là, mais elle soupçonnait que la raison était profondément personnelle et qu'il ne se sentait pas à l'aise pour en parler. C'était mieux de le laisser trouver lui-même comment entamer cette conversation plutôt que d'insister. Il lui avait déjà promis de lui expliquer. Il fallait juste qu'elle soit patiente.

Ils avaient remonté quelques pâtés de maisons et venaient d'entrer dans une jolie rue bordée d'arbres d'un quartier résidentiel quand il demanda :

— Tu as déjà entendu parler de Sienna ? La mère biologique de Skye ?

— Un peu. Pas beaucoup, pour être franche. Je sais qu'elle a été fiancée à Jacob, répondit prudemment Shannon.

Elle avait entendu dire que toute cette histoire avait été plutôt mouvementée. Que Jacob et elle étaient fiancés et qu'elle l'avait quitté pour Brian. Entre ça et la paternité peu claire de Skye, ça ressemblait trop aux *Feux de l'amour* pour elle.

Brian laissa un rire amer lui échapper.

— Oui. C'est vrai. Mais elle m'avait dit que c'était terminé.

Shannon aurait voulu pouvoir se taire, attendre qu'il poursuive de lui-même, et le laisser raconter à sa manière avant de commenter, mais elle ne put empêcher les mots de franchir ses lèvres.

— Alors tu as couché avec l'ex de ton meilleur ami ?

Brian grimaça.

— Mince. Désolée. Je ne voulais pas formuler ça comme ça.

Elle colla sa main devant sa bouche avec l'envie que le sol s'ouvre sous ses pieds et l'engloutisse. C'était injuste de juger Brian sur une erreur passée. Et elle n'avait pas tous les détails.

— Ce n'est pas grave. J'aurais posé la même question à ta place. Pour faire court, oui. J'ai couché avec elle. Mais je devrais te donner un peu de contexte.

Du contexte ? Qu'est-ce que le contexte pouvait changer à l'affaire quand il était question d'avoir séduit la copine de votre meilleur ami ? Ça n'allait pas à l'encontre du code d'honneur masculin, ça ?

— Je vois tes méninges se mettre à tourner, Shannon, dit-il d'un air résigné.

— Elles font tant de bruit que ça ?

Elle fut heureuse que sa voix ait l'air gentille plutôt que hautaine et pleine de jugement. Personne n'avait besoin de ça.

— Oui. Enfin, bref, je disais… cela faisait des années que j'étais à moitié amoureux de Sienna. Mais pour des raisons évidentes, je n'avais jamais exprimé ces sentiments.

— C'est pas évident, ça, avoir des sentiments pour quelqu'un qui est incapable de te les rendre.

— Oui, en effet. J'ai continué à essayer de sortir avec d'autres filles, mais je n'ai jamais ressenti pour elles ne serait-ce que la moitié de ce que je ressentais pour Sienna.

Bon sang. Était-il toujours amoureux d'elle ? Était-ce pour ça qu'il n'avait pas réussi à coucher avec elle ce soir-là ? Et si c'était le cas, qu'est-ce qui avait changé ?

Brian poursuivit comme s'il n'avait pas fait partir ses pensées dans une spirale de « et si ».

— Et puis elle s'est pointée devant chez moi pour m'annoncer que ses fiançailles avec Jacob étaient annulées et qu'elle avait besoin d'un endroit où dormir jusqu'à ce qu'elle trouve un nouvel appartement. Bien sûr, je l'ai laissée entrer. Il était tard, alors je l'ai installée dans une chambre d'amis et je me suis dit que j'appellerais Jacob le lendemain pour le prévenir qu'elle était chez moi.

— Tu l'as appelé ? demanda Shannon qui avait le sentiment de déjà connaître la réponse.

— Non. Comme je l'ai dit, il était tard. Sienna était dans tous ses états. Je l'ai conduite dans la cuisine pour qu'elle me raconte ce qui s'était passé. On s'est retrouvés à descendre une bonne dose de téquila et puis on est allés se coucher… pas dans la même chambre. Même si j'avais des sentiments pour elle, je ne voulais pas profiter de la situation alors qu'elle était dans un état de détresse émotionnelle. Sans mentionner que je ne voulais pas faire de mal à Jacob.

— J'ai l'impression que tu as essayé de faire ce qu'il fallait, dit Shannon en tentant de lui témoigner du soutien.

— À l'évidence, je n'ai pas essayé assez fort, dit-il avec dérision.

Shannon s'arrêta alors qu'ils arrivaient devant chez elle.

— J'en déduis que tu as trouvé un moyen de te glisser dans son lit quand même.

— Non. C'est elle qui s'est glissée dans le mien, répliqua-t-il avec amertume. Le temps que je sois assez réveillé pour comprendre ce qui était en train d'arriver, on avait passé le point de non-retour depuis longtemps, si tu vois ce que je veux dire.

— Elle… a profité de toi, dit Shannon à voix si basse qu'il l'entendit à peine.

— Je suppose que c'est vrai d'une certaine façon, mais ce n'est pas comme si j'étais malheureux de me rendre compte que j'étais en train de coucher avec une femme dont j'étais fou depuis des années.

Son amertume ne fit que s'intensifier et Shannon envisagea de lui dire qu'il pouvait s'arrêter là. Qu'elle en avait assez entendu. Mais avant qu'elle puisse intervenir, il avait recommencé à parler.

— Le lendemain, je n'ai pas pu supporter l'idée d'appeler Jacob pour lui dire que j'avais pris sa suite immédiatement. Alors je ne l'ai pas fait.

— Je comprends, dit Shannon en posant une main sur le cœur de Brian. Tu n'avais pas l'intention de blesser qui que ce soit.

— Peut-être pas, mais j'ai découvert plus tard qu'ils n'avaient même pas encore rompu à ce moment-là. Sienna m'avait menti. Et non seulement ça, mais elle m'a ensuite dit qu'elle était enceinte de moi.

— Skye, intervint Shannon comme s'ils avaient besoin de cette précision.

— Oui. Sienna m'a dit que c'était la mienne, et je n'avais pas de raison de ne pas la croire. Pas à ce moment-là, en tout cas. La vérité, le fait que Jacob était son père biologique, n'a émergé que bien plus tard.

Ses épaules se contractèrent et sa voix se brisa sur la fin de la phrase.

— Je ne sais pas quoi dire, Brian, à part que c'est vraiment tordu.

Shannon ne savait pas comment lui apporter un soutien solide dans cette situation.

— Tu n'as pas besoin de dire quoi que ce soit, ne t'inquiète pas. C'est du passé, je me suis remis de Sienna. J'ai retrouvé mon meilleur ami et maintenant il y a Skye.

Un sourire adorable s'afficha sur ses lèvres alors qu'il prononçait le nom de la petite fille.

— Je ne suis pas son père, mais je suis son parrain. Jacob et Yvette sont contents de pouvoir me la confier de temps en temps, alors ce n'est pas comme si elle avait disparu de ma vie.

— Mais… ? dit Shannon pour l'inciter à poursuivre.

Il s'était lancé dans ce récit en guise de préambule pour lui expliquer pourquoi il s'était enfui de sa chambre. Ça ne pouvait pas s'arrêter là.

Un rire sans joie lui échappa.

— Mais… pendant des mois, je me suis occupé de Sienna. Sa santé mentale était très mauvaise et elle avait besoin d'aide. J'ai été son seul vrai soutien émotionnel, et ça me convenait jusqu'à ce qu'elle me balance que c'était Jacob le père du bébé, pas moi. J'ai presque tout perdu, deux fois, à cause d'elle.

— Ton amitié avec Jacob et ta fille, dit Shannon en essayant d'ignorer la douleur dans sa poitrine.

— Et Sienna. Je l'aimais. À ma façon, dit-il sans regarder Shannon.

— D'accord, mais quel rapport avec moi ? finit-elle par demander.

Il n'hésita pas à la regarder dans les yeux.

— Je n'ai pas eu de rapports intimes avec qui que ce soit depuis cette horrible nuit, Shannon. Ce n'est pas que je n'en ai pas envie. Parce que si. Promis. Mais je crois que j'ai aussi la trouille que si j'ai une histoire avec quelqu'un à qui je tiens, ça va de nouveau être un désastre.

Il plongea son regard dans le sien et elle ne put réprimer le frisson profond qui la secoua. Ce très bel homme qui se tenait devant elle venait de lui dire, à sa façon, que s'il avait paniqué quand elle l'avait invité à la rejoindre dans son lit, c'était parce qu'il avait peur de la perdre.

— Je ne veux pas d'une passade ou d'une histoire d'un soir, dit-il. Je veux quelque chose qui dure et je crois que dans ma tête, le sexe avant d'avoir forgé un lien émotionnel, c'est un coup fatal.

Est-ce qu'il venait vraiment de dire qu'il ne voulait pas d'une histoire sans lendemain ? Que c'était suffisamment important pour qu'il renonce temporairement au sexe ? Cela signifiait qu'il voulait davantage d'une relation. Et elle était exactement la fille qui pouvait le lui offrir.

— Je n'ai pas envie de foutre les choses en l'air avec toi, Shannon, dit-il. Je t'aime beaucoup trop pour ça.

Elle sentit ses joues s'embraser à nouveau et pencha la tête pour essayer de le dissimuler. Ça le fit rire.

— Tu es sacrément mignonne quand tu ris et que tu passes par toutes les nuances d'écarlate.

— Ha. Ha. Très drôle.

Sauf que ce n'était pas drôle du tout. Brian venait de lui confirmer que, s'il en avait l'occasion, il voulait une vraie relation. Mais était-ce son cas à elle ? Elle le contempla, comme si sa perspective avait changé, et elle observa ses longues jambes, ses bras musclés, et se rendit compte que sa personnalité était bien plus complexe qu'elle ne l'avait imaginé. Elle l'avait sous-estimé. Le fait était qu'elle savait exactement ce dont elle mourait d'envie depuis le début.

Une famille, des liens, un engagement. Elle voulait tout ça et elle en avait conscience depuis un moment. Y avait-il une possibilité pour que ce soit aussi ce que voulait Brian ? Peut-être, mais le voulait-il assez fort pour surpasser sa peur de l'engagement et/ou de l'abandon ? Elle avait soudain très envie de le découvrir.

— Viens par-là, dit-elle doucement.

Brian n'hésita pas. Il l'enlaça, et ils partagèrent une étreinte désespérée. Il effleura sa mâchoire d'un baiser. Elle tourna la tête de façon infime, et leurs lèvres se trouvèrent à nouveau. Leur baiser fut passionné, désespéré, plein d'émotion. Et même si elle avait déjà dit qu'il valait mieux qu'elle ne le fasse pas entrer, elle ne pouvait pas juste partir comme ça et attendre une semaine complète avant de le revoir.

— Tu veux venir dîner ici demain soir ? J'ai mon après-midi de libre. Je ne suis pas la meilleure cuisinière du monde, mais je sais faire quelques trucs.

— Je ne manquerais ça pour rien au monde, répondit-il aussitôt, sa lassitude évaporée.

— Fais juste en sorte de ne pas me briser le cœur, dit Shannon.

Et puis elle tourna les talons et disparut à l'intérieur.

CHAPITRE 11

— *A*lors. On dirait que tu as décidé d'arrêter de torturer ce pauvre gars, déclara Silas.

Il était installé sur le canapé dans le salon. Shannon laissa tomber ses clés dans le bol à côté de la porte d'entrée et lui adressa un sourire narquois.

— Tu ne serais pas un peu trop curieux, toi ?

— Où est la curiosité si tu lui roules des pelles juste devant la fenêtre ? Ce n'est pas comme si j'avais pu échapper à vos échanges de salive et votre séance de pelotage.

— Personne n'a peloté qui que ce soit.

Non qu'elle n'en ait pas eu envie. Bon sang, ce que ce mec était canon.

Silas ricana.

— Je t'en prie. Cinq secondes de plus, et tu lui arrachais ses fringues.

— C'est...

Elle secoua la tête.

— Je ne vais pas avoir cette conversation avec toi.

Un grand éclat de rire la suivit dans la cuisine où elle partit se faire une demi-cafetière de déca.

Silas la rejoignit et sortit un cheesecake du frigo. Sans lui demander son avis, il en découpa deux parts.

Shannon lui jeta un coup d'œil et sourit pour elle-même. Il la connaissait si bien. Elle suivit son exemple et servit deux tasses de café avant d'aller s'installer à table avec lui.

— Merci, frangine.

— De même.

Ils prirent un moment pour savourer leur dessert, mais après quelques bouchées, Shannon ne put réfréner davantage son impatience.

— Qu'est-ce que Lorna a dit ?

Le petit sourire qu'il avait depuis qu'elle était entrée s'évanouit aussitôt.

— Ça ne vaut pas le coup. Elle dit que ça prendrait six mois. Avec la tempête médiatique et le bordel que maman fera entre maintenant et mon anniversaire, ce n'est pas la peine.

Shannon craignait qu'il n'ait raison.

— Tu sais qu'elle ne peut pas te forcer à faire un truc que tu ne veux pas faire, hein ?

— Elle peut me faire du chantage, rétorqua-t-il d'un air sinistre.

— Bon, examinons les pires scénarios. Elle torpille toutes les offres qu'on te fait au cours des huit prochains mois. Il te reste ta série. Le jour de tes dix-huit ans, tu la vires et tu embauches quelqu'un en qui tu as confiance.

— Quelqu'un comme toi ? demanda-t-il avec espoir.

— Ne commence pas avec ça, dit-elle en riant.

Cela faisait des années qu'il lui disait qu'il aurait aimé que ce soit elle son agente, plutôt que leur mère. Et même si elle comprenait d'où lui venait cette idée, elle était loin d'être la candidate idéale. Elle n'avait pas les contacts qu'il fallait pour ce genre de travail.

— Je serais une catastrophe pour ta carrière.

Il se redressa et la regarda droit dans les yeux.

— Non, ce n'est pas vrai. Écoute, Shan, je ne suis pas sûr que tu comprennes ce qui est arrivé depuis que *L'Académie des gardiens du temps* est devenue un succès. Les propositions arrivent toutes seules. Et si je veux quelque chose, maman n'a qu'à passer un coup de fil. Ça débouche soit sur une audition privée, soit sur une entrevue avec le directeur de casting, voire directement avec les producteurs. Ce n'était pas comme ça avant. Les portes sont grandes ouvertes. Ce qu'il me faut, c'est quelqu'un qui me comprend et défendra ce que je veux, plutôt que de courir derrière le plus gros chèque ou de faire en sorte de me transformer en bête de foire pour tabloïds sans que cela n'ait rien à voir avec ce que j'ai envie de faire en tant qu'acteur.

Shannon cligna des yeux, prise de court. Elle ne s'était pas rendu compte que sa réalité avait changé à ce point. À quand remontait leur dernière conversation ? Leur dernière *vraie* conversation ?

— Ouah, Si. C'est incroyable d'en être arrivé là. Félicitations.

Il ferma les yeux et soupira.

— Ça le serait si j'avais mon mot à dire sur la façon dont ma carrière est gérée. La seule chose qui intéresse maman, c'est d'obtenir les plus gros chèques et de faire le plus de buzz possible. Moi, je veux juste bien travailler.

Elle posa sa main par-dessus la sienne en travers de la table.

— Je comprends. Si j'étais capable de faire quelque chose pour toi, tu sais que je le ferais.

Il émit un petit rire.

— Tout, sauf devenir mon agente.

— Qu'est-ce que je suis censée faire ? Abandonner ma vie ici ? Tu sais que c'est ici que je me plais. Je deviendrais folle à Los Angeles.

Il pinça les lèvres et l'évalua du regard, un œil à moitié clos.

— Eh, Shan ?

— Oui ?

— Bienvenue dans le vingt et unième siècle. Tu sais, toutes ces technologies qu'on a inventées ? Ça veut dire des appels vidéo, des chats, tout ça en instantané. Tu n'aurais pas besoin de vivre à Los Angeles pour gérer ma carrière.

Shannon toussota.

— C'est ça. Et toutes les réunions d'affaires, les déjeuners, le relationnel que maman cultive ? Est-ce que tu es en train de me dire que rien de tout cela n'est nécessaire ?

— Non. Ça, c'est elle qui essaie de se faire bien voir dans le milieu. Elle veut des relations pour pouvoir faire la promo de ses autres clients. Et c'est normal. Mais je n'ai pas besoin de ça. Pas pour le moment en tout cas.

Il inclina la tête de côté et fixa sa sœur.

— Tu peux faire ce travail d'ici, Shannon. S'il te plaît, promets-moi au moins d'y réfléchir. Je vais engager quelqu'un d'autre dès que je serai majeur. Je préférerais que ce soit toi plutôt que n'importe qui d'autre. Tu connais le milieu. Mais surtout, tu me comprends et tu tiens à moi.

Une tonne d'émotions percutèrent Shannon. Parmi elles, la plus forte était l'envie de l'enrouler dans du papier bulle et de le protéger de tout. Mais juste après, il y avait de l'amour à l'état pur pour ce gamin. Il méritait tellement mieux que ce que leur mère avait à lui offrir. Comment aurait-elle pu lui dire non ? Silas était la personne la plus importante de sa vie. Elle savait au fond d'elle-même que s'il la suppliait de déménager à

Los Angeles, elle le ferait probablement. Elle détesterait cela. Mais elle le ferait.

— On a huit mois devant nous, hein ?

— Oui.

Il hocha la tête, mais son visage affichait une expression prudente.

— Je vais y réfléchir. Si je décide de le faire, j'installerai un bureau ici et je commencerai par faire un essai. Sinon, je t'aiderai à trouver un nouvel agent, quelqu'un en qui tu puisses avoir confiance.

Il lui adressa un sourire rayonnant.

— Merci, Shannon. Tu n'as pas idée à quel point ça me fait plaisir.

Elle avait bien une idée. Après tout, elle avait été à sa place, une décennie auparavant. Enfin, pas tout à fait à sa place. Elle n'avait pas joué dans la série en vue du moment. Mais elle avait remporté de petits succès, et si elle avait eu quelqu'un qui soit vraiment de son côté, qui s'intéresse davantage à son bien-être qu'à ce qu'elle rapportait, elle serait peut-être restée plus longtemps dans le milieu. Ou pas. C'était difficile à dire. Jouer, c'était marrant, mais elle ne pouvait pas dire que ça lui manquait. Si ça avait été sa passion, est-ce que ça ne l'aurait pas davantage touchée quand elle avait laissé tomber ? Probablement.

— Allez, mon grand. On va regarder un film et se détendre.

Elle se leva de table, déposa leurs assiettes dans l'évier, et suivit son frère dans le salon où ils s'affalèrent sur le canapé. Shannon attrapa la télécommande et dit :

— Bon, maintenant tu peux me raconter ce qu'il se passe avec Levi.

— Il n'y a rien à raconter, dit-il sans parvenir à dissimuler son sourire.

— D'accord. Quand est-ce que tu le revois ?

Elle alluma la télé et commença à faire défiler le programme des films en streaming.

— Demain. Mais avant que tu commences à me faire des yeux de merlan frit et à te faire des idées, on est juste des amis qui vont aller randonner ensemble.

Elle lui jeta un coup d'œil.

— Il y a quelqu'un d'autre qui y va ? Candy ? Ou leur ami Axel ?

— C'est qui Axel ?

— Un ami de Candy et Levi. Je pense bien qu'il joue dans ton équipe.

Le sourire de Silas disparut et il ouvrit son répertoire. Il sélectionna le nom de Levi et commença à taper un message.

Shannon se mit à rire et lui tapota gentiment le genou.

— Oh, chéri. Restes-en à ton « juste amis ». On verra ce que ça donne.

— La ferme, dit-il en levant les yeux au ciel. Je lui demande juste s'il veut inviter quelqu'un d'autre.

— Ah bon ? demanda Shannon avec curiosité. Pourquoi ?

Il lui jeta un regard de côté.

— Parce que je ne suis pas un connard ?

— Ou parce que tu veux te faire une idée de tes concurrents ? Ou bien tu veux jauger tes options ?

— Je te trouve bien superficielle, Shan. Peut-être que j'ai juste envie de me faire des amis, contra-t-il.

— D'accord, marmonna-t-elle. Exactement comme j'ai envie de devenir amie avec la blonde que Brian a ramenée au mariage d'Yvette.

Cette fois, Silas se mit à rire.

— Bon, d'accord. Peut-être que je suis un peu curieux.

Mais quand la réponse arriva, son sourire se fit plus tendre.

Il se laissa glisser sur le canapé dans une position plus confortable pour continuer à taper des messages.

— Qu'est-ce qu'il a dit ? le poussa Shannon.

— Qu'il n'y aura que nous. Il dit qu'il n'a même pas pensé à les inviter et qu'il est à peu près sûr qu'ils doivent travailler tous les deux de toute façon.

— Bon. On dirait qu'on a tous les deux un rancard demain.

Le sourire de Silas s'élargit et il continua à écrire à son nouvel ami. Shannon se tourna vers la télévision et choisit la dernière comédie romantique, consciente que seul son téléphone intéresserait Silas dans les heures à venir.

SHANNON TRAVAILLA à Une Cuillerée de Magie ce matin-là et passa le reste de la journée à s'affairer dans la maison. Silas était parti randonner avec Levi, et Brian ne serait pas là avant le soir.

Vers le milieu de l'après-midi, après avoir grosso modo nettoyé la maison du sol au plafond, elle commença à stresser pour son rendez-vous. Elle l'avait invité à venir dans un moment de faiblesse. C'étaient ces baisers. Ils auraient suffi à faire fondre le cerveau de n'importe qui. Elle n'avait pas été prête à l'inviter à entrer la veille. Pas alors qu'il fallait qu'elle parle à Silas de son entrevue avec Lorna. Mais en même temps, elle ne pouvait pas non plus attendre vendredi pour le revoir.

Bon sang. Elle faisait probablement une erreur. Mais même si c'était le cas, elle savait qu'elle ne regretterait pas d'avoir essayé. Il y avait quelque chose chez Brian Knox qui cliquait avec elle.

Et puis c'était juste un dîner. Non ?

Bien sûr. Elle pouffa de rire en elle-même et partit dans la cuisine préparer sa tarte choco-caramel préférée. Parce que même si elle savait qu'il était déjà à fond sur elle, elle avait quand même envie de l'impressionner. Et encore mieux, ce n'était pas quelque chose qu'elle pouvait accomplir d'un simple coup de baguette. Il fallait qu'elle le fasse de ses blanches mains. Elle espérait juste qu'il apprécierait.

Quelques heures plus tard, la superbe tarte était au frigo et le dîner chauffait dans le four. Shannon rectifia son rouge à lèvres une dernière fois et s'assit avec un verre de vin en attendant. Elle n'était qu'à la moitié de son verre quand elle entendit du vacarme devant chez elle. Des voix qui criaient et appelaient quelqu'un.

Elle se précipita à la porte et l'ouvrit, et elle trouva Silas et Levi au milieu du jardin. Silas enlaçait l'autre garçon et lui murmurait quelque chose à l'oreille.

Un groupe d'environ cinq photographes entourait les deux ados, et ils leur lançaient des questions tout en prenant cliché sur cliché.

— Silas ! Est-ce que c'est ton petit ami ?

— Est-ce que tu es venu à Keating Hollow pour une échappée romantique ?

— Pourquoi tu n'étais pas à la conférence de presse hier pour ta nouvelle émission ?

— Je peux avoir une interview ? Ton petit ami sera le bienvenu.

— Est-ce que ça veut dire que tu es officiellement sorti du placard ? Est-ce que tu es gay ou bi ? Ou bien tu préfères ne pas t'attribuer d'étiquette ?

Oh non ! Comment les paparazzi l'avaient-ils retrouvé ? Et pourquoi est-ce qu'il serrait Levi dans ses bras comme ça devant eux ? Silas ne parlait jamais de sa vie privée dans les journaux.

Décider d'afficher son orientation sexuelle maintenant était un drôle de choix, surtout que, pour ce que Shannon en savait, les deux ados ne sortaient même pas vraiment ensemble.

Elle fendit le cercle de photographes et se précipita à côté de Silas.

— Qu'est-ce que tu fais ? Tu sais que ça va créer une tempête médiatique, murmura-t-elle à son oreille.

Et sans attendre sa réponse, elle reprit à voix haute, pour que tout le monde puisse l'entendre.

— Rentrons tous les trois. Je pense que les paparazzi ont ce qu'il leur faut, non ?

Silas lui jeta un regard agacé et murmura à son oreille.

— Levi s'est tordu la cheville. J'essayais de l'aider à entrer quand les photographes se sont pointés. Quand ils se sont précipités sur nous, il a trébuché sur l'arroseur automatique et je l'ai rattrapé. C'est tout.

Mince. Voilà qui expliquait beaucoup de choses.

— Il a vu un guérisseur ?

— Oui, dit Silas à travers ses dents serrées. Mais Hope et Chad sont sur la côte aujourd'hui. Je ne voulais pas qu'il reste seul, alors je l'ai ramené ici. Grosse erreur de ma part.

Il tourna son attention vers Levi.

— Désolé, mon vieux. Je sais que c'est pas cool.

— On peut rentrer, juste ? demanda-t-il en ignorant les photographes. Mon pied me fait mal.

— D'accord, dit Shannon en passant un bras autour de sa taille tandis que Silas faisait de même de l'autre côté.

Il s'appuya sur leurs épaules et ensemble, ils se mirent à avancer lentement vers la porte.

— Eh. Vous avez besoin d'aide ? demanda Brian en se précipitant vers eux.

Shannon releva la tête vers ce bel homme qui tenait un bouquet de roses rouges. Bon sang, n'était-il pas adorable ?

— Il faut juste qu'on fasse rentrer Levi. Il s'est tordu la cheville.

Les photographes se remirent à avancer et mitraillèrent le groupe de quatre. Shannon craignait d'imaginer le genre d'histoires qu'ils allaient inventer. N'importe quoi, tant que ça faisait vendre, ça c'était sûr.

Levi grimaça et son genou céda sous lui.

— Mince, dit-il, le visage crispé de douleur.

— La guérisseuse ne lui a pas donné de potion antidouleur ? demanda Shannon à Silas.

— Elle a essayé, mais il a refusé de la prendre. Il a dit qu'il n'aimait pas les potions et qu'il prendrait quelque chose à la pharmacie.

— Je m'en occupe, dit Brian qui vint se placer devant Levi. Allez, mon vieux. Je vais te soulever et te porter à l'intérieur.

Levi releva la tête avec une mine paniquée. Il balaya des yeux les paparazzi qui les entouraient.

— Tu ne peux pas faire ça. Ils vont nous photographier.

— C'est soit ça, soit une vidéo de toi qui arrives à peine à marcher, dit Brian. Si tu me laisses te soulever en mode pompier, dans cinq secondes on est à l'intérieur, la porte fermée et toi sur le canapé. Qu'est-ce que tu en dis ?

Ses yeux se posèrent à nouveau sur la scène chaotique dans laquelle ils se trouvaient. Il les ferma et hocha brièvement la tête.

— D'accord, fais-moi rentrer.

Brian n'hésita pas. Il souleva l'ado, le fit passer sur son épaule, et fonça dans la maison, Silas et Shannon sur ses talons.

Shannon claqua la porte et abaissa aussitôt les stores. Elle fit rapidement le tour du rez-de-chaussée pour fermer les autres rideaux et s'assurer que personne ne prendrait d'autres photos. Elle prit de l'ibuprofène dans l'armoire à pharmacie, un verre d'eau, et revint dans le salon où Levi était étendu sur le canapé. Silas était avachi sur une chaise, le visage dans ses mains. Brian inspectait la cheville de Levi. Shannon posa les cachets et le verre d'eau sur la table basse.

— Comment ça va ?

— Ça fait mal.

Elle hocha la tête et sortit quelques cachets qu'elle lui tendit avec le verre d'eau.

— Avec un peu de chance, ça te fera du bien. Qu'est-ce que la guérisseuse t'a dit ?

— De ne pas poser le pied pendant quelques semaines.

Il grimaça en essayant de se mettre dans une position plus confortable.

— Ça fait un mal de chien, là.

— Je suis sûre que… commença Shannon.

— Ce n'est pas cassé, l'interrompit Silas. C'est déjà ça, non ? Levi a dit que ça ne l'était pas, et la guérisseuse a confirmé. Elle a dit que c'était juste une méchante entorse et qu'avec un peu de rééducation, il serait en pleine forme pour reprendre l'école à la rentrée.

— Elle ne lui a pas donné de béquilles ? demanda Shannon.

— Elle n'en avait plus. Elle a dit qu'elle s'arrangerait pour en avoir demain, répondit Silas. J'irai les lui chercher dès que ça ouvrira.

— Tu n'es pas obligé de faire ça, gémit Levi. Je suis sûr que Hope ou Chad s'en occuperont.

Silas descendit de sa chaise et alla s'asseoir sur la table basse en face de Levi. Shannon s'éloigna et attrapa la main de Brian pour qu'il la suive. À l'évidence, Silas avait besoin de vider son sac. Ce serait plus facile pour lui si Brian et elle n'étaient pas dans les parages. Mais même si elle avait envie de leur donner de l'espace, elle ne voulait pas aller trop loin au cas où Levi aurait besoin de quelque chose.

— Je n'ai rien à faire tant que je suis ici à Keating Hollow, dit Silas. Tu te souviens. Je suis en vacances et je n'ai rien de mieux à faire… maintenant que je t'ai cabossé. Ça ne me pose aucun problème d'aller chercher tes béquilles. Et puis, c'est complètement de ma faute si tu t'es blessé.

— Ce n'était pas de ta faute, dit Levi avec une certaine exaspération, comme si ce n'était pas la première fois qu'ils avaient cette conversation. C'est moi, j'aurais dû faire plus attention en descendant de ces rochers.

— Mais c'est moi qui ai insisté pour que tu grimpes. Tu ne voulais pas y aller, tu te rappelles ?

Il repoussa tendrement une mèche de cheveux de devant les yeux de Levi, mais retira aussitôt sa main et détourna le regard, comme s'il était gêné.

— Désolé.

— Pas de souci, répondit doucement Levi.

Les deux garçons restèrent penchés l'un vers l'autre alors qu'ils parlaient à voix basse de leur randonnée et des paysages qu'ils avaient vus avant l'accident.

— Viens par-là, décida Shannon en accordant enfin toute son attention à Brian.

Elle l'attira vers la cuisine.

— Qu'est-ce qui est arrivé aux fleurs que tu avais à la main tout à l'heure avant que tu te retrouves entraîné dans ces conneries d'Hollywood ?

Il fronça les sourcils.

— Heu, je crois que je les ai passées à Silas avant de porter Levi à l'intérieur.

Elle regarda autour d'elle, ne trouva rien, et repassa dans le salon. Comme elle ne les voyait nulle part, elle aboya :

— Qui a pris mes roses ?

Silas désigna la chaise où il s'était assis avant de se jeter devant Levi.

— Dans la pochette de rangement de la chaise. Désolé. Je devais être distrait.

— Mm mmh.

Effectivement, il était distrait, mais elle ne le lui reprocha pas. Au lieu de cela, elle alla sauver les fleurs et les ramena dans la cuisine. Elle se tourna et sourit à Brian.

— Elles sont très belles. Merci.

Il se rapprocha et l'enlaça.

— Pas aussi belles que toi.

Elle se sentit fondre. Il était irrécupérable. Elle posa les fleurs sur le plan de travail et leva les mains pour les poser sur les joues de Brian avant de l'embrasser.

Il émit un petit son d'approbation et l'attira encore plus près de lui.

— J'ai passé toute la journée à attendre ça.

— Moi aussi, reconnut-elle.

Elle l'embrassa à nouveau et cette fois elle ouvrit davantage la bouche pour...

La sonnette retentit, suivie de coups frappés vigoureusement à la porte.

— Sérieux ?

Shannon se retira et passa dans le salon, en sortant déjà son téléphone de sa poche. Rester sur la voie publique pour prendre des photos de sa maison, c'était une chose, venir les harceler chez elle, c'en était une autre.

— Drew Baker, dit le shérif au téléphone.

— Bonsoir. C'est Shannon Ansell. On a un problème avec des paparazzi devant chez moi. Tu crois que tu pourrais…

— Shannon ! s'écria une femme de l'autre côté de la porte. Ouvre. Je n'ai pas ma clé.

— Maman ?

Shannon se précipita à la porte et regarda par le judas, en proie à un sentiment d'effroi. Que faisait-elle là, par tous les diables ?

— Shannon ? demanda le shérif au bout du fil. Est-ce que tout va bien ? Je peux être là dans cinq minutes.

— Attends. Je crois que je me suis trompée.

Le téléphone toujours collé à l'oreille, elle ouvrit la porte pour découvrir que les paparazzi avaient disparu et qu'il ne restait plus que Gigi Ansell.

— *D*ésolée, Drew. Je me suis trompée. Tout va
bien, dit Shannon à l'appareil tandis qu'elle
dévisageait sa mère.

Celle-ci était vêtue d'une combinaison-pantalon en soie
immaculée, portait des escarpins rouges de quinze centimètres
et avait un foulard en soie rouge noué autour du cou en dépit
du fait qu'il faisait plus de vingt-cinq degrés.

— Pas de souci. Rappelle-moi s'il y a le moindre problème,
dit Drew.

Shannon marmonna un merci et raccrocha.

— Eh bien ? Tu ne comptes pas me laisser rentrer dans ma
propre maison ? demanda Gigi.

— Si, bien sûr, dit Shannon en se tirant de son état de choc.

Elle ouvrit la porte plus grand et se poussa pour laisser sa
mère entrer dans le petit cottage.

Gigi fit un geste vers l'allée.

— Il faut que quelqu'un aille chercher mes bagages dans la
voiture.

Silas la fusilla du regard, la mâchoire crispée et les poings serrés.

— Même quelques jours, c'était trop pour toi ? Bon sang, Gigi. J'aimerais que Hollywood me lâche deux minutes.

Shannon et sa mère savaient toutes les deux que c'était Gigi qu'il désignait par « Hollywood ». La concernée leva les yeux au ciel avant de se tourner vers Levi, qui s'était redressé, sa cheville blessée soulevée sur des oreillers.

— C'est qui ça ? demanda Gigi en le regardant par-dessus le bord de ses lunettes, le nez froncé comme si elle avait senti une mauvaise odeur.

— C'est Levi. Il… commença Shannon.

Elle comptait lui dire que c'était un ami de son frère, comme ça Silas n'aurait pas besoin de lui expliquer lui-même. Mais il la coupa et dit :

— Il fait du jardinage pour Shannon.

Levi et Shannon en restèrent bouche bée tous les deux.

— Oh, fit Gigi.

Elle fronça les sourcils.

— Qu'est-ce qu'il fait sur mon canapé ?

Shannon se crispa à la façon dont elle s'appropriait la maison et tout ce qui s'y trouvait. C'était vrai que ses parents étaient les propriétaires. C'était celle de sa grand-mère, et ils ne l'avaient jamais vendue après sa mort. Mais les meubles, soit c'était sa grand-mère qui les avait laissés, soit Shannon les avait achetés elle-même.

— Il s'est foulé la cheville, dit Silas d'un air crispé. Il attend que sa sœur rentre pour s'occuper de lui.

Levi souleva avec précaution son pied blessé des coussins et, avec une mine réservée, il annonça :

— Ce n'est vraiment pas nécessaire. Je serai aussi bien sur

mon propre canapé. Je ferais mieux de partir et de laisser Mrs Ansell tranquille chez elle.

Ce n'est pas chez elle, avait envie de crier Shannon.

— Quoi ?

Silas se rassit sur la table basse pour lui faire face.

— Non. Tu ne peux pas marcher. Et si tu veux un truc à manger ou à boire ? Ou si tu ne trouves pas la télécommande ?

Levi le fusilla du regard.

— Je m'en sortirai.

Sans plus s'occuper de Silas, il ajouta :

— Brian ? Tu crois que tu pourrais me ramener chez moi ?

— Bien sûr. Pas de souci.

Sans sourciller, Brian partit vers la porte d'entrée. Il l'ouvrit en disant :

— Je vais ramener le SUV dans l'allée et puis je t'aiderai à sortir.

— Mais ton rancard ? demanda Silas.

Il grimaça en croisant le regard orageux de Shannon.

— Heu, j'ai rien dit.

— Quel rancard ? C'est qui ça ? demanda Gigi en le couvant d'un regard soupçonneux.

Shannon leva les mains en l'air.

— Mon rancard, maman. Mais on peut faire ça une autre fois.

Brian lui jeta un coup d'œil et, sur un sourire rassurant, il disparut à l'extérieur.

— Tu sors avec cet homme ? demanda Gigi, une expression calculatrice sur le visage. C'est pour ça que tu ne veux pas rentrer à Los Angeles ?

— Je n'habite pas à Los Angeles, dit Shannon, consciente que ça ne changerait rien.

Sa mère n'entendait que ce qu'elle voulait entendre. Elle

agita une main méprisante et accorda à peine un regard à Levi alors qu'elle s'asseyait avec grâce sur un fauteuil rembourré.

— Tu ne comptes pas m'offrir à boire ?

Shannon perdit patience.

— C'est ta maison, non ? Et puis, il faut que quelqu'un aille chercher tes bagages. Je suppose que ça va devoir être moi, non ? Il ne faut pas que Silas sorte. Pas après le cirque auquel on a eu droit. Ils sont peut-être encore en train de guetter dehors. Alors si tu veux quelque chose à boire, la cuisine est par là, dit-elle en désignant l'arrière de la maison. Juste au cas où tu aurais oublié où elle se trouve.

Gigi étrécit les yeux et contempla sa fille avec désapprobation.

— Shannon, tu pourrais rester polie.

Je pourrais t'en dire autant. Les mots étaient sur le bout de sa langue, mais elle les ravala. Se disputer avec sa mère ne lui apporterait rien d'autre qu'une migraine.

— Où est ta clé ?

Gigi lui tendit le porte-clés électronique de sa voiture de location et tourna son attention vers Silas.

— J'espère que tu as bien profité de ce week-end buissonnier. Mais tu sais qu'il est temps de te remettre au travail.

Il lui jeta un regard noir, dans un silence glacial. Elle soupira.

— Ne fais pas ta diva avec moi, Si. On sait tous les deux comment ça va se terminer.

Levi se racla la gorge.

Silas et Gigi se tournèrent tous les deux pour le regarder.

— Tu as besoin de quelque chose ? demanda Silas qui perdit aussitôt son air glacial.

Il posa une main sur le bras de Levi. Celui-ci baissa les yeux sur sa main et la retira doucement.

— Juste d'un coup de main pour sortir de la maison. Comme ça, vous pourrez avoir cette conversation en privé.

Les épaules de Silas s'affaissèrent et Shannon comprit que ce rejet subtil l'avait profondément blessé. En dépit de sa personnalité extravertie et de sa propension à flirter, il avait toujours été sensible. Il se rendait sûrement compte qu'il avait commis une bourde en disant que Levi était le jardinier. Mais Shannon savait très bien pourquoi il l'avait fait. Il ne voulait pas que Gigi comprenne que Levi était quelqu'un à qui il tenait. Ou même à qui il aurait pu tenir. C'était plus sûr pour Levi que Gigi l'ignore totalement. Sinon, soit elle l'enverrait balader, soit elle l'utiliserait dans un de ses plans pour contrôler Silas. Mais Levi ne pouvait pas le savoir. Ça ne faisait que quelques jours qu'il connaissait Silas.

Brian revint à l'intérieur.

— Bon, tu es prêt, Levi ?

Celui-ci hocha la tête.

Silas tendit une main. Levi hésita un moment, mais il finit par la prendre, ainsi que celle que Brian lui tendait de l'autre côté, et il s'en servit pour se mettre sur sa jambe valide. Il sautilla à cloche-pied jusqu'à la porte tandis qu'ils le soutenaient.

Gigi se tourna vers Shannon.

— Il se passe quoi, là ?

— Levi et Silas sont juste amis, maman. Ils sont sortis faire une rando aujourd'hui et Levi s'est tordu la cheville. Il n'y a vraiment rien de plus à en dire.

— Ils ont fait une rando ?

Sa voix monta de quelques octaves et elle se redressa sur sa chaise. Ses joues anguleuses avaient pris de la couleur.

— Silas a risqué sa santé physique en allant faire une

rando ? Je t'ai dit quel impact désastreux ça aurait sur son émission de télé-réalité s'il se retrouvait avec une jambe cassée. Il ne pourrait plus faire les activités que nous avons déjà programmées !

Shannon ignora sa diatribe et repartit dans la cuisine. Le plat qu'elle avait préparé était toujours dans le four. Adieu son dîner romantique pour deux. Le saumon au pesto lui paraîtrait nettement moins bon si elle devait le partager avec sa mère. Son estomac se serra rien qu'à la pensée de manger.

Frustrée, elle éteignit le four, sortit le plat, et attrapa un verre et la bouteille de vin la plus proche. Elle prit une gorgée directement au goulot avant d'en verser dans le verre et de le porter à sa mère qui avait suivi les garçons à l'extérieur et se tenait sous le porche, d'où elle examinait le SUV de Brian. Ou plutôt, elle examinait Silas qui se tenait à côté de la portière passager et parlait à Levi par la fenêtre ouverte.

Tu pourrais te mêler de ce qui te regarde ? Shannon envisagea de vider le verre de vin à sa place, mais au lieu de ça, elle le colla dans les mains de sa mère et se dirigea vers la Mercedes de location garée à côté du SUV.

— Je m'en occupe, dit Brian qui la retrouva devant le coffre de la voiture.

Elle lui jeta un coup d'œil.

— Ne te sens pas obligé. C'est gentil de ta part de ramener Levi chez lui. Il ne doit pas avoir très envie de rester ici avec Bellatrix.

Brian pouffa de rire.

— Ne t'en fais pas. Levi et Silas sont en train de régler un truc, alors j'ai quelques minutes devant moi.

Il lui fit un petit sourire.

— Je suis désolé que notre soirée ait été interrompue.

— C'est moi qui suis désolée. Je n'imaginais pas qu'elle se pointerait aujourd'hui. Elle avait menacé de venir, mais comme ça fait dix ans qu'elle ne l'a pas fait, je pensais que c'étaient des paroles en l'air. Et puis, la date limite qu'elle avait donnée à Silas pour se signaler, c'était demain. Je pensais qu'on aurait au moins droit à encore un coup de fil de menaces avant qu'elle ne débarque.

Elle sortit une énorme valise du coffre. Elle grogna en se rendant compte que cette chose était probablement plus lourde qu'elle.

— Je m'occupe de celle-ci. Prends les deux petites.

Shannon sortit les autres bagages et à eux deux, ils rentrèrent le tout dans la maison.

— Où est-ce que je mets ça ? demanda Brian.

Shannon grimaça.

Où allait-elle caser sa mère ? Elle n'avait pas vraiment le choix, hein ?

— À l'étage. La chambre de droite.

Elle le suivit en haut, dans la chambre principale. Il n'y en avait que deux dans le cottage. Le seul endroit où mettre sa mère, c'était dans sa chambre. Silas était déjà dans la chambre d'amis. Ce qui signifiait que Shannon n'avait plus qu'à prendre le canapé.

— C'est ta chambre, hein ? demanda Brian.

Shannon hocha la tête et fixa son lit. Ses joues s'embrasèrent quand elle se rappela qu'elle avait changé les draps ce matin, juste au cas où ce rendez-vous irait plus loin que le dîner. Au moins, elle n'avait rien besoin de faire avant de passer cette chambre à sa mère. Enfin, il faudrait peut-être qu'elle retire une ou deux choses de sa table de nuit. Si sa mère les trouvait, elle en mourrait de gêne.

Brian lui adressa son fameux sourire plein de malice.

— Ma porte t'est ouverte si tu veux dormir ailleurs. J'ai un très bon lit.

— C'est un peu présomptueux de ta part, tu ne crois pas ? demanda-t-elle.

Mais elle lui sourit alors même qu'elle secouait la tête.

— Quoi ? Je parlais de la chambre d'amis. Mais si tu préfères te blottir contre moi, je peux te faire de la place dans mon king size.

Il se rapprocha et caressa sa joue de son pouce.

— Pour tout dire, je crois que c'est la meilleure idée que j'aie eue de la journée.

— Dis-moi un truc, Brian, murmura Shannon.

— Tout ce que tu voudras.

Elle pencha la tête de côté et l'observa.

— Combien de fois tu m'as imaginée dans ton lit aujourd'hui ?

— Probablement le double de ce que toi tu m'as imaginé dans le tien, répondit-il en riant.

— Alors… tu y as passé ta journée ? le taquina-t-elle.

— Exactement.

Il effleura ses lèvres d'un baiser.

— Appelle-moi quand tu en auras l'occasion, ou juste si tu as besoin de râler. Dès que tu n'auras plus ta mère dans les pattes, on remettra ça. Et dis-moi si ça marche toujours pour vendredi.

— Ça marche toujours pour vendredi, répondit-elle. Même si elle est encore là, je m'en fiche, je viens. C'est le pari, non ?

— J'étais prêt à assouplir un peu les règles vu les circonstances.

Shannon secoua la tête. Il était hors de question que sa mère gâche ça en plus du reste.

— Non. Les règles sont les règles. Où est-ce que tu m'emmènes ?

— Doigts de Fée, dit-il, les yeux pétillants. Le massage spécial couple. Ça te dit ?

Elle déglutit en l'imaginant tout nu sous le drap de la table de massage.

— Tu es sérieux ?

— Oui.

Un éclair passa dans ses yeux et il poursuivit :

— Ils proposent un nouveau service de soirées romantiques. Dîner aux chandelles dans le patio, massages, et un autre service au choix du couple.

Elle se mit à rire.

— Genre, des pédicures ou un masque ?

— Tout à fait. Ou un gommage, un enveloppement, une méditation. Ce sera à toi de choisir.

La tension qui s'était installée avec l'arrivée de sa mère disparut presque entièrement alors qu'elle s'imaginait aller se relaxer au spa dans quelques jours avec Brian.

— On en fait plus des comme toi, dis donc.

— Des pénibles ? Des ridicules ? Des géniaux ? demanda-t-il.

Il se retenait à grand-peine de rire.

— Des différents, murmura-t-elle en se dressant sur la pointe des pieds pour l'embrasser encore une fois.

CHAPITRE 13

*B*rian était assis à son bar à petit déjeuner et sirotait une tasse de café. Sa tête lui faisait un mal de chien et il se morigéna pour avoir bu un peu trop de vin la veille. Après avoir ramené Levi chez lui et l'avoir installé sur le canapé avec tout ce dont il pourrait avoir besoin, eau et trucs à grignoter compris, Brian était rentré chez lui et il avait pris son dîner sous forme liquide.

La scène à laquelle il avait assisté chez Shannon semblait sortir tout droit d'une mauvaise comédie romantique. Le délire avec les paparazzi, c'était déjà pas mal, mais avec la mère de Shannon, on rentrait dans la folie pure et simple. Cette femme représentait tout ce qu'il avait été bien heureux de laisser derrière lui en Californie du Sud. Elle était égoïste, impolie, prétentieuse, et à l'évidence, elle était toxique pour Silas. Shannon n'avait pas été ravie de la voir, mais il était clair qu'elle avait eu de longues années pour apprendre à gérer cette femme. Elle s'en sortirait. Brian aurait juste voulu pouvoir faire quelque chose pour leur faciliter les choses à tous les deux.

Son téléphone se mit à sonner pile en même temps que sa ligne de travail. Il gémit et appuya une paume contre son front. Quand l'analgésique allait-il se mettre à agir ?

Il jeta un coup d'œil à son smartphone et ignora l'appel en voyant le nom de Cara apparaître sur l'écran. Et il envisagea sérieusement de laisser la personne qui appelait sur sa ligne professionnelle atterrir sur le répondeur, mais il n'aimait pas faire ça. S'il y avait une chose pour laquelle il était doué, c'était son entreprise, et se montrer disponible pour ses partenaires commerciaux.

— Brian Knox, annonça-t-il au téléphone en se massant une tempe.

— Brian ! aboya son père. Qu'est-ce que tu n'as pas compris au juste quand je t'ai dit de faire profil bas jusqu'à ce que le contrat soit signé ?

Brian recula le téléphone de son oreille et le fixa comme si l'appareil pourrait lui dire ce qui avait mis son père en rogne. Quand il entendit celui-ci se remettre à râler, il ramena le combiné contre sa joue et dit :

— Je n'ai aucune idée de ce dont tu parles.

— Tu n'es pas allé sur Internet ce matin ? C'est partout, répliqua son père. Va sur T&C. Ça te donnera une idée vite fait bien fait.

— T&C ? Le blog de ragots ? demanda Brian.

Le nom officiel du site était *Thé et Cancans*, et il semblait que c'était là qu'on trouvait toutes les exclus sur les célébrités ces derniers temps.

— Pourquoi j'irais lire un truc pareil ?

— Parce que tu fais les titres. L'ancien play-boy californien a trouvé l'amour avec la grande sœur de Silas Ansell.

Son père avait pris une voix moqueuse, comme s'il lisait directement l'article.

Brian sentit son ventre se serrer et il afficha la page Web. Effectivement, le gros titre indiquait que lui et Shannon étaient en couple. En dessous, on trouvait une photo d'eux qui se tenaient la main devant chez elle, tandis que Silas était penché à la fenêtre du SUV et parlait avec Levi. Elle avait été prise alors que Shannon le raccompagnait jusqu'à son SUV après avoir déchargé les bagages de sa mère.

— Putain de… gronda-t-il. Je croyais que les paparazzi étaient déjà partis.

— Tu devrais être plus malin que ça, fiston, dit son père d'une voix agacée. Et ce n'est pas tout. La grande nouvelle c'est que Silas Ansell demande son émancipation, alors on n'a pas fini d'entendre parler de cette histoire. Je suppose que sa sœur est la femme dont tu m'as parlé ? Celle que tu amènes au mariage de Brittany ?

— Oui.

Comment avaient-ils su pour Silas ? Lorna n'aurait jamais trahi la confiance d'un client. Sans mentionner que, d'après Shannon, Silas avait décidé que ce n'était pas une bonne idée d'attaquer ses parents en justice et qu'il allait simplement attendre sa majorité.

— Ce n'est pas vrai, papa. Silas ne fait pas un procès à ses parents.

— Peu importe. Tu sais comment fonctionne le moulin à rumeurs. Tant qu'il y a quelque chose à dire, ils font des articles, même si ça va à l'encontre des faits. Il faut que tu viennes, aujourd'hui. Manchester a pété un câble, et il faut qu'on règle ça.

Brian fut pris d'un terrible sentiment de déjà-vu. N'avaient-ils pas déjà eu cette conversation ?

— On en a déjà parlé. Je me fiche de ce que Manchester

peut dire ou faire. Je ne vais nulle part. J'ai pris des engagements ici.

C'était la pure vérité. Il devait donner un cours de batterie à Levi plus tard dans la journée, à moins que l'ado ne décide de rester à la maison à cause de sa cheville. Il fallait qu'il attende de ses nouvelles.

— Tu ne vas pas t'en ficher longtemps. Il menace de nous attaquer tous les deux pour fraude si on n'arrive pas à le calmer.

— Fraude ? Comment ça ? Pourquoi ?

Sa perplexité était telle que Brian n'arrivait même pas à former des pensées cohérentes.

— C'est un procès bidon, mais ce type a plus de fric que Warren Buffet. S'il a envie d'en brûler une partie pour faire de nos vies un enfer, il peut. Knox Corporation tiendra la tempête s'il le faut. Ta boîte en est-elle capable ?

La réponse était un *non* sans équivoque. L'entreprise de Brian ne pourrait pas survivre à un procès qui traînerait en longueur, même basé sur un motif complètement fantaisiste. Il n'avait pas les réserves financières de Knox Corporation. Brian se débrouillait à peu près tout seul, en sous-traitant une partie de son service client à des freelances.

— Alors, c'est quoi ton plan ? Tu veux que je descende pour le supplier de ne pas me faire de procès ? Ça ne marchera pas.

— Il faut que tu viennes ici et que tu t'arranges avec Cara pour qu'elle le calme. C'est ça qu'il faut que tu fasses. Et il faut que tu arrêtes d'ignorer ses appels. Je nous mets une réunion demain matin. Prends le premier vol disponible. Ta mère et moi t'attendons.

Brian poussa un soupir résigné.

— D'accord. Je te donnerai l'horaire de mon avion.

— Parfait. Et, Brian ?

— Oui, papa ?

Son père se racla la gorge.

— Est-ce que tu as eu une relation avec Cara ? Sur le plan physique ou autre ?

— Non.

— Je vois.

Son père marqua une pause avant d'ajouter :

— Tu ne mérites pas ça et je suis désolé d'avoir pensé que toi et Cara feriez un beau couple. Cela semblait une bonne idée à l'époque. On va trouver une solution. À ce soir.

Désarçonné, Brian ne trouva rien à répondre dans un premier temps. Et puis il imita son père et se racla la gorge à son tour.

— Merci, dit-il.

Il raccrocha et prit son smartphone à la place. Il fronça les sourcils en voyant que Cara l'avait appelé trois fois et lui avait envoyé plusieurs SMS où elle le suppliait de la rappeler. Elle disait que c'était important et qu'elle ne parvenait pas à croire qu'il lui avait fait ça. Toute cette histoire était de la folie et il avait envie de balancer son téléphone contre le mur. Mais ça ne résoudrait rien. Alors il prit une grande inspiration et la rappela.

— Brian ! glapit-elle à l'autre bout du fil. Qu'est-ce que tu essaies de me faire ?

— Je ne te fais rien du tout, Cara. Pourquoi ton père menace-t-il de nous faire un procès, à moi et à mon père ? Tu ne penses quand même pas que c'est la meilleure façon d'attirer mon attention, si ?

Il était fou de rage, mais il savait qu'incendier Cara n'était sans doute pas une bonne idée. Mais bon sang, son père avait raison : il ne méritait pas ça.

— Me voilà ridiculisée à cause de toi, murmura-t-elle dans le téléphone.

Elle semblait au bord des larmes.

— Comment ça ? Je ne comprends pas. Nos familles ont mentionné quelques fois qu'on ferait un couple intéressant. Cela n'a jamais voulu dire pour autant qu'on *était* un couple. Ce n'est pas parce que je t'ai accompagnée à un mariage qu'on a soudain une relation.

— Je sais, dit-elle en reniflant. Je suis désolée. C'est juste qu'on m'a demandé de faire une interview pour *Cali Style* il n'y a pas longtemps et l'article est sorti aujourd'hui. J'ai peut-être parlé un peu de toi. Et maintenant j'ai l'air de la pire crétine de Los Angeles. Tu aurais pu me prévenir.

— Tu as parlé de moi dans un article ? répéta-t-il, perplexe. Pourquoi ?

— Eh bien, je devais monter pour le mariage et j'ai pensé que… Tu sais ce que j'ai pensé. J'ai peut-être fait allusion à une romance entre nous, même si je sais maintenant que tu n'as jamais été intéressé. Je veux dire, ça a toujours été évident qu'on essaierait tous les deux à un moment ou à un autre, non ? Tu m'as proposé de dormir chez toi, bon sang. Qu'est-ce que j'étais censée penser ?

— Qu'un ami te proposait de t'héberger pour que tu ne sois pas obligée de conduire une heure jusqu'à l'hôtel le plus proche ?

Brian avait l'impression d'être entré dans une réalité alternative. Elle ne pouvait tout de même pas être sérieuse. Il savait qu'elle était un peu trop gâtée et égocentrique, mais c'était aussi une fille gentille et douce. Il avait toujours pensé qu'elle était inoffensive. Zut. Il s'était bien planté, hein ?

— C'est juste que… eh bien, ça n'est pas arrivé, et je vais

devenir la risée de mon cercle de connaissances. Il faut que tu m'aides à arranger ça.

Elle avait l'air sur la défensive et amère maintenant. Il n'était pas redescendu de son indignation et c'était sans doute pour cela qu'elle répliquait sur le même ton. Ce n'était pas en continuant à se disputer au téléphone qu'il allait obtenir ce qu'il voulait.

— Très bien. Je serai là ce soir. On n'a qu'à en parler demain une fois que j'aurai vu mon père.

— C'est vrai, tu viens ?

Sa voix était pleine d'espoir d'un coup, comme s'il l'avait invitée à sortir avec lui plutôt que de confirmer qu'ils allaient trouver un moyen d'arranger tout ça.

— Oui. Et quand je repartirai, on aura mis ça derrière nous, et on ira chacun de notre côté. On ne parlera plus de se marier ou de se mettre en couple. Il n'y a juste aucune chance que ça arrive.

— À cause de Shannon Ansell, dit-elle avec amertume.

— Non, Cara, parce que j'aime ma vie en Californie du Nord dans un petit village magique et que ton truc à toi, c'est la vie sociale de la Californie du Sud. On n'est simplement pas compatibles.

— Mais on pourrait l'être. J'aime bien Keating Hollow, dit-elle.

C'était un mensonge. Elle appréciait peut-être la ville pour une courte échappée ou des vacances romantiques, mais Cara Manchester aurait détesté vivre au milieu des séquoias. Son cercle social bien-aimé se trouvait à Los Angeles. Mais rien de tout cela n'avait d'importance. Il n'avait juste pas envie d'être avec elle.

— À demain, répéta-t-il. Comme ça, on pourra régler ce bazar avec ton père.

— D'accord. Envoie-moi un texto quand tu auras atterri. Salut !

Elle raccrocha et Brian se laissa sombrer dans son fauteuil de bureau, la tête dans les mains. Comment s'était-il retrouvé embringué là-dedans ?

Ah oui. Brian Knox était censé diriger l'entreprise de son père un jour, et pour cela, il fallait épouser la bonne personne. Mais en renonçant à l'entreprise, il avait pensé laisser tout cela derrière lui. Il était en train de comprendre qu'il s'était bien planté.

À contrecœur, il tapa *Cali Style* dans son navigateur et appuya sur *Recherche*.

CHAPITRE 14

— *T*iens. Tu te rends compte qu'on est en train de faire ça plutôt que de passer la journée à la plage comme on l'avait prévu ?

Shannon resservit Silas en café et fit de même avec sa propre tasse. Leur mère les avait levés une heure auparavant avec pour tâche de faire le tour des médias pour évaluer les dégâts pendant qu'elle voyait avec ses contacts comment faire arranger les potins à sa sauce pour que ce soit à l'avantage de Silas. Ou, comme le jeune homme l'avait fait remarquer, à son avantage à elle.

— Ne m'en parle pas, marmonna-t-il.

Pour l'instant, les pires articles étaient ceux qui utilisaient la photo de Silas en train de rattraper Levi quand il avait trébuché dans le jardin. Ils révélaient que Silas était gay et déclaraient que Levi était son nouveau copain. Ils prétendaient que Silas s'était enfui de Los Angeles pour passer un week-end torride avec son amoureux alors que ses parents désapprouvaient leur relation. Le pire, c'était que Silas et Levi étaient si proches sur cette photo qu'on aurait dit qu'ils étaient sur le point de s'embrasser, et cela rendait les articles plausibles.

La photo de Levi s'était retrouvée sur tout Internet et cela rendait Silas malade de se dire que c'était à cause de lui.

— Tous ces mensonges, Shannon. C'est dégueulasse comment ils peuvent raconter n'importe quoi sans se soucier de la vérité. Je n'imagine même pas ce qu'il est en train de penser en ce moment.

— Tu l'as appelé ?

Shannon s'assit et passa un toast à son frère.

— Je lui ai envoyé un SMS pour lui dire de m'appeler quand il se réveillerait.

Silas ferma les yeux et prit une grande inspiration.

— Après hier soir, je doute qu'il me réponde. À quoi je pensais, pour dire à maman que c'était le jardinier ? Argh ! Je suis débile ou bien ?

Elle lui tapota gentiment le bras.

— Tu essayais de lui éviter de tomber sous le radar de maman. Et franchement, Si, c'était sans doute ce qu'il y avait de mieux à faire. Tu sais comme elle est snob. Elle ne lui aurait plus accordé la moindre attention si ces photos n'avaient pas fait surface.

— Peu importe, maintenant. Le mal est fait et il ne voudra sûrement plus jamais me parler.

Silas laissa tomber sa tête sur la table et poussa un grognement de frustration.

Shannon comprenait. Il était difficile de dire comment Levi prendrait le fait de se retrouver propulsé dans ce sketch à la mode d'Hollywood.

— Qu'est-ce qu'il a dit hier quand tu t'es excusé ?

— Il n'était pas content. Il a dit que je lui avais donné l'impression qu'il n'était rien.

Il rouvrit les yeux.

— Je ne peux pas lui en vouloir, Shan. Même à mes propres oreilles, ma phrase était ignoble. Je ne voulais juste pas qu'elle comprenne qu'il est important pour moi. Tu sais comment elle est.

— Tu lui as dit ça ?

Il s'appuya à son dossier.

— Oui, mais c'était peut-être un peu trop tard. On lui a souvent fait comprendre qu'il ne comptait pas par le passé. La dernière chose que je veux, c'est le faire se sentir comme ça à nouveau.

Shannon se mordit la lèvre inférieure.

— Tu vas peut-être devoir faire plus que lui envoyer un SMS. Tu sais, un geste qui lui montrerait que tu tiens à lui.

— Ça ne fait que quelques jours que je le connais. C'est pas comme si on sortait ensemble ou quoi. Qu'est-ce que je suis censé faire au juste ?

— Tu trouveras quelque chose.

Shannon cliqua sur un autre article et, à sa grande surprise, celui-là ne parlait pas de Silas. Il était consacré à elle et Brian.

— Qu'est-ce que… Qui s'intéresse à ce que je fais ou avec qui je suis ?

— Hein ?

Silas se pencha pour regarder par-dessus son épaule la photo d'elle et Brian qui marchaient vers son SUV en se tenant la main.

— Ils ne peuvent même pas foutre la paix à ma sœur, grogna-t-il. Merde, Shan, je suis désolé.

Mais Shannon secoua la tête.

— Je ne crois pas que ce soit à cause de toi. Ça dit que Brian est lié à une certaine Cara Manchester et que je suis sa maîtresse. Quoi ?

Elle tapa aussitôt le nom de Cara Manchester sur Google et le premier article qui apparut la fit hurler.

— Il a une fiancée !

Cali Style titrait : « Manchester et Knox célèbrent deux unions parfaites ».

Sous le titre se trouvaient deux photos. Une de Brian et de la fille fluette qu'il avait amenée au mariage d'Yvette et Jacob. Ils étaient enlacés par la taille et souriaient comme s'ils étaient le couple le plus heureux du monde. La légende disait : *Le mariage le plus attendu de Californie du Sud.* L'autre photo montrait les deux PDG des sociétés Manchester et Knox.

Shannon sentit la bile lui monter à la gorge. Comment pouvait-il être fiancé ? Il lui avait juré qu'ils étaient seulement amis. Elle était venue au mariage, là où Shannon avait dansé avec Brian. Ils s'étaient même embrassés devant elle. Peut-être qu'ils avaient un genre de relation libre ? L'idée lui donna envie de vomir.

— Peut-être que l'article est faux, dit Silas. Tu sais comment sont les journalistes.

Shannon lui jeta un coup d'œil.

— C'est une interview dans un magazine de mode réputé, pas un entrefilet dans un tabloïd. Est-ce qu'un magazine qui t'interviewait est déjà parti à contresens comme ça ?

Il secoua lentement la tête et lui prit l'ordinateur des mains.

— Je ne sais pas quoi dire, Shan. Je suis désolé.

Des larmes lui montèrent aux yeux, mais elle les ravala, déterminée à ne pas pleurer. Ce n'était pas comme si elle avait une relation avec Brian. Ils avaient fait un pari. C'était tout. Et puisqu'il était fiancé, elle allait y mettre fin. Il était hors de question qu'elle se retrouve au milieu de ce bordel. Elle prit son téléphone, écrivit un message à Brian et appuya sur *Envoyer* avant d'avoir l'occasion d'y réfléchir de trop.

Comment était-elle passée en une soirée de sa petite vie tranquille à Keating Hollow et de son travail à Une Cuillerée de Magie à être décrite comme la « maîtresse » dans des torchons people ? Elle savait que Brian était de Los Angeles et qu'il venait d'une famille puissante, mais ils n'étaient pas dans le show-business. Elle n'aurait jamais imaginé que sortir avec lui la ramènerait dans ce monde qu'elle avait décidé de laisser derrière elle.

Son téléphone vibra. Elle vit que c'était Brian et l'éteignit.

— Qu'est-ce que tu lui as envoyé ? demanda Silas.

— Je lui ai dit que le pari était nul et non avenu puisqu'il était fiancé et ne me l'avait pas dit, et que tous les rendez-vous dont nous avions convenu étaient annulés.

Son cœur se mit à battre plus fort et elle eut soudain trop chaud. L'anxiété la gagnait. Elle prit une grande inspiration et se rappela qu'elle n'avait rien fait de mal. Brian était un connard et il méritait sa colère.

— J'ai peut-être aussi utilisé quelques mots que je ne devrais pas répéter devant un mineur.

Silas leva les yeux au ciel.

— Je n'ai pas huit ans.

— Je sais. C'est juste que… je n'ai pas envie d'en parler.

— Compris.

Il ferma son ordinateur.

— On dirait qu'on a tous les deux des problèmes de cœur.

Shannon hocha la tête.

— Mais je pense que de ton côté, c'est réparable. Du mien, c'est terminé.

Silas haussa les sourcils.

— Tu ne veux même pas le laisser s'expliquer ?

— Qu'est-ce qu'il y a à en dire ? Cara Manchester pense qu'ils sont fiancés. Qu'ils se marieront l'an prochain. Tu as déjà entendu parler d'une fiancée qui n'a pas informé son futur époux de ses projets de mariage ?

— Ça ne serait pas la première fois qu'il se passe un truc bizarre à Hollywood, répondit Silas d'une petite voix.

— Je t'en prie. Je ne veux rien avoir à faire avec ces bêtises.

Shannon se leva et passa dans la cuisine.

— Tu veux un vrai petit déjeuner ? Je fais des œufs au bacon.

Silas se mit quasi à baver.

— Du bacon ? Tu sais quand c'était la dernière fois que j'ai eu du vrai bacon ?

— Quand je t'en ai fait la dernière fois ?

Elle prit sa baguette sur le plan de travail, l'agita, et regarda sa cuisine se mettre au travail.

— C'est un sacré don que tu as, frangine, dit Silas.

— Tu sais que je pourrais t'apprendre à faire ça, hein ? On possède la même magie d'air.

Elle lui jeta un coup d'œil.

— Est-ce que tu te sers seulement de ta magie, ces temps-ci ?

Il haussa les épaules.

— Pas souvent. Des fois pour le boulot, quand il y a des cascades. Ou quand j'ai la flemme de me lever pour la télécommande.

Elle hocha la tête, car elle comprenait.

— Tu n'as pas envie de frimer devant les autres stars.

— Ce n'est pas vraiment ça. Ils veulent toujours que je fasse des démonstrations, comme si j'étais un chien savant. J'ai déjà ma dose au boulot.

Il se renfonça dans son siège et pointa du doigt le dernier croissant sur le bar, avant de tourner son geste vers lui. La viennoiserie vola vers lui, mais si vite qu'elle percuta son front avant de tomber sur la table devant lui.

Shannon rit, même si elle avait toujours l'impression que Brian avait réduit son cœur en miettes.

— Je vois pourquoi tu ne montres pas ce que tu sais faire trop souvent. Tu risquerais d'éborgner quelqu'un.

Silas pouffa de rire et arracha un morceau de croissant pour le mettre dans sa bouche.

— C'est du bacon que je sens ? demanda Gigi en entrant dans la cuisine. J'espère que c'est de la dinde. Silas ne peut pas se permettre d'avoir de l'acné maintenant. Tu sais ce que le gras fait à ton teint.

— Bien sûr que je peux me le permettre, dit Silas d'un ton défiant.

Il sauta sur ses pieds et appuya ses paumes sur la table.

— Je ne ferai pas cette télé-réalité. Tu ne peux pas me forcer, alors le mieux c'est que tu les appelles maintenant et que tu leur dises que c'est annulé.

— Oh, Silas, persifla-t-elle. Tu dis toujours des trucs comme ça quand tu as envie de fainéanter. Mais ensuite, tu penses à ta carrière et tu fais ce qu'il y a de mieux pour atteindre tes objectifs à long terme. On en parlera après le petit déjeuner. Mais pas de bacon.

Elle se tourna vers Shannon.

— Pas étonnant que tu aies pris du poids. Tu sais que ce genre de nourriture n'est pas bon pour toi.

— Maman, mon poids ne te regarde pas. Je ne suis peut-être pas filiforme comme à Hollywood, Dieu merci, mais mon guérisseur pense que je suis très bien comme ça.

Alors lâche-nous avec ton bacon.

Shannon savait qu'elle faisait la grimace en sortant les assiettes du placard. Normalement, elle aurait utilisé sa magie pour mettre la table, mais quand elle était en colère, ça avait tendance à partir de travers. Et comme elle était en train de bouillir, il y avait un risque qu'elle arrache la tête de sa mère si elle essayait d'utiliser sa baguette.

— Bon sang, maman. Laisse Shannon tranquille, dit Silas.

Il passa dans la cuisine et lui prit les assiettes des mains.

— C'est ce que je compte faire, dès que j'aurai arrangé ce désastre au niveau des relations publiques. Ce Brian avec qui tu sors, c'est un très bon parti, dit sa mère d'un air impressionné.

Shannon renifla.

— C'est ça. Parce que sortir avec un homme qui est fiancé à une autre, c'est le meilleur moyen d'entamer une relation.

Gigi la gratifia d'un « tss-tss » et s'assit à table. Elle fronça le nez devant les ordinateurs et les tasses de café vides que Shannon et Silas avaient laissés derrière eux.

— Tu ferais peut-être bien de débarrasser avant qu'on mange, ma chérie.

On ? Shannon soupira et rajouta du bacon dans la poêle.

— Je prendrai juste un yaourt, dit Gigi. Et il faut faire quoi ici pour avoir un café ?

— Se lever et aller le chercher ? proposa Silas avec sarcasme alors qu'il était en train de remplir à nouveau la tasse de Shannon et la sienne.

— Très drôle. Ne sois pas ingrat, rétorqua-t-elle avant de se remettre à faire défiler une page sur son téléphone.

Le frère et la sœur échangèrent un regard blasé, mais aucun d'eux n'était assez mesquin pour la forcer à se lever. Shannon lui passa une tasse et il la remplit.

Alors que Silas apportait les tasses jusqu'à la table, Shannon servit leurs petits déjeuners et alla même jusqu'à verser le yaourt de sa mère dans un bol plutôt que de le laisser dans son pot. Elle ajouta des baies dessus, selon les goûts de sa mère.

— Merci, Shannon. C'était gentil de ta part, mais je ne mange pas de myrtilles en ce moment, déclara Gigi quand elle vit le bol.

— Pourquoi ? demanda-t-elle en fronçant les sourcils. Les myrtilles sont un super aliment. Tu es à fond sur les antioxydants.

Gigi lui adressa un sourire patient.

— Ça tache les dents, ma chérie. Il faut que je sois au top pour la presse quand Silas et moi présenterons sa nouvelle émission.

Silas frappa du poing sur la table, avec une telle force que les couverts grincèrent.

— Silas ! Qu'est-ce que tu... commença Gigi.

— Je. Ne. Ferai. Pas. Cette. Émission. Oublie ça. Appelle-les et dis-leur que c'est annulé. Si tu ne le fais pas, j'arrête *Les gardiens du temps* aussi.

Il était tout rouge et tremblait de frustration.

Shannon se précipita jusqu'à lui et prit sa main pour lui apporter tout son soutien. La situation avec leur mère n'avait fait qu'empirer. Depuis qu'elle était arrivée à Keating Hollow, elle n'avait pas écouté un mot de ce que Silas disait de sa carrière. Elle l'écrabouillait à chaque occasion et ne lui laissait pas le moindre contrôle sur sa vie. Ce n'était pas étonnant qu'il se soit barré et menace de ne pas rentrer.

Gigi se leva lentement de sa chaise et regarda Silas, raide comme un piquet.

— Ne parle pas à ta mère sur ce ton. C'est compris ?

— Je ne parle pas à ma mère, là, Gigi, cracha-t-il. Je parle à mon agente, et ce que j'en dis, c'est que je ne signerai pas ce contrat. Je ne viendrai pas sur le tournage. Et si tu n'annules pas, je ne rentrerai pas. Hors de question que les caméras se pointent chez moi pour me suivre partout. Tu as intérêt à me croire. Si tu essaies de me forcer, je ferai appel à des avocats.

— Tu veux dire comme cette miteuse de Lorna White ? demanda-t-elle en ricanant. Celle qui a balancé que tu essaies de te faire émanciper ? Tu crois qu'elle va te protéger de la mère qui a fait de toi une star ? Réfléchis un peu mieux, Silas. J'ai fait ta carrière, je peux y mettre fin aussi.

Silas blêmit et serra les poings si fort que Shannon se demanda s'il n'était pas en train de se couper avec ses ongles. Il ouvrit la bouche, mais aucun son n'en sortit. Vibrant d'émotion, il quitta la pièce. La porte d'entrée claqua une seconde plus tard et fit trembler les murs.

Shannon contempla sa mère, bouche bée.

— Arrête de me regarder comme ça, dit Gigi en se rasseyant.

Elle prit une gorgée de café, comme s'il ne s'était rien passé. Elle avait l'air parfaitement calme. Sa robe de soie rouge fluide drapée sur une épaule lui conférait un look à la fois décontracté mais sophistiqué. Ses cheveux sombres étaient noués en un chignon élégant et son maquillage était impeccable. Elle gardait la tête haute et Shannon ne comprenait pas comment elle parvenait à faire ça après l'horrible scène à laquelle elle venait d'assister.

Mais c'est alors qu'elle vit le signe qui ne trompait pas.

Gigi Ansell posa sa tasse et, inconsciemment, fit craquer l'articulation d'un de ses doigts. Dès que le son retentit, elle arrêta et posa ses deux mains sur la table, comme pour s'empêcher de poursuivre cette mauvaise habitude.

— Je pense que tu devrais y aller, maman, dit doucement Shannon.

À sa grande surprise, sa mère hocha la tête et se leva sans protester. Mais elle dit :

— Aller faire un tour m'aidera probablement à m'éclaircir les idées.

Shannon gémit.

— Quoi ? demanda Gigi. Tu as dit que je devrais y aller. C'est ce que je fais. Je serai de retour dans une heure.

— Je voulais dire que tu devrais rentrer à Los Angeles.

Shannon leva les mains en l'air dans un geste de pure frustration.

— Tu ne peux pas continuer à faire ça à Silas. Il va finir par craquer et alors, qu'est-ce que tu auras gagné avec ta star ?

— Ce n'est pas une petite fleur fragile, Shannon. Mêle-toi de ce qui te regarde.

Elle se tourna et partit dans le salon. Shannon lui courut derrière et se tint devant la porte pour lui bloquer la sortie. Elle n'aurait jamais cru être capable de faire ça.

— Ça me regarde, maman. Silas est venu me demander de l'aide parce que tu l'étouffes. Je lui ai dit de prendre quelques semaines de vacances, de se reposer…

— Quelques semaines ! Tu te rends compte de ce que tu dis ! s'écria-t-elle avec un air horrifié. Ce contrat publicitaire ne sera plus là dans deux semaines. Il faut qu'on agisse maintenant. Une fois qu'il aura fini de bouder, revois tes conseils. Il a arrêté de m'écouter, peut-être qu'il t'écoutera toi.

— Et tu continues à n'écouter personne, dit Shannon d'une voix rendue rauque par la colère qu'elle contrôlait à peine. Ce que j'allais dire, c'est que je pense qu'il lui faut une pause plus longue que ça. Il a besoin de respirer, loin de toi, du travail et d'Hollywood. C'est trop, maman. Laisse-le ici pour le reste de l'été, et quand le tournage des *Gardiens du temps* reprendra, je le ramènerai moi-même et…

— Non.

Elle tendit la main vers la poignée, mais Shannon se plaça devant. Sa mère n'avait plus qu'à reculer ou à la bousculer si elle voulait passer. Gigi serra les dents et dit :

— Je refuse que Silas fasse comme toi. Tu as balancé ta vie aux orties en revenant vivre ici. Ton frère a un grand destin devant lui. Je ne te laisserai pas lui empoisonner les idées avec ta négativité quant au métier. Maintenant, soit tu m'aides à le ramener à la maison dans les prochains jours, soit je vous compliquerai sérieusement la vie ici.

Shannon fronça les sourcils. Cela ressemblait à une menace.

— Comment ça, tu vas nous compliquer la vie ?

Qu'est-ce qu'elle comptait faire au juste ? C'était déjà assez compliqué d'avoir des paparazzi en embuscade devant chez elle. Une pensée qu'elle n'arriva pas tout à fait à former vint crépiter en arrière-plan, mais sa mère reprit la parole :

— Ton père et moi vendrons cette maison. Je ne vais pas vous fournir une cachette gratuite. Vous serez forcés de rentrer. Il n'y a pas moyen que ce que tu gagnes chez ce *marchand de bonbons* te permette de t'acheter quelque chose.

Shannon ne se donna même pas la peine de corriger sa mère quant à Une Cuillerée de Magie. Ce n'était pas un marchand de bonbons. C'était une chocolaterie-confiserie. Mais ce n'était pas vraiment le propos, et pas ce sur quoi elle avait besoin de se concentrer en ce moment.

— Vendre la maison ?

C'était impensable. Elle avait passé une grande partie de son enfance et de sa vie d'adulte dans le petit cottage. Sa mère ne pouvait pas être sérieuse.

— Tu me chasserais de la maison de grand-mère ?

— Ce n'est plus la maison de ta grand-mère, Shannon. C'est

la mienne. Je t'ai permis de vivre ici, sans payer de loyer, d'ailleurs, pendant bien trop longtemps. Il est temps que tu remettes ta vie en ordre. Mais c'est ton choix. Débrouille-toi pour convaincre Silas de rentrer à la maison, ou je ferai en sorte que tu n'aies *plus* le choix.

Shannon était si choquée par la menace de Gigi que quand celle-ci tendit à nouveau la main vers la poignée, elle se mit sur le côté et la laissa partir. En la regardant marcher jusqu'à sa voiture de location, elle sentit son estomac se rebeller, et la seconde suivante, elle courait jusqu'à la salle de bain pour aller vomir.

CHAPITRE 15

*B*rian et William Knox pénétrèrent dans le bureau élégant de Robert Manchester, tous les deux prêts à cracher du feu. Et comme ils étaient des sorciers de feu, il y avait une chance que cela se réalise.

— Manchester, aboya William Knox. C'est quoi ce délire de procès si mon fils n'épouse pas ta fille ? Comment peux-tu vouloir qu'un homme qui ne l'aime pas lui passe la bague au doigt ?

— Ton fils a jeté l'opprobre sur elle et notre famille, aboya Robert exactement sur le même ton.

On aurait pu croire qu'ils avaient pris le même cours pour apprendre à être des sales types.

— Il va trouver une solution pour la tirer de ce pétrin, ou on aura de gros problèmes. Je ne laisserai pas ma fille devenir la risée d'Orange County.

Brian resta en arrière, les bras croisés devant sa poitrine. C'était comme voir deux volatiles se rengorger dans leur poulailler, juste avant un combat de coqs. Ce genre d'ego, c'était une des raisons pour lesquelles il avait quitté Los Angeles et était parti vivre à Keating Hollow. Il n'arrivait pas à croire qu'on l'avait fait revenir pour quelque chose d'aussi idiot.

— Ta fille a été raconter des mensonges pour un contrat publicitaire, dit William. Ne va pas croire que je ne suis pas au courant pour ce chèque à cinq zéros qu'elle a reçu de la part de cette marque de literie. Si tu veux passer devant la justice, ça sortira. À ton avis, qu'est-ce qui se passera quand les archives montreront qu'aucun mariage n'était prévu ? Elle va devoir rembourser cet argent, avec des dommages et intérêts en plus, certainement. Laisse tomber, demande à ta fille de faire publier une rétractation, et on pourra tous retourner à nos affaires.

— Elle n'a pas menti, déclara le PDG de Manchester Corp en se levant pour contourner son bureau.

Il était petit et perdait ses cheveux. Il ouvrit la couverture satinée de *Cali Style* et feuilleta jusqu'à trouver l'article concerné. Il se racla la gorge et annonça :

— Voilà la citation exacte : « Oui, on a parlé de mariage. Je voudrais me marier à l'automne. » Qu'est-ce qu'il y a de faux là-dedans. On a parlé de les voir mariés tous les deux. À de multiples reprises. Et Cara a toujours dit qu'elle voudrait se marier à l'automne sur la plage.

— Ce « on » dans cette phrase sous-entend qu'elle parle de mon fils, Manchester. Tu viens nous faire une analyse de discours alors que je te parle d'intégrité. Nous ne laisserons pas ça passer.

William se rapprocha et arracha le magazine des mains de Manchester.

— Nous savons tous les deux qu'elle est allée trop loin. Si tu veux régler ça devant un tribunal...

Brian se racla la gorge, à bout de patience.

— Tout ça est ridicule. Je vais faire paraître une déclaration dans la presse pour dire que nous ne sommes pas fiancés, que nous ne l'avons jamais été, et que Cara n'a jamais été plus pour moi qu'une amie de la famille. Et c'est tout. Ça laisse entendre que c'est la journaliste qui a mal compris, et on pourra tous passer à autre chose.

Manchester étrécit les yeux.

— Ce n'est pas comme ça que ça va se passer. Pour l'instant, on ne fait rien. D'ici quelques mois, on laissera fuiter que les fiançailles sont annulées et on n'en parlera plus.

Brian se demanda brièvement si ce n'était pas la solution la plus facile. Il se fichait comme d'une guigne de ce que la bonne société de Californie du Sud pensait de lui. S'il n'y avait pas eu Shannon dans l'équation, il aurait pu dire oui, faire mettre tout ça par écrit, et quitter la ville avec la certitude qu'il n'aurait plus jamais à travailler avec cet enfoiré. Mais il devait penser à Shannon. Il n'était pas passé loin de l'avoir à ses côtés avant que cette intox lui explose au nez. Et il avait bien l'intention de regagner sa confiance. C'était impossible s'il faisait profil bas et se comportait comme s'il avait besoin de la cacher.

— Je suis avec quelqu'un, dit-il. Je refuse de le cacher, et je refuse de laisser votre fille insinuer que je la trompais. Alors ce scénario ne peut pas fonctionner pour moi.

— William, dit Manchester en jetant un regard aigu au père de Brian. Fais entendre raison à ton fils. Personne n'a envie d'un scandale. C'est quoi le problème, de toute façon ? Il n'a qu'à faire profil bas pour quelques mois. Ce n'est pas une catastrophe.

Brian marcha vers Manchester, vibrant de rage désormais.

— La seule raison pour laquelle mon père se trouve ici

aujourd'hui, c'est que vous avez menacé de faire un procès à sa compagnie. Il n'est pas là pour négocier à ma place ce que je ferai ou pas quant à votre fille. Compris ? Alors si vous avez quelque chose à dire à ce sujet, vous le dites à moi ou pas du tout.

William Knox émit un petit grondement approbateur et déclara :

— Je crois qu'il vaut mieux que nous mettions fin au partenariat, Robert. Il est clair que nous ne partageons pas les mêmes valeurs. Je demanderai à mon avocat de t'envoyer tous les documents.

— Tu ne peux pas faire ça ! hurla Manchester.

Il vira à l'écarlate, pas loin de faire éclater un vaisseau sanguin.

— Nous avons des investisseurs devant qui nous sommes redevables, des projets en attente.

— Tu as peut-être des investisseurs, dit William, mais pas moi. En tout cas, aucun qui ait déjà allongé l'argent. Ce contrat n'était pas définitif, et tu le sais. Tu tables sur le fait qu'on en ait besoin. Ce n'est pas le cas. Il y a d'autres moyens d'atteindre le même but, d'autres entreprises qui seraient ravies d'établir un partenariat avec Knox Corp.

Il se tourna vers son fils.

— Tu es prêt, Brian ?

Celui-ci dévisagea son père, bouche bée. Il ne s'était pas attendu à ce qu'il coupe tout lien avec Manchester. Ils se connaissaient depuis toujours et cela faisait des années qu'ils parlaient de ce partenariat. Son père avait beau dire, cela porterait un sacré coup à la compagnie d'arrêter maintenant. La seule raison possible pour que William tourne le dos à ce contrat, c'était qu'il ne supportait plus l'idée de travailler avec

Manchester après cette interaction. Était-ce à cause de la façon dont il avait traité Brian, ou la menace de procès ?

William Knox n'était pas devenu PDG d'une grosse boîte en étant idiot. On ne pouvait pas faire confiance à quelqu'un qui vous menaçait de vous faire un procès pour un motif futile, quand bien même on le connaissait depuis longtemps.

— Je suis prêt.

Il croisa le regard de Manchester.

— Je donne à Cara jusqu'à samedi pour rétablir la vérité. Si elle ne le fait pas, je ferai une déclaration de mon côté.

— Samedi ! cria Manchester.

Il commença à tempêter comme quoi il avait besoin de plus de temps, et que Cara avait le cœur brisé, mais Brian l'ignora et suivit son père jusqu'à la porte. Il refusait de se laisser manipuler.

— Comme on fait son lit, on se couche, leur hurla Manchester. J'espère que vous avez du pognon à passer en frais légaux, parce que je ne te laisserai pas dissoudre le partenariat comme ça, Knox ! Et je ferai aussi un procès à ton fils pour services payés et non rendus.

Brian s'arrêta sur le seuil de son bureau et lui jeta un dernier regard.

— Votre caution vous sera remboursée d'ici ce soir, monsieur. Vous pouvez considérer notre contrat comme nul et non avenu.

Il ferma la porte derrière lui et ne dit plus un mot jusqu'à ce que son père s'arrête sur le parking de l'immeuble de Knox Corporation.

— Tu penses que tu peux te sortir de ce partenariat sans soucis légaux ? demanda-t-il.

Son père haussa les épaules.

— Peut-être. Peut-être pas. Je vais réunir mon équipe juridique dès que je serai dans mon bureau.

Brian se força à ne pas s'avachir sur son siège comme un ado boudeur. Il n'avait rien fait de mal. Il n'avait pas à se sentir coupable. Il était tout de même très contrarié que quelque chose qui relève de sa vie privée cause des problèmes professionnels à son père.

— Je peux faire quelque chose ?

Un éclat de rire rauque échappa à son père.

— Hier, je t'aurais dit de sortir avec Cara et de voir ce que ça donnerait si vous vous mettiez en couple.

Brian frémit, prêt à protester, mais son père leva une main pour le faire taire.

— Aujourd'hui, mon conseil est exactement l'inverse. Tiens-toi à l'écart d'elle et de Manchester. Ils sont instables. Je ne sais pas pourquoi je n'avais jamais vu cet aspect de Robert jusqu'alors. Je suppose que j'admirais son style agressif en affaires, mais c'est la première fois que je le vois rendre les choses aussi personnelles. Il est hors de question que nous soyons associés à quelqu'un comme ça.

La tension dans la nuque de Brian se relâcha, et il se sentit avec cinq kilos de moins sur les épaules que quand il s'était réveillé chez ses parents ce matin-là. Mais il y avait encore des conséquences à gérer.

— Tu penses qu'il est sérieux pour ce procès ?

— Ce n'était sans doute pas une menace en l'air, mais il est probable qu'il laisse tomber juste avant que ça ne passe devant un juge. C'est juste une tactique pour voir s'il peut nous faire changer d'avis en nous coûtant beaucoup d'argent. Ne t'inquiète pas pour ça. Je vais mettre le département juridique de Knox Corp sur le coup, et je les ferai travailler sur toute attaque contre Knox Design aussi.

Brian s'était attendu à ce que son père lui propose ses ressources. Cela ne lui aurait pas ressemblé de le laisser tomber sur ce point. Robert Manchester n'était pas le seul PDG à vouloir protéger son enfant. Mais Brian ne pouvait pas l'autoriser. Il était adulte. Il devait régler ses problèmes tout seul.

— Merci, papa. Je t'en suis reconnaissant, mais je vais me débrouiller.

William Knox haussa les sourcils en le regardant.

— Tu ne veux pas que je prenne en charge ce qui sera certainement des années de frais légaux parce qu'un de mes associés a essayé de te mettre dedans ?

— Quand j'ai quitté Knox Corp, je t'ai dit que je pouvais m'en sortir seul. Et c'est ce que j'ai fait. Il n'y a pas de raison que ça change maintenant.

Son père aboya de rire.

— Espèce de tête de mule. Tu es bien comme moi. Maintenant je sais que ta boîte aura un grand succès.

Il se fit sérieux et jeta un long regard à son fils.

— Écoute, Brian. Je veux que tu saches que j'ai entendu ce que tu me disais. Je suis parti de mon côté aussi quand j'étais jeune. Il était hors de question que je laisse mon père m'aider. Je voulais faire mes preuves, il fallait que je montre de quoi j'étais capable par moi-même. Je comprends.

— Mais… dit Brian avec un petit rire. Il y a toujours un *mais*.

— Mais je ne peux pas te laisser endosser les coûts d'une action judiciaire intentée par Robert Manchester. C'est la faute de ta mère et moi, pour avoir insisté sur quelque chose qui ne nous regardait pas. Laisse-moi en prendre la responsabilité. S'il te plaît.

Brian fixa longuement son père. Et puis il hocha lentement

la tête. C'était la façon que son père avait trouvée pour s'excuser auprès de lui.

— D'accord. Merci.

— De rien. Maintenant, allons déjeuner.

Il sauta de la BMW et il l'attendait déjà devant les ascenseurs quand Brian le rattrapa. Il se lança dans une conversation sur la dernière campagne de marketing pour ses hôtels. Le sujet Robert et Cara Manchester était clos.

CHAPITRE 16

*A*près déjeuner, Brian dit au revoir à son père et sortit sous le doux soleil estival pour attendre Cara. Il avait promis de lui parler avant de quitter la ville, mais il avait aussi déjà appelé un Uber pour l'aéroport, comme ça il ne s'attarderait pas. Il n'y avait pas grand-chose à dire. Il venait de s'asseoir sur un des bancs qui bordaient le trottoir quand Cara se précipita vers lui.

— Oh, bon sang, merci, je ne t'ai pas loupé, s'extasia-t-elle en s'asseyant à côté de lui.

Elle était hors d'haleine, comme si elle avait couru.

— Cara, je ne crois pas que nous ayons grand-chose à nous dire, déclara-t-il d'une voix glaciale. J'ai déjà expliqué à ton père tout ce que tu as besoin de savoir.

— Je suis venue m'excuser.

Elle leva ses yeux de biche vers lui.

— J'ai fait une erreur, et je veux savoir si tu peux me pardonner. Je ne voulais pas causer tous ces problèmes.

— Tu as dit au monde entier qu'on allait se marier alors qu'on ne sortait même pas ensemble.

Il lui cria quasiment dessus, déjà à court de patience. Entre le fait d'avoir dû prendre le premier avion et la réunion avec son père, Brian en avait plus que marre.

— Chut !

Elle regarda autour d'eux avec inquiétude et se mordit la lèvre.

— Je n'ai pas besoin de baisser la voix, dit-il. Ce n'est pas moi qui ai été raconter n'importe quoi juste pour ferrer un contrat publicitaire.

Elle regarda ses pieds sans essayer de nier.

— C'était… une erreur.

Elle releva la tête, des larmes plein les yeux.

— Cara, c'est pas possible, là. Mon Uber va arriver d'une minute à l'autre.

Il se leva et regarda son téléphone pour voir à quel moment il arriverait vraiment. *Mince.* Il allait devoir la supporter quatre minutes supplémentaires.

Une larme coula sur la joue de la jeune femme et il fit tout ce qu'il pouvait pour se retenir de hurler. Elle avait besoin d'un psy. Elle lui lança un morceau de papier plié.

— Tiens. Regarde ça.

Il poussa un soupir, mais fit ce qu'elle demandait juste pour passer le temps. Il déplia le papier et découvrit un mot de sa main et un dessin d'un couple en train de se marier. Le mot disait :

Pour Cara, la plus jolie fille du cours de dessin. Puisque nos parents ont l'air décidés à nous caser, si on faisait un pacte. Si on n'est pas mariés d'ici nos trente-cinq ans, je t'épouse. Entoure : Oui ou Non.

Le « Oui » avait été entouré en rouge, et il y avait une empreinte de rouge à lèvres juste sous le message.

Oh bon sang. Brian avait déjà trente-six ans, et comme elle avait deux ans de moins que lui, il supposait qu'elle en aurait bientôt trente-cinq. Pourquoi avait-il été aussi dragueur au lycée ? Il avait complètement oublié ce petit mot. À l'évidence, c'était juste une bêtise de lycéen, un gamin qui cherchait de l'attention. Il se rappelait nettement avoir écrit quelques messages similaires à d'autres filles qu'il avait connues. Une au lycée et une à la fac. Visiblement, à cet âge, il aimait bien avoir des solutions de secours.

— C'était juste une blague d'adolescent, dit-il gentiment en lui rendant le papier.

Le fait qu'elle l'ait gardé toutes ses années le mettait mal à l'aise. Avait-elle été secrètement amoureuse de lui depuis qu'ils étaient gosses ?

— Je sais, répondit-elle d'une petite voix. C'est juste que nos parents ont reparlé de nous marier la dernière fois qu'on s'est tous vus, et tu as blagué sur la tête qu'auraient nos enfants. Et j'ai commencé à me dire que peut-être ce n'était pas une si mauvaise idée.

Il avait plaisanté sur leurs futurs enfants ? C'était possible. Il faisait souvent des blagues sur ce qui le mettait mal à l'aise. Et les attentes familiales et les pressions pour lier les deux empires industriels par un mariage l'avaient toujours mis mal à l'aise.

— Et puis bon, ce printemps, tu as dit que je pouvais venir chez toi pour le mariage de Jacob et je... j'avais cette interview peu de temps après, et j'étais tellement sûre qu'on allait enfin se mettre ensemble cet été. Je me suis laissée emporter. Je te dois des excuses.

Il la fixa, éberlué. C'était surréaliste.

— Je sais que j'ai l'air folle, dit-elle en se détournant. Je te promets que je ne vais pas me mettre à te harceler ou quoi que ce soit… C'est juste que… j'ai laissé mes rêveries me dépasser. Je suis désolée.

— D'accord.

Il ne savait pas quoi dire d'autre.

Il voulait qu'elle fasse paraître une rétractation, qu'elle dise à son père d'arrêter, et surtout de se tenir loin de lui et de Keating Hollow. Mais il ne lui dit rien du tout, car elle tremblait comme une feuille et il ne voulait pas lui faire encore plus de mal. Alors il la serra dans ses bras.

— Ça va aller, Cara. Tout ça finira par passer, et un jour, plus personne ne s'en souviendra ni ne s'en souciera.

Elle souffla une espèce de rire incrédule.

— Oh si.

— Non, je ne crois pas. Tout est dingue ici, et il y aura bientôt un autre potin qui remplacera celui-ci. À cette heure-ci la semaine prochaine, il y aura eu une autre star de la télé-réalité qui aura volé quelque chose dans un grand magasin, et c'est ça qui fera les gorges chaudes de la presse.

Cara recula, le regarda et lui fit un petit sourire.

— Tu es un mec bien. Tu le sais, ça ?

— Je fais de mon mieux. Mais ça m'attire des ennuis de temps en temps.

Il la lâcha et fourra ses mains dans ses poches.

— Je vais arranger ça, Brian, dit-elle en regardant ses pieds à nouveau. Je me demandais juste si tu pourrais m'accorder quelques semaines avant que je fasse paraître une déclaration.

— Je ne peux pas faire semblant d'être ton fiancé, Cara. J'ai quelqu'un dans ma vie. Je refuse de le cacher. Les journalistes sont déjà sur le coup, ils m'accusent de te tromper et ils la harcèlent.

Elle grimaça.

— La sœur de Silas Ansell. Je sais. Je ne voulais pas vous causer de problèmes.

— Eh bien, c'est ce que tu as fait. Elle ne me répond plus au téléphone.

Il avait parlé plus durement qu'il ne le voulait, mais il ne servait à rien de cacher sa colère à ce sujet.

— Je suis désolée.

Elle ferma les yeux et prit une grande inspiration.

— Si je te demande ça, c'est parce que je… heu, il faut que je fasse une autre annonce dans quelque temps, et ça me ferait beaucoup de pub.

Était-elle vraiment en train de lui demander une faveur après tous les problèmes qu'elle avait causés ?

— Tu n'es pas sérieuse. Alors tout tourne de nouveau autour de toi ? demanda-t-il avec un mélange d'épuisement et d'agacement.

Il chercha des yeux la Toyota Camry qui était censée venir le chercher.

— Non, je…

Elle referma la bouche et marmonna quelque chose pour elle-même.

— Oui. Je me comporte comme si tout tournait autour de moi. Je suis désolée. C'est que… tu sais comment est cette ville. Qu'on parle de toi en bien ou en mal, c'est toujours une bonne chose.

Il n'était pas d'accord avec cette vision des choses et il avait hâte de laisser tout ça derrière lui. Il la dévisagea en se demandant ce qu'elle préparait au juste.

— Pourquoi tu as besoin qu'on parle de toi ? Pas un autre contrat lié à de fausses fiançailles, j'espère ?

Cette fois, elle eut au moins la décence de rougir.

— Non. Rien de tel.

Elle regarda autour d'eux comme pour s'assurer que personne n'écoutait. Elle baissa la voix et dit :

— Je vais être dans cette émission de télé-réalité où des gens sont enfermés dans une maison pendant trois mois avec des caméras non-stop. Ma participation n'a pas encore été annoncée de façon officielle alors je n'ai rien le droit de dire pour le moment. Mais si j'annonce que nos fiançailles sont rompues juste après que les noms des participants auront été annoncés, ça m'aidera vraiment avec les fans. Je me disais…

— Oh la vache, murmura-t-il pour lui-même.

Il était fort probable qu'elle soit folle. Cela voulait aussi dire qu'elle avait de bonnes chances de remporter la victoire dans cette émission. Ce qui ne lui faisait ni chaud ni froid. Il voulait juste rentrer chez lui.

— Écoute, Cara. Fais ce que tu veux. Je rentre chez moi. Je vais arranger les choses avec ma copine. Si les blogs people écrivent des articles sur nous, eh bien tant pis. Je ferai ma déclaration comme quoi nous n'avons jamais été en couple quand j'en ressentirai le besoin. D'accord ? Je compte sur toi pour annoncer que nous n'avons jamais été fiancés et que nous n'avons plus rien à voir l'un avec l'autre dans les deux semaines. Et si tu peux faire en sorte que ton père abandonne son idée de procès, en échange, je te promets de ne jamais rien dire d'autre à la presse. Ça marche ?

— Ça marche. Je pense que je peux tourner ça à mon avantage, même si tu annonces que nous ne sommes pas fiancés.

Elle lui adressa un sourire rayonnant et lui tendit la main.

Qu'entendait-elle par « tourner ça à son avantage » ? Brian

commençait à avoir la migraine et il envisagea de ne pas lui serrer la main. Il n'avait pas envie de la toucher. Mais il voulait sceller cet accord, alors il prit sa main, la serra, et partit vers la Toyota Camry qui était enfin arrivée pour l'emmener à l'aéroport.

CHAPITRE 17

— *J*e suis en train de crever, déclara Shannon en se laissant tomber sur une chaise du Café Incantation. Je ne sens plus mes bras.

Silas s'assit en face d'elle et posa la tête sur la table en se plaignant de son mal de dos.

— Plus jamais. On aurait dû embaucher des déménageurs. À quoi est-ce qu'on pensait ?

— On pensait qu'on n'a pas assez de cash pour ça, là, répondit Shannon avec mauvaise humeur.

Elle croyait avoir été si maligne avec ses finances. Elle avait passé les dix dernières années à rembourser assidûment ses prêts étudiants tout en mettant de côté pour sa retraite. Sur le papier, ses finances étaient au top pour une jeune femme de trente et un ans qui était gérante d'une confiserie. C'est juste qu'elle n'avait pas beaucoup d'économies auxquelles elle pouvait *accéder* pour le moment.

C'était légèrement problématique vu qu'elle venait de sortir deux mois de loyer ainsi qu'une caution pour une petite maison à trois portes de celle de sa grand-mère. Ou plutôt de la maison dans laquelle ses parents ne voulaient plus la laisser vivre.

Silas l'aurait volontiers aidée. Il avait des tonnes de fric. Mais comme il était mineur, il n'avait accès qu'à une petite partie de cet argent chaque mois. Le reste de ses dépenses devait être approuvé par leur mère. Tout ça changerait quand il aurait dix-huit ans.

— J'ai peut-être mal partout, là, mais je suis quand même content que Bellatrix soit repartie à Los Angeles, dit Silas en se levant pour étirer ses jambes.

— Tu ne penses pas vraiment qu'elle va te lâcher, hein ? demanda Shannon en jetant un coup d'œil vers Hanna qui était en train d'encaisser des touristes.

— Non. Mais elle est partie pour l'instant, et c'est tout ce qui compte.

Il suivit le regard de Shannon.

— On fait pierre-papier-ciseaux pour voir qui se lève pour aller nous chercher à boire ?

— Je n'ai plus de bras, tu te rappelles ?

Shannon plia les doigts et gémit. Ils avaient déménagé son canapé et son gros fauteuil, les meubles de sa chambre, la salle à manger, les tabourets de bar, et plusieurs cartons d'affaires qu'elle avait accumulées au fil des années. Comme l'autre maison n'était qu'à vingt mètres de là, ils ne s'étaient pas embêtés à louer un camion. Encore une économie dont ils paieraient le prix quand ils ne seraient pas capables de sortir de leur lit le lendemain matin.

— Dommage que Brian n'ait pas été là. Je parie qu'il aurait tout déménagé pour nous, déclara Silas avec regret.

— On ne parle pas de lui, dit Shannon.

Elle jeta un regard implorant à Hanna. Celle-ci éclata de rire et sortit de derrière son comptoir pour les rejoindre.

— On dirait que vous avez besoin qu'on vous porte pour vous ramener chez vous.

— C'est une proposition ? demanda Shannon. Parce que je ne dirais pas non. Mais il me faut un latte d'abord. Et une part de gâteau au café. Deux parts, même, et le plus grand latte que tu puisses faire, en double.

— Pareil, dit Silas. Et de l'eau.

— Je vous amène ça, dit Hanna en riant.

Shannon lui tendit sa carte de crédit.

— Mets-toi trente pour cent de pourboire pour nous avoir évité de bouger nos pauvres carcasses.

Hanna secoua la tête.

— C'est trop.

— Mais non. Laisse tomber. Je vais l'écrire sur l'addition, dit Shannon en souriant à la jolie cafetière. Merci encore. On sait qu'on est pénibles.

— Mais non, pas du tout, ne t'inquiète pas.

Hanna repoussa ses boucles sombres de devant ses yeux et salua quelqu'un de la main alors que la clochette de la porte d'entrée retentissait.

Hope Scott entra dans le café et marcha jusqu'au comptoir. Elle rejoignit Shannon et Silas après avoir commandé.

— Salut, les jeunes. Il paraît que la journée a été dure.

— On a déménagé. C'est nul, dit Silas.

Hope hocha la tête.

— J'ai beaucoup trop déménagé cette année. Mais la magie d'air, ça aide en général. Vous n'aviez plus de pouvoir ou quoi ?

— Shannon a cassé sa baguette au bout d'une demi-heure, et après ça, tout est parti à vau-l'eau, grommela Silas.

— Tu n'as pas fait mieux, rétorqua Shannon. Si tu t'entraînais de temps en temps, tu ne ferais pas tomber tout ce que tu fais léviter.

Il leva les deux mains, paumes vers le haut, l'air de dire
« qu'est-ce que j'y peux ? ». Le mouvement lui tira une
grimace.

— Ouah. Vous avez vraiment morflé tous les deux, dit
Hope.

Elle les examina.

— Vous savez, j'ai quelques créneaux de libres ce soir au
spa. Vous voulez venir pour que je dénoue un peu ces
douleurs ?

— Argh, gémit Silas. J'adorerais ça, mais Levi m'a invité à
passer. Demain ?

Il lui fit son plus beau regard de chiot battu. Hope pouffa de
rire.

— Il s'est enfin décidé à te laisser revenir dans sa bulle,
hein ?

Les joues de Silas virèrent pivoine et il baissa les yeux vers
la table.

— Les articles des tabloïds ne lui ont pas fait plaisir.

— Non, en effet, dit Hope avec un gentil sourire. Mais il sait
aussi que ce n'est pas quelque chose que tu peux contrôler.
Alors tant que tu ne viens pas avec une suite, je suis sûre que ça
va s'arranger.

— Une suite. Seigneur.

Il reposa la tête sur la table.

— Pourquoi je peux pas juste prendre une année sabbatique
et qu'on me fiche la paix un moment ?

Shannon lui tapota la main.

— Il vaut probablement mieux que tu arrives au bout de
ton contrat avec *Les gardiens du temps*. Mais quoi que tu fasses,
je serai de ton côté.

Il tourna la tête et la dévisagea. Quand il parla, sa voix était
pleine d'espoir.

— Est-ce que ça veut dire que tu as décidé d'être mon agente ?

— Oui, dit-elle avec un soupir en se frottant les bras. Mais je ne peux rien faire avant ton anniversaire.

— Pas si je parviens à convaincre maman de te laisser commencer avant.

Il étrécit les yeux d'un air calculateur.

— Non, on ne veut pas foutre encore plus le bazar, dit Shannon avec inquiétude.

— Si. Bien sûr que si.

Il se leva soudain et marcha jusqu'au bar pour aller chercher leur commande. Sa démarche était souple et assurée.

— Comment il fait ça ? marmonna Shannon. Je crois que si je bouge de cette chaise, je me froisse un muscle.

Hope ricana.

— Les jeunes. Ils se remettent plus vite.

— Pas à ce point-là.

Elle regarda Silas prendre son café et ses pâtisseries et quitter le café. Eh ! Il aurait quand même pu amener les siens à table avant de partir. Elle était toujours en train de faire la moue quand Hanna apparut quelques secondes plus tard avec sa partie de la commande et sa carte de crédit.

— Silas s'est occupé du pourboire, dit Hanna en lui tendant le reçu.

Shannon pinça les lèvres et observa la propriétaire du café.

— Ce n'est pas tout, hein ?

— Non.

Elle sortit un billet de vingt de sa poche.

— Il n'a pas voulu que je lui rende la monnaie.

Un sentiment de fierté enfla dans la poitrine de Shannon. Son frère était un mec bien. Et vu les parents qui l'avaient élevé, c'était remarquable qu'il soit aussi bienveillant.

— Merci, Hanna.

— De rien, ma belle. Maintenant, espérons que Hope parviendra à faire quelque chose pour tes courbatures ce soir, comme ça tu pourras peut-être bouger demain.

Elle tapota l'épaule de Shannon avant de retourner vers le comptoir où Rex Holiday se tenait avec Rhys, le fiancé d'Hanna.

Le visage de Rex s'éclaira d'un sourire quand il aperçut Shannon. Il dit quelque chose à Rhys et le laissa pour venir la voir.

— Bonjour, mesdames. Comment se passe votre vendredi soir ?

— Très bien, dit Hope. C'est ma pause, je repars travailler après.

Ils se tournèrent tous les deux vers Shannon. Elle laissa un rire sans joie lui échapper.

— J'ai déjà connu mieux. J'ai déménagé aujourd'hui, et je crois qu'il va falloir me greffer de nouveaux membres. Hope pense qu'elle peut les sauver avec un massage.

— Je lui ferais confiance là-dessus, dit Rex.

— Tu as sans doute raison.

Shannon avait terriblement conscience qu'on était vendredi soir, et que c'était le jour où elle était censée avoir son massage en duo avec Brian. Elle ne répondait toujours pas à ses appels. D'ailleurs, elle avait bloqué son numéro. Une réaction immature ? Peut-être. Mais elle ne pensait pas qu'un homme qui lui avait menti méritait qu'elle lui accorde du temps.

Shannon entendait encore Silas se demander si l'histoire des fiançailles de Brian était vraie, et cela la perturbait. Peut-être qu'elle aurait dû lui parler, au moins pour voir ce qu'il avait à en dire. Elle secoua la tête. Ce n'était pas le moment de se morfondre à cause de Brian. Pas alors que le fort sexy Rex

Holiday se tenait devant elle. Shannon désigna la chaise libre à côté d'elle.

— Assieds-toi.

— J'ai cru que tu ne me le proposerais jamais.

Il se plaça à côté d'elle et fit aussitôt courir un doigt délicat sur l'hématome qu'elle avait sur le dessus de la main.

— Qu'est-ce qui t'est arrivé ?

— Je me suis cognée contre la rambarde de l'escalier en montant le matelas avec mon frère.

— Et là ?

Il venait de désigner une éraflure sur son bras. Le contact était agréable après une journée de travail physique, mais ça n'avait rien à voir avec Brian. Elle ne ressentait aucun de ces délicieux picotements de désir. *Zut*. Ça aurait été chouette d'être attirée par un mec qui semblait disponible, lui. Elle retint un soupir déçu et répondit :

— Je ne sais même pas. Je n'ai pas dû le sentir sur le coup.

— Je connais ça. Quand on travaille dans une ferme, on se retrouve avec des griffures et des bleus qu'on est incapable d'expliquer à la fin de la journée.

Il se renfonça dans son siège et posa la main sur la table.

— Comment ça se passe avec l'exploitation viticole des Pelsh ? demanda Shannon en prenant une grande gorgée de son latte.

C'était comme si elle avait pris une perfusion de caféine, et elle se sentit aussitôt plus alerte.

— Bien. C'est vraiment un chouette petit vignoble qu'ils ont.

Hanna arriva et lui sourit en lui tendant son café.

— Ça, c'est parce qu'on a un super sorcier de terre qui fait en sorte qu'on démarre comme il faut.

— Merci pour le compliment, dit-il en serrant doucement

sa main. Mais ton père avait fait un travail préparatoire incroyable avant même que je sache que le vignoble existait. Je n'aurais pas pu demander une meilleure récolte.

— Ça, ça fait plaisir à entendre.

Hanna se tourna vers les deux autres femmes :

— Dites-moi s'il vous faut autre chose.

— C'est bon pour moi, dit Shannon en levant son latte. Il est parfait.

Elle reporta son attention vers Rex.

— Parle-moi de ce vignoble. Qu'est-ce que tu fais pour les Pelsh, au juste ?

— En gros, je m'occupe du raisin, je m'assure que les fruits soient à leur maximum. Mieux ils sont au début, et plus ils seront forts au fil du temps.

— Alors tu es un genre de consultant qui vient pour faire en sorte que tout soit tip top au début ? demanda Hope qui s'était penchée vers lui.

— C'est à peu près ça, répondit Rex. Ça se passe super bien pour le moment, mais ça sera encore mieux une fois qu'on aura trouvé un ou une sorcière d'air pour nous aider à attacher les sarments et faire en sorte d'aérer la vigne.

— Vous avez besoin d'une sorcière d'air ? J'en suis une, dit Shannon en se rapprochant.

Les muscles de son dos lui firent mal en bougeant, mais elle ignora la douleur pour porter toute son attention à Rex. Il avait besoin d'une sorcière d'air. Ce qu'elle était. Un deuxième job lui permettrait de mettre de l'argent de côté. Ce dont elle allait avoir besoin si elle voulait essayait d'acheter la maison de sa grand-mère quand elle serait mise en vente. Le seul problème concernait les horaires. Il fallait qu'elle puisse continuer à travailler à Une Cuillerée de Magie.

— Il y a des horaires spécifiques, ou bien c'est flexible ?

Le visage de Rex afficha son intérêt.

— C'est flexible. Absolument. Ça t'intéresse ?

Shannon hocha la tête.

— J'ai besoin d'un mi-temps.

— C'est une sorcière d'air très douée, intervint Hope. Si tu l'avais déjà vue utiliser sa baguette, tu aurais une idée de ce que je veux dire.

Sa baguette. Ah oui. Il fallait qu'elle remplace la sienne le plus vite possible. Genre, demain, à moins qu'elle ait envie de se remettre à tout faire à la main. Elle arrivait mal à diriger sa magie quand elle n'utilisait que ses doigts.

— Parfait alors. Tu aurais le temps de passer au vignoble demain ? demanda-t-il.

Shannon se pencha pour lui accorder son attention pleine et entière.

— Si tu es disponible dans l'après-midi, carrément.

— Je ferai en sorte d'être là.

Il lui tendit la main. Shannon la serra et dit :

— J'ai hâte d'y être.

Une fois que Rex fut parti avec Rhys, Shannon se tourna vers Hope.

— Tu es toujours partante pour ce massage ce soir ?

— Tout à fait.

Elle se leva et fit signe à Shannon de la suivre.

— Je comptais prendre des gens sans rendez-vous. Tu seras la première.

CHAPITRE 18

*S*hannon sentit son appréhension monter en flèche dès qu'elle passa les portes de Doigts de Fée. Pourquoi avait-elle accepté de venir ici en ce vendredi soir ? À la date où elle aurait dû avoir son second rendez-vous avec Brian...

Ah oui, pensa-t-elle en s'asseyant sur un des fauteuils de la salle d'attente. Parce qu'elle grimaçait au moindre mouvement. C'était à cent pour cent pour elle qu'elle était là. Et elle ne laisserait pas Brian lui gâcher ce moment.

Hope passa derrière pour préparer son poste de travail et Shannon se mit à feuilleter un exemplaire de *Sorcière actuelle* et admira une nouvelle gamme de baguettes. Il y en avait une rouge à paillettes qui semblait avoir été créée pour elle.

— Shannon ? appela Lena, la réceptionniste.

Elle remit le magazine sur la table et grimaça en se levant.

— Je suis là.

— Parfait. C'est par ici.

Lena lui sourit et la conduisit dans le couloir où se trouvaient les salons de massage. Mais au lieu de s'arrêter dans l'une des salles, elle continua à avancer jusqu'à ce qu'elle soit dans le jardin derrière.

Shannon l'aperçut aussitôt. Brian était assis là, à une table pour deux, son beau visage éclairé à la bougie. Un élan d'agacement parcourut Shannon et elle faillit faire demi-tour et s'enfuir. Mais les mots de Silas lui restaient en tête, et elle ne pouvait s'empêcher de se demander au juste ce qu'il avait à lui dire quant à ses supposées fiançailles. Elle méritait bien de se donner les moyens de tourner la page, non ?

— Shannon ? demanda Lena en fronçant les sourcils. Est-ce que tout va bien ?

Elle se racla la gorge.

— Je pensais juste être là pour un massage avec Hope. Ce rendez-vous était censé être annulé.

Lena écarquilla les yeux. Son regard passa de Brian à Shannon.

— Heu, d'accord. Si tu veux bien me suivre, je vais vérifier avec Hope et…

Shannon leva la main pour l'arrêter.

— Non, ne t'en fais pas. Ce n'est pas la peine. Dis juste à Hope que je suis ici avec Brian, d'accord ? Tant que j'ai droit à mon massage à un moment ou un autre, ça me va.

— D'accord, répondit aussitôt Lena. Je suis vraiment désolée de cette erreur.

— Ce n'est pas de ta faute. Merci, Lena.

Shannon prit son temps pour franchir la distance qui la séparait de la table où Brian l'attendait. Quand elle arriva enfin, elle s'interrompit et posa la main sur le dossier de la chaise vide.

— Je ne pensais pas que tu serais là.

— Bien sûr que je suis là. On avait rendez-vous, dit-il en se levant pour lui tirer sa chaise.

Ça l'énervait qu'il soit aussi galant. Cela lui rendait plus difficile de le détester. Et en cet instant, elle était à peu près sûre de le détester. Ou au moins, elle détestait ce qu'il lui faisait ressentir et le fait qu'elle allait effectivement s'asseoir à cette table et le laisser s'expliquer. Cela voulait-il dire qu'elle était faible ? Une mauvaise féministe ? Peut-être. Peut-être pas. Elle repoussa ses pensées toxiques et s'assit, les bras croisés devant sa poitrine.

— Tu as lu mes messages ? demanda Brian une fois rassis en face d'elle.

Elle fit non de la tête.

— La semaine a été difficile. J'ai fini par te bloquer.

Un éclair de douleur passa dans ses yeux, mais il hocha lentement la tête.

— Je comprends.

— Ah oui ? le défia-t-elle. Je ne suis pas sûre que tu te rendes compte de ce que ça fait quand tu découvres que le mec avec qui tu viens juste de commencer à sortir est fiancé à une autre.

Voilà. Elle l'avait dit.

Brian prit une grande inspiration et hocha la tête.

— Tu as raison. Je ne sais pas. Mais est-ce que toi tu as une idée de ce que ça fait d'être réveillé par un coup de fil et d'apprendre que tu es fiancé à quelqu'un avec qui tu n'as jamais été en couple ?

Shannon le fixa comme si une seconde tête venait de lui pousser. L'avait-elle bien entendu ? Était-il en train de dire qu'il n'était même pas au courant ? Cela semblait… tiré par les cheveux. Vraiment ? Silas l'avait avertie quant à ce que les médias pouvaient faire. Elle n'avait juste pas envisagé qu'il puisse avoir raison.

— Tu comptes m'expliquer ?

— Tu es prête à l'entendre ? demanda-t-il.

Il n'y avait pas de défi dans sa voix, juste une curiosité bienveillante.

Bon sang, c'était charmant.

— Je crois.

Elle inspira et relâcha son souffle.

— Écoute. Mon frère est une star. J'ai vécu à Hollywood quand j'étais à la fac. Je sais à quel point cette ville est dingue. Je sais aussi que les gens ont tendance à exagérer la vérité ou à carrément inventer n'importe quoi pour obtenir ce qu'ils veulent. J'accepte de t'écouter, mais si tu mens et que je le découvre, tu n'auras pas d'autre chance. C'est compris ? Je déteste les scandales. Je déteste les médias. Et plus que tout, je déteste les menteurs.

— Alors nous avons encore plus en commun que je ne le pensais, Shannon, parce que c'est exactement pareil pour moi.

Cette fois, quand il lui sourit, c'était avec tout son charme, et il avait l'air d'être amusé. Quelque chose dans ce qu'elle avait dit l'avait ravi.

— D'accord, alors. Vas-y.

Elle saisit la flûte de champagne qui se trouvait devant elle et en prit une gorgée. Brian se pencha en avant et posa les coudes sur la table.

— C'est assez dingue. Tu es prête pour ça ?

— J'en doute. Mais ça a été une semaine dingue, alors vas-y. Ça ne peut pas être pire que d'avoir été mise à la porte de chez moi par ma propre mère.

Oups. Elle n'avait pas eu l'intention de dire ça. Elle ne voulait rien lui dire de personnel jusqu'à ce qu'elle ait entendu ce qu'il avait à dire.

Il haussa un sourcil, celui qui était barré d'une cicatrice.

Elle se demanda brièvement ce qui lui était arrivé et se fit une note mentale pour penser à lui demander plus tard.

— On va reparler de ça.

Elle haussa une épaule en ignorant la douleur et attendit. La lumière des bougies faisait rayonner sa peau et elle se détesta de remarquer cela. Elle n'aurait pas dû se laisser attendrir. Il ne s'était même pas encore expliqué.

— Cara Manchester est la fille d'un des plus vieux amis de mon père. Ou du moins, ils étaient amis jusqu'à il y a quelques jours. Ils étaient aussi censés s'associer. Manchester et Knox Corps. Des hôtels et des spas. Un sacré truc.

— D'accord, dit Shannon en fronçant les sourcils. Et ? Est-ce que c'est un de ces mariages arrangés pour construire un empire commercial ?

Brian rit, mais sans joie.

— En quelque sorte, oui. Pendant des années, nos familles ont fait des commentaires comme quoi j'aurais dû épouser Cara. Je tournais toujours ça en plaisanterie parce que cette pression me mettait mal à l'aise. Je n'ai jamais eu l'intention de l'épouser ou de me mettre en couple avec elle. Pour tout dire, c'est une de ces zinzins d'Hollywood, et pile le genre de filles qui me fait fuir. Il n'y a rien entre elle et moi.

— Alors pourquoi elle pensait qu'il y aurait un mariage à l'automne prochain ? demanda Shannon, dont la curiosité l'emportait sur la patience.

Cette fois, le rire de Brian était amer.

— Elle ne pensait pas vraiment cela. C'était un mensonge, un coup de pub pour un contrat avec une marque et une émission de télé-réalité dans laquelle elle va apparaître.

Shannon s'appuya à son dossier, choquée. Quand elle retrouva enfin sa voix, elle dit :

— Cette histoire a l'air incroyable, Brian.

— Je sais. Mais c'est la vérité.

Il prit sa flûte et en vida le contenu.

— Il a fallu que j'y aille pour affronter son père qui a peur que sa fille devienne la risée de tout Hollywood. Mon père et lui se menacent mutuellement de procès, parce que vu la façon dont Manchester s'est conduit, mon paternel ne veut plus rien avoir à faire avec lui. C'est un vrai imbroglio, et c'est exactement pour ça que j'ai quitté Knox Corp. Ce genre de délires, ça ne m'intéresse pas. Je veux juste une vie tranquille à Keating Hollow, à pouvoir m'occuper de Skye et décider de mes horaires. Et commencer à sortir avec toi, si tu es partante.

Elle le fixa, à court de mots. Cette histoire était incroyable. Et pourtant, elle le croyait à cent pour cent. C'était juste le genre de trucs dingues auxquels elle avait tourné le dos dix ans auparavant. Le type d'absurdités que sa mère avait ramenées chez elle plus tôt dans la semaine.

— Shannon ? demanda Brian. Est-ce que ça va ? Tu as l'air un peu…

Elle rejeta la tête en arrière et éclata de rire. Elle ne pouvait pas s'en empêcher. Comment était-il possible qu'ils vivent exactement la même vie, avec juste quelques détails qui changeaient ?

— Oh bon sang, Brian. Je suis désolée. Je ne me moque pas de toi, promis.

— Tu es sûre ? demanda-t-il alors qu'elle continuait à ricaner.

— Attends d'entendre ce qui s'est passé avec ma mère.

Elle secoua la tête et s'essuya les yeux. Et puis elle lui expliqua comment Gigi Ansell essayait de diriger la vie de Silas et s'était abaissée au chantage quand Shannon avait refusé de l'aider.

— Alors elle t'a jetée hors de la maison de ta grand-mère

parce que tu n'as pas voulu te ranger de son côté quant à ce que Silas devrait faire de sa carrière ?

— Oh, non, Brian. Ce n'est pas la maison de ma grand-mère. C'est sa maison à elle. En tout cas, c'est ce qu'elle dit. Techniquement, c'est à mon père que ma grand-mère a laissé la maison, mais il fait tout ce qu'elle dit alors ça ne change pas grand-chose.

— C'est… dur.

Les yeux de Brian avaient pris une teinte orageuse. Il était en colère pour elle et ça la fit sourire.

— Eh, dit-elle.

Elle posa sa main sur la sienne en travers de la table.

— Ce n'est pas grave. Ça fait des années que ma mère et moi sommes en désaccord. La seule chose qui m'intéresse, c'est que Silas s'en sorte. Elle lui crée des problèmes en ce moment. Ça le rend malheureux et j'ai peur qu'il abandonne sa carrière si elle n'arrête pas.

— Comme tu l'as fait ?

Il entrelaça ses doigts aux siens.

— Nan. J'aimais bien jouer, mais ça n'a jamais été au point de supporter toutes ces conneries. Silas adore ce qu'il fait. Je ne veux pas qu'elle lui gâche ce plaisir.

— Ça n'arrivera pas.

— Comment tu le sais ?

— Parce que tu ne la laisseras pas faire.

Brian serra ses doigts dans un geste rassurant.

— Silas savait ce qu'il faisait en venant ici. Tu es la seule personne sur qui il peut compter.

Il avait raison. Shannon était la seule dans la vie de son frère à ne s'intéresser qu'à lui et à ce qu'il voulait. Elle était son roc. Et elle le resterait. Il était hors de question qu'elle le laisse tomber maintenant.

— Merci, murmura-t-elle en contemplant leurs mains jointes.

Bon sang, ça fait du bien, ne put-elle s'empêcher de penser. La déception écrasante qui pesait sur elle depuis qu'elle avait vu cet article sur Internet avait disparu. Son cœur était plus léger, tout comme son esprit. Pour la première fois depuis des jours, il lui sembla pouvoir enfin respirer. Et ça, c'était parce qu'elle était tombée amoureuse.

CHAPITRE 19

*L*a douleur dans le ventre de Brian se dissipa enfin. À la seconde où Shannon lui avait souri et l'avait laissé tenir sa main, la lassitude des jours précédents s'était évanouie. Le fait qu'elle n'avait pas répondu à ses SMS l'avait perturbé, mais quand elle lui avait dit qu'elle avait bloqué son numéro, il avait été certain de l'avoir perdue. Mais heureusement, elle avait réussi à surmonter les ragots, et elle était visiblement en train de passer un bon moment.

— Tiens, essaie ça.

Il lui tendit une fourchette de son risotto au homard. Quand ses lèvres se refermèrent autour du couvert, il pensa s'effondrer direct. Il aurait donné n'importe quoi pour avoir ces lèvres sur les siennes… ou ailleurs.

— Pourquoi tu me regardes comme ça ? demanda-t-elle avec un regard séducteur, comme si elle savait exactement ce qui était en train de lui passer par l'esprit.

— Je pensais juste aux massages qui nous attendent.

L'idée d'elle, nue, étendue à côté de lui, même si c'était sur une table de massage à plus d'un mètre de la sienne, le rendait dingue. Il ne savait pas comment il allait survivre une heure en sachant qu'elle était juste là, mais qu'il ne pouvait pas la toucher. Ce massage en duo semblait soudain une très mauvaise idée.

— Je me dis qu'on aurait peut-être dû commencer par les massages et manger ensuite, dit Shannon. Je risque de m'assoupir à cause de la digestion et d'en manquer la moitié.

Il voyait ce qu'elle voulait dire, mais il savait que ça ne risquait rien de son côté. Son corps était trop sensible au sien. S'il n'avait pas su qu'elle était toute courbatue à cause de son déménagement, il aurait peut-être proposé de laisser tomber le spa pour lui faire un massage en personne. Mais c'était bien trop tôt. Elle venait juste d'accepter de lui adresser la parole à nouveau.

Du calme, mon grand, s'ordonna-t-il en reprenant du champagne.

— Ton risotto va refroidir, dit-elle, les yeux pétillants de malice.

— Et puis ? répliqua-t-il en la fixant comme s'il comptait faire d'elle sa prochaine bouchée.

— D'accord. J'ai compris. Tu es prêt à passer à la partie massage de la soirée. Tu veux qu'on appelle la serveuse pour lui dire qu'on...

Un bruit de verre brisé suivi de cris leur parvint depuis le devant du spa. Brian bondit de sa chaise, et Shannon l'imita. Il jeta un coup d'œil par-dessus son épaule et la vit grimacer alors qu'elle essayait de soutenir son allure. Mince, elle s'était vraiment fait mal. Il aurait voulu ralentir pour elle, mais son instinct l'en empêchait, alors il se précipita vers l'accueil.

Faith Townsend se tenait au milieu d'une pile de verre brisé et fixait un trou au milieu de sa vitrine, tout en aboyant au téléphone :

— Drew ? On a un problème ? Viens le plus vite possible.

— Bon sang, Lena ! intervint Shannon. Qu'est-ce qui s'est passé ?

Brian jeta un coup d'œil en arrière et la vit porter une main à sa gorge alors qu'elle regardait autour d'elle, les yeux écarquillés.

— Quelqu'un a jeté une brique dans la vitre, dit Lena d'une voix tremblante.

Brian se sentit vibrer d'énergie. Le besoin de faire quelque chose pulsait dans ses veines, et il était hors de question qu'il reste planté là en attendant le shérif.

— Shannon, regarde si Lena va bien. Je vais faire un tour dehors et voir si quelqu'un a besoin d'aide.

Shannon attrapa sa main pour l'arrêter.

— Je ne pense pas que tu devrais sortir jusqu'à ce que Drew arrive.

Il se pencha et déposa un baiser sur son front.

— Ça va aller. Fais-moi confiance.

Sans un mot de plus, il sortit du spa et se retrouva aveuglé par une série de flashs. Il leva les mains et se détourna pour essayer de faire passer les points lumineux qui dansaient devant sa vision.

— Brian ! cria un homme. Y a-t-il des blessés ? Est-ce que vous saignez ?

— Mr Knox, pouvez-vous nous dire ce que votre fiancée pense de ce dîner avec Miss Ansell ?

— Le mariage tient toujours ?

— Est-ce que cette agression dans ce spa a quelque chose à voir avec Cara Manchester ?

On le bombardait de questions de tous les côtés. Combien de reporters campaient devant le spa ? L'un d'eux devait avoir vu quelque chose, non ? Il leva les bras et les agita devant lui pour essayer de faire taire tous ces gens.

Mais les questions continuèrent à fuser, tout comme les flashs, et il finit par laisser tomber et revint à l'intérieur, où tout le monde le fixa. Il n'y avait rien à dire. Elles avaient toutes entendu les questions. Il marcha jusqu'à Shannon et, sans un mot, la serra dans ses bras.

— Est-ce que ça va ?

Elle lui rendit son étreinte, mais secoua la tête.

— Pas du tout. Est-ce qu'on va pouvoir sortir d'ici sans qu'ils nous sautent dessus ?

— Je ne sais pas, souffla-t-il dans ses cheveux.

Shannon se retira et se tourna vers Faith. La jolie blonde était allée chercher un balai et semblait prête à se mettre à nettoyer. Mais Lena l'arrêta.

— Attends encore, Faith. Il faut qu'on prenne des photos pour l'assurance. Et Drew en voudra pour son rapport aussi.

— Ah oui.

Elle appuya le balai contre un mur et parcourut la zone du regard. Elle grimaça en voyant le vase en miettes et l'étagère de produits qui avait été détruite.

— Faith ? demanda Shannon.

— Oui ?

Elle semblait secouée et Brian se demanda si elle avait déjà appelé son fiancé, Hunter. Probablement pas. Il sortit son téléphone de sa poche et appela Jacob. Il ne connaissait pas le numéro de Hunter, mais la sœur de Faith, Yvette, devait l'avoir. Il parla doucement et mit Jacob au courant de ce qui s'était passé, sans oublier de mentionner la foule de paparazzi en planque devant le spa.

Une fois que Jacob eut relayé les informations à sa femme pour qu'elle appelle Hunter, il dit :

— Bon sang, mon vieux, c'est dingue. Tu penses qu'ils attendent devant chez toi aussi ?

— Eh bien, maintenant, oui.

Il se passa une main dans les cheveux avec l'envie de disparaître. Comment allait-il faire pour vivre encore deux semaines dans ces conditions jusqu'à ce que Cara mette les choses au clair ? C'était impossible. Il allait devoir faire une déclaration de son côté, mais il savait que personne n'y prêterait vraiment attention jusqu'à ce que Cara réponde. Un homme qui trompait sa fiancée, c'était un scandale trop juteux.

Peut-être qu'il ferait mieux de quitter Keating Hollow et de se cacher un moment. Il jeta un coup d'œil à Shannon et sut qu'il ne pouvait pas la laisser seule dans ce pétrin. Il l'aurait emmenée avec lui sans hésiter, mais comment être sûr que les photographes ne les suivraient pas ? Surtout si Silas était avec eux. Il n'y avait pas moyen de gagner.

— Tu peux venir ici et prendre la chambre d'amis si tu veux, dit son ami.

Il pouffa de rire et ajouta :

— Ou dormir avec Skye.

— Super pour se reposer, dit Brian, pince-sans-rire. Je passerai probablement d'ici quelques heures, après avoir ramené Shannon chez elle.

— Ça marche, dit Jacob. Je laisserai allumé pour toi.

— Merci.

Il raccrocha et alla voir ce qu'il pouvait faire pour aider.

Une heure plus tard, Drew avait fait partir les paparazzi en leur disant qu'il voulait les voir au commissariat pour les interroger et que s'ils ne coopéraient pas, il les y traînerait par la peau du cou.

— Merci, dit Brian en tendant une main au shérif adjoint. Tu n'as pas idée d'à quel point ça nous a aidés.

— Je suis désolé qu'ils soient à tes trousses comme ça, Brian, répondit Drew en secouant la tête. On n'est pas habitués à ça par ici.

— Sans blague. C'est une des raisons pour lesquelles je suis venu vivre ici.

Il tapota l'épaule de Drew et passa derrière lui pour aller chercher Shannon. Il la trouva sur un des fauteuils de la réception et s'assit à côté d'elle. Il prit sa main dans la sienne.

— Prête à y aller ?

— Oui. Tu n'imagines même pas.

Elle avait l'air d'à peine tenir debout, et vu la journée qu'elle avait eue, ce n'était pas étonnant.

— En ce cas…

Brian la souleva dans ses bras et la porta jusqu'à son SUV. Elle pouffa de rire et lui dit qu'elle n'avait pas besoin qu'on la porte, mais il remarqua qu'elle ne protesta pas trop fort.

— Tu es mignon. Tu le sais, ça, Brian Knox ? demanda-t-elle depuis le siège passager.

Brian lui jeta un coup d'œil avant de démarrer le moteur. Il sentit une vague de tendresse le balayer alors qu'il plongeait son regard dans ses yeux couleur whisky. Il ne pouvait s'empêcher d'avoir envie de la serrer dans ses bras et de l'y garder toujours. Ce qui était ridicule, parce que s'il y avait une femme qui savait se débrouiller seule, c'était bien Shannon Ansell.

— Tu comptes m'embrasser ou juste me regarder comme ça toute la nuit ? demanda-t-elle, les lèvres frémissantes d'amusement.

— Ça vient. Juste une seconde.

Il se pencha et prit sa joue dans sa main en savourant la façon dont elle le regardait. Elle avait une mine endormie, mais pleine d'amour, de confiance, et de quelque chose qui lui donnait la sensation d'avoir trouvé sa place.

— J'ai hâte d'être au jour où je pourrai te tenir dans mes bras toute la nuit.

Sa respiration se bloqua et elle murmura :

— Moi aussi.

— Mais pas ce soir. Il faut que tu te reposes, reprit-il.

— Je peux dormir blottie contre toi, dit-elle avec une petite moue.

Ça le fit rire.

— Non. Je ne crois pas, ma belle. Je serais incapable de contrôler mes mains.

Ces paroles la firent frissonner, et il regretta d'autant plus sa décision de ne pas la ramener chez lui. Mais il ne rentrait pas chez lui, n'est-ce pas ? Il ne pouvait pas en être sûr, mais il y avait fort à parier qu'il y avait une petite troupe de photographes agglutinés devant sa maison à l'heure actuelle.

— Bon, alors embrasse-moi.

Il se sentit s'embraser de l'intérieur quand ses lèvres effleurèrent les siennes. Et en cet instant, tout était parfait.

CHAPITRE 20

*P*arfait. C'était le mot qui avait échappé à Brian juste après ce baiser épatant qu'ils avaient échangé dans sa voiture devant Doigts de Fée. Mais il n'y avait rien de parfait dans la vie de Shannon en ce moment. Elle était censée passer sa première nuit hors de la maison de sa grand-mère – la maison qu'elle en était venue à considérer comme la sienne – pour dormir dans celle qu'elle louait, mais au lieu de cela, elle se retrouvait dans le SUV de Brian, en train de contempler le cercle de photographes qui campaient sur son trottoir.

— Je ne peux pas rester ici. Pas après ce qui s'est passé au spa de Faith.

— Non, c'est sûr. Tu peux venir chez moi si tu veux.

Il n'y avait aucun sous-entendu, aucune tentative de flirt dans sa voix. Juste de l'inquiétude pour elle. Elle fronça les sourcils et appuya une main contre sa tête douloureuse.

— Tu ne crois pas qu'ils y seront aussi ?

— Probablement. Jacob m'a déjà dit que je pouvais prendre sa chambre d'amis. Je suis sûr que ça ne les dérangera pas d'avoir une invitée en plus, si tu veux venir aussi.

— Je pourrais aller à l'auberge de Noel, je suppose, dit Shannon.

Mais elle repoussa d'elle-même cette idée :

— Sauf que je parie que c'est là que dorment ces enflures.

— Probablement, approuva Brian.

Il n'y avait pas beaucoup d'endroits où dormir à Keating Hollow si vous n'y connaissiez personne. Shannon sortit son téléphone et appela Hope. Après lui avoir expliqué la situation, Hope confirma que Silas était là avec Levi et qu'il n'y avait pas de paparazzi en vue.

— Tu peux venir ici si tu veux, dit Hope. La chambre de Levi est libre. Il dort en bas le temps que sa cheville guérisse.

— Ça serait super. Merci. À tout de suite.

Elle raccrocha et demanda à Brian s'il pouvait la laisser chez Hope et Chad.

— Oui, d'accord, dit-il.

Il semblait un peu déçu, mais il lui fit un petit sourire et redémarra. Shannon laissa son regard se perdre par la fenêtre sur la petite rue idyllique avec sa bordure d'arbres et ses cottages.

— Je ne comprends pas pourquoi quelqu'un a balancé cette brique dans la vitre du spa. À quoi ça servait ?

Brian eut un rire sans joie.

— Ça m'a fait sortir, non ? Ils ont eu leur photo. Sauf qu'ils ne pouvaient pas savoir que ce serait moi qui sortirais, donc je ne sais pas vraiment. Ça semble plutôt fortuit, non ? D'habitude, ils ne recourent pas au vandalisme pour parvenir à leurs fins.

— Non, en effet. Ce genre de trucs arrivent plutôt quand une célébrité pète un câble et qu'une altercation se produit. Je ne comprends pas.

— On dirait que le monde est devenu fou, dit Brian.

— Pas tout le monde, répondit Shannon avec un soupir. Il nous reste de bons amis qui sont là pour nous quand nous en avons besoin.

En s'entendant prononcer ces mots, une étrange sérénité s'empara d'elle. Elle n'avait jamais eu l'impression d'être à sa place nulle part. Toutes ces années, elle avait eu Miss Maple et Wanda, mais Wanda papillonnait de groupe en groupe si bien qu'elles ne passaient pas énormément de temps ensemble. Il y avait d'autres habitants avec qui elle s'entendait bien dans le village, mais jusqu'à l'arrivée de Hope, elle n'avait jamais vraiment eu l'impression d'avoir une vraie copine sur qui elle pouvait toujours compter. Ni un copain, d'ailleurs. Bien sûr, elle était sortie avec des garçons, mais aucun ne l'avait jamais assez intéressée pour qu'elle ait envie de maintenir une relation.

Cela avait changé quand Brian était entré dans sa vie. Elle l'observa depuis le siège passager. Son visage était dans l'ombre, mais elle distinguait quand même sa mâchoire anguleuse et sa barbe de trois jours. Ses doigts la démangeaient de l'envie de toucher sa joue, ses lèvres, ses cheveux doux. Il était beau, aucun doute là-dessus. Et soudain, elle regretta de ne pas avoir accepté sa proposition de le suivre chez Yvette et Jacob.

— À quoi est-ce que tu penses, là ? demanda-t-il d'une voix chaude.

Elle pouffa de rire.

— À rien.

Il se tourna, le regard brûlant. Oui, il savait exactement ce à quoi elle avait été en train de penser, ou du moins il l'avait deviné, et il pensait pile à la même chose. Elle sentit son corps se mettre à chauffer, et une pellicule de sueur se forma dans sa nuque.

— Il fait chaud là-dedans, ou c'est moi ? demanda-t-elle en ouvrant la fenêtre de quelques centimètres.

— Toi tu es chaude, c'est certain, Shannon.

Elle sentit ses joues s'embraser.

— Arrête. Cette conversation ne fera que nous frustrer tous les deux.

Il se mit à rire.

— Tu pourrais toujours changer d'avis, tu sais.

Elle l'avait envisagé, au moins de façon inconsciente. Mais la vérité, c'était qu'il fallait qu'elle voie Silas. Si les paparazzi continuaient à les suivre, il devait être sa priorité.

— J'aimerais pouvoir, mais mon frère…

Elle haussa les épaules.

— Ce genre de conneries l'atteint vraiment. Il va avoir besoin de moi.

— Je comprends.

Il s'arrêta devant le cottage où vivaient Hope et Chad. La lumière du porche était allumée et illuminait les jolis volets rouges. Brian tendit la main et toucha sa joue.

— Je peux t'appeler demain ?

Elle se laissa aller contre lui en fermant les yeux.

— Tu as intérêt.

— C'est noté.

Il l'embrassa lentement, tendrement, et elle fit une prière pour que les photographes trouvent une cible plus intéressante rapidement. Elle n'était pas sûre de pouvoir tenir un jour de plus sans l'entraîner dans son lit.

Enfin, elle se détacha de lui et se hâta de sortir du SUV. Une fois sous le porche, elle se tourna et souffla un dernier baiser dans sa direction.

BRIAN ÉTAIT ASSIS par terre dans la salle de jeux. Il était incapable d'oublier le baiser que Shannon lui avait envoyé en sortant de son SUV la veille. Ça avait été comme un coup en pleine poitrine, une décharge d'électricité qui avait parcouru ses membres et avait fait picoter ses doigts et ses orteils de la magie de la jeune femme. Shannon Ansell lui avait envoyé un baiser magique qu'il sentirait encore pendant des jours. Il lui avait fallu longtemps avant de s'endormir la veille, et il était sûr d'avoir rêvé d'elle.

Mince. Il était complètement mordu, hein ?

La petite fille qui courait autour de lui dans la pièce gloussa et le tira de sa rêverie. Il rit quand Skye lui fourra un ours rose dans les bras avant de lui attacher des petits nœuds rose et bleu. Elle portait un tutu vert et des collants roses et se trémoussait en suivant les mouvements qu'on lui avait montrés dans son cours de ballet pour jeunes enfants « Maman et Moi ».

— C'est joli, Skye, dit-il en tenant un miroir en plastique bleu devant lui pour voir son reflet. Tu feras une super styliste quand tu seras grande.

Elle pouffa de rire, cala son chien en peluche blanc et marron sur ses genoux, et continua à fredonner en ajoutant d'autres nœuds dans ses cheveux.

— Très classe, mon vieux, commenta Jacob depuis le pas de la porte. Tu es prêt pour ta séance photo ? Je parie que les paparazzi paieraient cher pour un de ces clichés.

— Mec, ne sois pas un conn... heu, un conifère. Ne sois pas un conifère.

Brian se pencha et fit un bisou sur la joue de Skye.

— N'écoute pas papa. Il est juste jaloux parce qu'il n'a pas assez de charisme pour savoir porter ce look.

Skye tendit un nœud rose à son père.

Il le prit et parvint à l'attacher à une mèche courte au milieu de sa tête. Avec un grand sourire, il se pencha pour que sa fille puisse voir le résultat.

— Qu'est-ce que tu en penses ? C'est joli, hein ?

— Joli ! acquiesça-t-elle avant de trottiner à l'extérieur de la pièce.

Jacob la regarda un instant et sourit.

— On dirait que quelqu'un a faim.

Il reporta son attention vers Brian.

— Elle a trouvé Yvette. Elles prennent le petit déjeuner maintenant.

Brian hocha la tête. Il s'était levé tôt et avait entendu Skye chanter toute seule, alors il était venu pour la tenir occupée jusqu'à ce qu'Yvette et Jacob se lèvent.

— Elle grandit si vite, Jay.

— À qui le dis-tu. D'ici peu, elle va nous demander les clés du SUV de tonton Brian, dit-il en pouffant de rire. Ou demander à tonton de lui acheter une décapotable rose.

Brian se mit à rire.

— Et je le ferais, en plus. Cette fille sera une vraie diva de la mode.

— C'est possible.

Jacob retira le nœud rose de ses cheveux et le mit dans la corbeille en plastique à côté de Brian.

— Je fais des œufs au bacon. Ça te tente ?

— Tant qu'il y a du café, répondit Brian en ramassant les jouets que Skye avait utilisés pour les mettre dans la malle contre le mur.

— Je t'en prie. Il y a toujours du café.

Jacob disparut dans le couloir alors que le téléphone de Brian se mettait à sonner.

— Knox, annonça-t-il puisqu'il ne reconnaissait pas le numéro.

— Brian ? C'est Drew Baker.

— Bonjour, Drew. Du nouveau à propos d'hier soir ?

Il ne voyait pas quelle autre raison le shérif aurait eue de l'appeler.

— Oui. On a arrêté un suspect, et je voulais te mettre au courant avant que ça ne soit rendu public.

— Vas-y, dis-moi tout, dit Brian avec un aplomb qu'il ne ressentait pas tout à fait.

Il sortit de la chambre de Skye et passa dans le couloir où il pouvait entendre Yvette chanter pour la petite fille. Il dépassa la cuisine et sortit sous le porche d'où on avait une vue sur la vallée. Les séquoias s'étendaient sur des kilomètres et quand le brouillard se levait, on pouvait suivre les méandres de la rivière presque jusqu'à la côte.

— La suspecte qui a jeté une brique dans la vitre de Doigts de Fée tient un blog d'actualités sur les stars. Elle a posté des diatribes sur toi et tes relations avec Cara Manchester ainsi que Shannon. Apparemment, elle pense que tu as trompé Cara et elle a décidé que c'était à elle de te le faire payer.

— Quoi ? Tu n'es pas sérieux. Je n'ai jamais été en couple avec Cara, dit Brian en se rendant compte que Drew se fichait probablement d'avec qui il était en couple ou fiancé.

Tout ce qui lui importait, c'était la sécurité des habitants de Keating Hollow.

Drew se racla la gorge.

— Peu importe. Ce qui compte, c'est que Miss Boxer pense que tu as fait du tort à Cara et elle a posté des menaces en ligne contre toi et Shannon. Miss Boxer a été arrêtée et nous sommes en train de rassembler des preuves.

— Shannon aussi ? demanda Brian, au bord de la nausée. Est-ce qu'on a essayé de lui faire du mal ?

— Personne n'a menacé Shannon de façon physique… pour le moment. Mais nous gardons un œil sur elle. Ce qu'on a trouvé sur Internet est assez perturbant.

Drew s'interrompit et prit une inspiration.

— Écoute, Brian, je ne dis pas ça pour t'inquiéter. Je veux juste que Shannon et toi soyez au courant de la situation. Je l'appelle juste après.

Brian se sentait malade à l'idée que Shannon puisse être en danger à cause de lui. Cela n'aurait jamais dû se produire. Il avait envie de fulminer, de crier, de taper sur quelque chose, mais rien de tout cela ne l'aiderait. Tout ce qu'il pouvait faire, c'était garder ses distances jusqu'à ce que Cara rétablisse la vérité. Il fallait qu'il fasse tout son possible pour accélérer ça.

— Je comprends. Tu me tiendras au courant de ce qui se passe avec Miss Boxer ?

— Oui. Essaie de ne pas trop t'inquiéter. Nous prenons la situation au sérieux.

Qu'est-ce que Brian était censé répondre à ça ? Comment aurait-il pu ne pas s'inquiéter ? Il s'en voudrait éternellement si quelque chose arrivait à Shannon ou à son frère. Ou à qui que ce soit d'autre, d'ailleurs. Cette brique aurait pu être mortelle si quelqu'un avait été assis sur un des fauteuils près de la vitre.

— Brian ? demanda Drew. Tu es toujours là ?

— Oui. Je suis là. Écoute, comment est-ce qu'elle nous a trouvés ? Tu le sais ? Shannon et moi étions en train de dîner quand l'incident s'est produit. Ça faisait un moment qu'on était là.

— Elle avait une quantité impressionnante de notes sur toi et Shannon dans son véhicule, avec notamment vos plaques d'immatriculation et vos adresses.

— C'est… dérangeant.

Il se sentait nauséeux à l'idée que quelqu'un ait développé ce genre d'obsession pas juste envers lui, mais envers Shannon aussi.

— Oui, et c'est pour ça que nous prenons les choses très au sérieux, dit Drew.

Cela ne le rassurait en rien. Mais il avait confiance en Drew, alors il se contenta de répondre :

— D'accord, merci d'avoir appelé.

— C'est normal. Préviens-moi si tu vois quoi que ce soit de suspect.

Après avoir raccroché, Brian fit défiler ses contacts et fit apparaître le numéro de son père.

Quand William Knox décrocha, Brian lui dit :

— Papa, j'ai besoin d'une bonne agence de comm.

Une heure plus tard, il envoyait à la responsable de l'agence un démenti de toute relation avec Cara Manchester ou de supposées fiançailles. Elle lui assura que cela serait sur tous les blogs people le lendemain matin au plus tard.

CHAPITRE 21

— *S*hannon, est-ce que ça va ? demanda Silas.

Elle était assise sur la balancelle du porche et releva la tête pour le voir debout à côté de la porte, deux cafés à la main. Elle s'était enfuie derrière pour prendre l'appel de Drew. Et elle avait été anéantie d'apprendre qu'elle était la cible d'un blog de potins mondains. Elle se renfonça en arrière et secoua la tête.

— Heu, non. Pas vraiment.

Silas s'assit à côté d'elle et lui passa une tasse.

— Qu'a dit le shérif ?

— Merci, dit-elle en désignant la tasse.

Elle prit une grande inspiration et lui retransmit les informations.

— Grosso modo je suis la cible de discours haineux sur un blog pour quelque chose que je n'ai pas fait.

Son frère lui adressa un sourire plein d'empathie.

— Je sais que c'est affreux. Mais essaie de te rappeler que quatre-vingt-dix-neuf pour cent du temps, ce n'est que du blabla.

Shannon fronça les sourcils et jeta un regard agacé à Silas.

— Sauf que cette folle a déjà essayé de faire du mal à des gens. Elle a balancé une brique dans la vitrine de Faith, tu te souviens ?

— Tu as raison. Désolé.

Il frotta ses yeux endormis et soupira.

— Au moins, la propriétaire du site a été arrêtée. Peut-être que ça va se calmer maintenant que leur gourou est en prison.

— Peut-être, mais qu'est-ce qui empêche d'autres personnes haineuses de prendre sa suite ?

Elle savait qu'elle se montait la tête et était légèrement irrationnelle quant à la possibilité d'une autre agression. Silas avait raison. La plupart des gens n'avaient que de la gueule et ne passaient jamais à l'action.

— Aucune personnalité publique n'est à l'abri de ce genre de choses. Tu le sais, Shan, dit gentiment Silas. Mais Keating Hollow est une petite ville où chacun prend soin des autres, ça aide. Et le shérif Drew semble être un type bien, d'après ce que Levi m'en a dit.

— C'est vrai.

Shannon prit une longue gorgée de café. Son frère avait su le doser juste comme elle aimait. Elle regarda le joli jardinet autour d'elle et dit :

— Tu crois que je pourrais convaincre Hope d'installer une piscine ? La nôtre me manque.

Silas se mit à rire.

— Si tu es prête à la payer, ainsi que l'entretien, sûrement.

— Je crois que je vais devoir commencer à aller nager dans la rivière.

Une des choses que Shannon préférait dans la maison de sa grand-mère, c'était la piscine dans le jardin. En été, elle l'utilisait tout le temps pour se détendre et faire du sport. Mais maintenant que leur mère les avait mis à la porte, ils ne pouvaient plus nager. C'était presque ce qui rendait Shannon le plus amère dans tout ça.

— Au moins tu peux contrôler la température, réfléchit Silas.

En effet, elle pouvait chauffer l'eau grâce à sa magie d'air.

Son frère parvint à la distraire en parlant de tout et de rien pendant une heure, jusqu'à ce qu'il soit temps pour elle d'aller au travail.

— Merci, Si, dit-elle en le serrant dans ses bras.

— De quoi ?

— De m'avoir calmée. En parlant. Juste d'être normal, comme ça aucun de nous n'est obligé de penser aux tarés qui rendent nos vies dingues. C'est de ça dont j'avais besoin ce matin.

Il se leva et la serra dans ses bras.

— Je connais ça, frangine. Maintenant, va travailler et gagner de l'argent.

Elle renifla.

— Ça marche.

— ROUGE OU VIOLETTE ? s'interrogea Shannon devant le stand de baguettes.

La rouge lui avait immédiatement tapé dans l'œil. Elle était élégante et brillante, et de la nuance exacte qu'elle appelait rouge catin. Mais la violette avait des paillettes. Et, oh, elle aimait vraiment que sa baguette scintille.

— Les deux ? Vous pouvez en garder une en réserve, dit le vendeur.

Shannon haussa un sourcil en direction du propriétaire de

Baguettes et Babioles. La boutique se trouvait à quelques portes d'Une Cuillerée de Magie et Shannon y était passée rapidement avant d'aller ouvrir la confiserie.

— Une baguette de réserve ? Les gens font vraiment ça ? La mienne s'améliore et gagne en puissance au fur et à mesure que je l'utilise. La seule raison pour laquelle j'en achète une neuve, c'est que j'ai cassé la mienne.

Le vendeur se lança dans un laïus comme quoi il ne fallait jamais se retrouver à poil sans baguette et Shannon se demanda vite fait si elle n'était pas entrée dans un sex shop qui vendait des baguettes d'un genre particulier. Mais non. Il suffisait de regarder autour d'elle pour vérifier qu'il s'agissait bien d'une boutique d'objets magiques normale. Elle était en train de pouffer intérieurement quand son téléphone sonna.

Une photo de Brian apparut sur l'écran et elle répondit, toujours amusée :

— Salut toi. J'espérais avoir de tes nouvelles.

— Salut toi aussi.

Sa voix était sombre, beaucoup moins enjouée qu'à son habitude. Drew lui avait dit qu'il avait parlé à Brian, alors il était sûrement toujours en train d'assimiler les événements de la nuit passée.

Comme il fallait qu'elle échappe au vendeur qui était toujours en train de lui lister les bénéfices de posséder une baguette de rechange, elle prit la rouge et l'amena jusqu'à la caisse. Elle paya tout en demandant au téléphone :

— Est-ce que ça va ?

— Pas vraiment, répondit Brian. Tu as parlé à Drew ?

— Oui.

Toute trace d'amusement disparut et elle ressentit une forte culpabilité à l'idée de ce qui aurait pu arriver au spa de Faith si cette brique avait atteint quelqu'un.

— Je suis dévastée et mortifiée, pour être franche, mais tellement soulagée que personne n'ait été blessé.

— Moi aussi.

La voix de Brian était rauque, tout à coup. Il se racla la gorge, mais ça ne changea rien.

— Je crois qu'on devrait arrêter de se voir.

Elle eut l'impression de s'être pris un coup de poing dans le ventre. L'air quitta ses poumons et elle se retrouva incapable d'articuler le moindre mot.

— Et voilà, madame. Bonne journée.

Le vendeur lui tendit sa baguette et lui sourit comme si Brian ne venait pas de lui arracher le cœur. Elle hocha la tête en guise de réponse et se précipita hors de la boutique.

— Shannon ? Tu es encore là ?

— Oui, souffla-t-elle en ouvrant la porte d'Une Cuillerée de Magie. Je suis en train d'arriver au travail.

— Oh. D'accord. Tu veux me rappeler ?

Sa voix était plus normale désormais et cela énerva Shannon.

— Non. Je ne veux pas te rappeler. Je veux que tu me dises pourquoi tu me largues.

Les mots lui avaient échappé avant même qu'elle puisse y réfléchir.

— Ce n'est pas ça. Je te jure, je ne suis pas en train de te larguer.

Il marqua une pause.

— Je pense juste que ce serait plus sûr pour toi, pour tout le monde, si je me faisais discret le temps que cette histoire avec Cara soit terminée. Je ne veux pas que quiconque soit blessé.

Est-ce qu'il parlait de blessures physiques ou psychologiques, là ? C'était difficile à dire vu la façon dont il abordait ça.

— Moi non plus, répondit Shannon.

Il poussa un soupir, comme s'il était soulagé qu'elle soit d'accord avec lui.

— D'accord. OK, alors… Mince. Je suis désolé, Shannon. Je fais tout ça n'importe comment.

Elle s'appuya au comptoir et dit :

— Oui. Cet appel est un peu violent.

— Je suis désolé. Je voulais juste dire que je ne voulais causer de problèmes à personne, et certainement pas à toi. Je suis inquiet. Et je pense que si on se fait discrets, qu'on ne leur donne pas d'occasion d'écrire d'autres articles jusqu'à ce que Cara fasse une déclaration à la presse, alors avec un peu de chance, tout ça va se calmer et on n'aura pas à gérer une autre agression.

— D'accooord. Quand est-ce que Cara est censée faire cette déclaration ?

— Dans les deux semaines qui viennent, dit Brian, la voix pleine d'amertume. Mais je viens d'envoyer une déclaration de ma part à l'agence de comm de mon père. Ça devrait sortir d'ici demain.

— Personne n'y prêtera attention, dit Shannon. Pas les gens qui sont déjà partis au quart de tour, en tout cas.

— Je sais, mais il fallait que je le fasse. Maintenant, ce n'est plus mon affaire. Vraiment plus.

Elle entendait qu'il était bouleversé et elle ne pouvait qu'imaginer la culpabilité qu'il devait ressentir à propos de la vitrine de Faith, alors elle décida de ne pas insister.

— Tu as raison. On n'a qu'à ralentir cette histoire pour le moment, et voir où on en sera quand les paparazzi auront quitté la ville.

Il gémit.

— Quoi ? C'est ce que tu voulais, non ?

— C'est ce que je pense que nous devrions faire. Ce n'est pas ce que je veux. Pas du tout. Et c'est toujours toi que j'emmène au mariage de Faith et Hunter dans deux semaines. Compris ? Je ne laisse pas tomber le pari.

Il avait retrouvé sa voix séductrice et elle ne put s'empêcher de fondre quelque peu.

— Pas alors qu'il y a un massage dévêtu à gagner.

Ça la fit rire.

— Bien sûr. D'accord, très bien. Cela nous donnera quelque chose à anticiper. Mais ne me laisse pas t'oublier. Mon téléphone marche très bien. Appelle-moi, d'accord ?

Brian pouffa de rire à l'autre bout du fil et dit :

— Je n'y manquerai pas, ma belle.

CHAPITRE 22

— *C*'est magnifique, dit Shannon en traversant le vignoble des Pelsh.

C'était la fin de l'après-midi et le soleil bas dans le ciel projetait une douce lumière sur les vignes. C'était d'une beauté à couper le souffle.

— Ce doit être le paradis de travailler là tous les jours.

Rex sourit.

— Je n'ai pas à me plaindre.

— Je vois ça.

— Je vais te montrer la grange où on fait la mise en bouteilles.

Il pointa du menton un grand bâtiment qui ressemblait plus à un ranch qu'à une grange. Shannon le suivit en remarquant comme la lumière faisait ressortir ses cheveux blondis par le soleil et sa peau bronzée. Elle ne pouvait s'empêcher de le comparer à un surfeur. Il avait le look d'un type qui écume les plages. Sa peau resplendissait et il était bien musclé. Il devait faire du sport. Ce n'était pas possible qu'il soit aussi bien foutu juste en travaillant dans un vignoble. Mais il avait beau être très bel homme, elle ne pouvait s'empêcher de souhaiter être avec Brian à la place. Après leur coup de fil de ce matin, tout ce qu'elle avait eu en tête c'était de conduire jusque chez lui et de le serrer dans ses bras.

— Comment va Brian ? demanda Rex comme s'il avait lu dans ses pensées. J'ai appris ce qui s'est passé au spa hier soir. Est-ce qu'il va bien ? Je n'ai pas encore eu l'occasion de lui parler.

La bonne humeur qu'elle avait réussi à invoquer disparut, mais elle n'en voulait pas à Rex. Il s'inquiétait juste pour son ami.

— Il va bien, je crois. Il est secoué d'avoir été espionné et d'être indirectement responsable de ce qui est arrivé à la vitrine de Faith. Il essaie de se faire discret jusqu'à ce que la tempête médiatique soit terminée et que les paparazzi s'ennuient et quittent la ville.

Rex grimaça.

— La vache, ça n'a pas l'air cool.

— Non, en effet.

Rex s'arrêta devant la porte de la grange et dit :

— C'est vrai. Ton frère doit gérer ce genre de choses de temps en temps aussi. Ça doit être épuisant.

Elle prit une grande inspiration et la relâcha.

— Ça peut l'être, mais cela n'arrive vraiment pas si souvent que cela. Juste quand quelqu'un s'amuse à faire des histoires.

Elle afficha un sourire.

— Mais assez parlé de ça. Montre-moi comment tu travailles. J'ai hâte de voir comment je peux t'aider.

— Ça marche, répondit-il d'une voix enjouée.

Rex sembla comprendre qu'elle n'avait pas envie de parler de leurs problèmes. Il se révéla être un sorcier de terre enthousiaste alors qu'il lui montrait où il faisait fermenter le vin, où on le faisait s'aérer, et où on le gardait en tonneau pendant qu'il vieillissait.

— On voudrait que tu nous aides à aérer le vin. Est-ce que tu as apporté ta baguette ?

Shannon sortit sa baguette toute neuve, rouge catin, avec un grand sourire.

— N'est-ce pas que c'est une superbe demoiselle ?

Ça le fit rire.

— Une demoiselle ?

— Bien sûr. Qui d'autre porterait cette couleur ?

Elle lui fit un clin d'œil exagéré et décrivit une arabesque avec sa baguette pour envoyer vers lui un souffle d'air qui vint ébouriffer ses cheveux.

— Parfait. Voyons ce que tu sais faire.

Shannon passa une demi-heure à faire circuler du vent pour aérer deux grosses cuves de vin. Quand ce fut fini, elle transpirait et était un peu essoufflée.

— Ouah, c'était du sport, en fait.

— C'était impressionnant, dit Rex en hochant la tête. Tu seras un grand atout pour l'équipe.

— Ça veut dire que je suis embauchée ? demanda-t-elle, toute contente de cette opportunité.

L'endroit lui plaisait follement. Du décor à l'odeur de terre fraîche du vignoble, en passant par le fait qu'elle utilisait sa magie pour créer quelque chose ; elle adorait ça.

— Oh que oui. Quand est-ce que tu peux commencer ?

— Aujourd'hui ? répondit-elle en riant.

Rex pouffa à son tour.

— Tu es à fond ! Ça te plaît vraiment ici, on dirait ?

— Oui. C'est différent, et j'aime bien le challenge, dit-elle en s'appuyant contre l'un des plans de travail en acier inoxydable. Ne va pas te méprendre, j'aime beaucoup mon travail à Une

Cuillerée de Magie, mais ça fait longtemps que je fais ça. La plupart du temps, je suis sur pilote auto.

— J'ai peur que ça ne finisse par arriver ici aussi. Il s'agit surtout de s'occuper des plants et d'aérer le vin pendant le processus de fermentation.

— Ça me va. Si je commence à m'ennuyer, j'aurai toujours cette vue incroyable pour me distraire.

Elle se tourna et regarda par la fenêtre juste à temps pour voir le soleil se coucher sur la montagne.

— Regarde, Rex. C'est magique.

— C'est bien vrai, dit-il juste derrière elle.

Il lui sembla entendre une pointe de mélancolie dans sa voix. Mais quand elle se tourna pour voir son visage, il était déjà en train de partir vers la porte.

— Tu es prête ? C'est l'heure.

— Oui.

Elle rangea sa baguette et le suivit dans le vignoble.

— Alors, tu travailles le dimanche ?

— Oui, dit-il. Et toi ?

Elle était contente qu'il pose la question. Cela voulait dire qu'il était sensible aux besoins de ses employés.

— Oui. Normalement, je travaille quelques heures à la boutique le matin, et puis je donne un cours de yoga le soir. Mais le spa sera fermé demain le temps que Hunter finisse d'installer la nouvelle vitre, alors je suis libre si tu as besoin de moi.

— Parfait. Midi, ça t'irait ? demanda-t-il en la conduisant vers la voiturette de golf qui les ramènerait jusqu'à la maison, là où elle était garée.

Elle grimpa dans le petit véhicule, s'attacha, et dit :

— J'ai hâte d'y être.

— CHÉRI, je suis rentré ! annonça Shannon en entrant dans la maison de Hope.

— Je suis là, répondit Silas.

Elle suivit le son de sa voix jusque dans la cuisine où elle le trouva avec Levi, en train de jouer aux cartes. Levi avait posé sa cheville blessée sur une chaise surmontée d'un oreiller.

— Où sont les tourtereaux ?

— Ils sont sortis en amoureux, répondit Levi sans lever le nez de ses cartes.

— Ils ont de la chance.

Shannon regarda autour d'elle dans la cuisine. Il y avait une pile d'assiettes dans la cuisine, mais il ne semblait pas que quelqu'un avait préparé à manger.

— Vous avez prévu quelque chose pour le dîner ?

Silas releva la tête.

— Le dîner ? Tu vas cuisiner quelque chose ?

Shannon leva les yeux au ciel.

— Peut-être.

— On peut commander une pizza, dit Levi. Hope a laissé de l'argent sur le bar.

Shannon jeta un coup d'œil à l'enveloppe à sa droite et ravala un grognement. Il n'y avait pas moyen qu'elle laisse Hope et Chad payer pour leur repas alors qu'elle et Silas avaient envahi leur maison.

— C'est ça que vous voulez ?

Silas et Levi répondirent en chœur d'un « oui ! » enthousiaste.

— Alors d'accord pour une pizza.

Elle sortit son téléphone de sa poche et appela Pizza Mystyk. Ça venait d'ouvrir, et leur menu était très chouette.

Quarante minutes plus tard, Shannon revenait après être allée chercher les pizzas quand elle aperçut un van blanc garé en face de chez Hope. Un sentiment de malaise s'empara d'elle. Le van s'était-il trouvé là auparavant ? Elle observa la fenêtre en roulant, mais elle ne vit rien dans le crépuscule. Une fois hors de sa voiture, elle marcha jusqu'à la porte en vérifiant si elle ne voyait personne de louche. La rue semblait déserte, mais ses cheveux se dressèrent sur sa nuque et elle se hâta de rentrer.

— Silas ? appela-t-elle.

Son frère apparut dans le salon. Il avait un téléphone collé à l'oreille et il leva les yeux au ciel en faisant une grimace très agacée. Il articula silencieusement *maman* et marmonna au téléphone quelque chose qui ressemblait beaucoup à « pas moyen ».

— Qu'est-ce qu'elle veut ? siffla Shannon en passant avec la pizza.

Ils n'avaient guère eu de nouvelles de leur mère depuis qu'elle les avait informés qu'ils allaient devoir quitter la maison de sa grand-mère quelques jours auparavant. Shannon soupçonnait qu'elle attendait qu'ils l'appellent et supplient pour obtenir son pardon, qu'ils rampent à ses pieds pour qu'elle les laisse reprendre la maison. Shannon ne s'abaisserait jamais à ça.

— Comme d'hab', murmura Silas. Elle essaie de me culpabiliser.

— Bien sûr.

Shannon le dépassa et posa la pizza sur la table. Affalé sur sa chaise, Levi faisait une drôle de tête.

— Eh, Levi. Qu'est-ce qui ne va pas ? Ton pied te fait mal ?

— Pas vraiment. J'ai mis de la glace dessus il y a cinq minutes.

Shannon sortit des assiettes et des couverts avant de s'asseoir à côté de lui.

— Tu veux en parler ?

Il jeta un coup d'œil vers le salon et une lueur inquiète passa dans ses yeux avant qu'il baisse le regard vers les cartes étalées devant lui.

— Qu'est-ce qu'il y a à en dire ? Silas va retourner chez lui, là où est sa place, et moi je resterai ici.

— Il va te manquer, comprit Shannon.

Levi soupira.

— C'est normal, non ? Je veux dire, c'est Silas.

— Il reviendra, dit-elle en serrant sa main. Il a déjà dit qu'il voulait passer les vacances de Noël ici.

— Ou aux Bahamas avec les autres acteurs de la série.

Il se tourna vers Shannon.

— Il a reçu une invitation aujourd'hui.

Elle pouffa de rire.

— Qu'est-ce qui te fait croire qu'il ira là-bas alors qu'il peut venir nous voir ici ?

— Je t'en prie, Shannon, dit Levi en secouant la tête. Tu penses vraiment qu'il va venir dans ce trou alors qu'il pourrait passer ses vacances à boire du rhum sur la plage ?

— Oui, c'est ce qu'elle croit, dit Silas en revenant dans la salle à manger.

— Silas, je…

— Non. C'est à moi de parler.

Il s'assit à côté de Levi, si proche que leurs épaules se touchaient.

Shannon se leva et passa dans le salon pour leur donner un peu d'intimité. Elle comprenait ce que Levi ressentait. Ce n'était jamais facile d'être celui qui reste derrière. Mais elle savait aussi que Silas était sérieux quand il disait vouloir passer ses vacances avec elle à Keating Hollow. Il lui avait dit ce matin qu'en dépit de l'agitation causée par leur mère et les paparazzi, il ne s'était jamais senti aussi en paix que là, au milieu des séquoias. Il lui avait dit que cela lui faisait du bien de passer du temps avec des gens qui tenaient vraiment à lui. Elle savait que par « des gens » c'était d'elle et Levi qu'il parlait, du fait qu'ils l'acceptaient tel qu'il était, lui, et non parce qu'il était acteur, célèbre ou riche. C'était ce dont il avait le plus besoin.

Elle passa devant la fenêtre et observa le van blanc qui était toujours garé en face. Un SUV noir était garé derrière désormais, mais elle ne voyait toujours aucun photographe. Est-ce qu'elle devenait parano ? Peut-être. Elle sortit son téléphone pour appeler Brian, mais avant qu'elle puisse faire apparaître son numéro, l'appareil se mit à sonner.

Gigi. Super. Précisément la dernière personne à qui elle avait envie de parler. Mais elle savait que si elle ignorait l'appel, sa mère continuerait jusqu'à ce qu'elle décroche. Elle était implacable quand elle voulait quelque chose.

— Shannon, il était temps. Ça fait une éternité que j'essaie de t'avoir au téléphone, déclara son interlocutrice sans même un bonjour.

— Bien sûr, maman. Comment était ton week-end ? demanda Shannon.

— Ne joue pas avec moi. J'appelle parce que j'ai entendu parler de la fille qui te harcèle. Il est temps que tu rentres, Shannon. Toi et Silas, vous n'êtes pas en sécurité dans cette petite ville. Il n'y a rien pour vous protéger des tarés qui veulent emporter un petit morceau de Silas à la maison.

— Maman, je t'ai déjà dit que Silas ne voulait pas rentrer pour le moment. Il a besoin d'une pause.

— Je m'en fiche, Shannon. Vous n'êtes pas en sécurité. Rentre à la maison, là où on peut mettre un gardien au portail et où on peut éloigner les zinzins d'Internet de toi et ton frère. Quand les choses se calmeront, tu pourras toujours retourner dans ta petite ville. Je te dis ça parce que je m'inquiète. J'ai vu les choses qu'ils disent de toi en ligne. Et toi ?

— Non. Tu sais que je ne regarde pas ces trucs.

Shannon jeta un nouveau coup d'œil aux deux véhicules devant la maison et commença à sentir le malaise revenir.

— Il faut que tu le fasses, chérie. Ce n'est pas bon. Je t'en prie, rentre à la maison et laisse ton père et moi nous occuper de cette menace. Tu sais ce qui se passera si Silas est blessé ?

Shannon grinça des dents. Et voilà. La vraie raison pour laquelle Gigi Ansell voulait qu'elle rassemble ses affaires et vienne se réfugier à Los Angeles. Silas. Elle voulait qu'il rentre, et elle ferait n'importe quoi pour obtenir ce qu'elle voulait. Mais au lieu de se disputer avec elle, elle répondit :

— Je vais en parler à Silas, et on te recontacte.

— Shan…

— Maman, j'ai dit qu'on allait en discuter. C'est le mieux que je puisse faire.

Shannon raccrocha et elle coupa son téléphone avant que Gigi ne rappelle.

— Elle a réussi à te convaincre, hein ? dit Silas, appuyé contre le mur de la cuisine.

Shannon passa une main dans ses cheveux épais.

— Plus ou moins. Même si je ne veux pas y aller, elle a des arguments. Il y a une grille autour de la maison. Personne ne pourrait t'atteindre là-bas.

Silas étrécit les yeux et quand il reprit la parole, il y avait du venin dans sa voix :

— Shannon, t'es-tu demandé qui est vraiment derrière ce cirque ?

— Comment ça ? Drew a dit qu'ils avaient arrêté la

blogueuse et…

Silas secoua la tête.

— Non. Je veux dire qui a commencé tout ce bazar. Qui a dit aux médias où nous nous trouvions ? Qui leur a donné le tuyau sur l'histoire avec Brian ? Pourquoi est-ce qu'ils sont toujours là alors qu'il n'y a rien de neuf ? Les paparazzi ne restent jamais aussi longtemps à moins qu'il y ait une histoire vraiment juteuse ou que quelqu'un les paie.

— Tu penses à un genre de pot-de-vin ? demanda Shannon en haussant les sourcils de surprise. Qui ferait une chose pareille ?

L'équipe de Cara, peut-être. Si elle essayait d'obtenir de la pub pour son émission de télé-réalité, ce n'était pas complètement idiot.

— Des gens qui essaient d'obtenir ce qu'ils désirent, ma chère sœur. Et ce que maman désire le plus, ce n'est pas juste de m'avoir moi, mais toi aussi, chez elle, là où elle pourra contrôler nos vies. Penses-y.

Il était en colère maintenant et tremblait presque d'émotion.

— C'est à ça qu'elle est la meilleure, Shannon. Ne te laisse pas avoir. Je t'en prie.

Shannon ne savait pas quoi dire. Elle avait eu peur la veille. S'ils devaient à nouveau vivre quelque chose de ce genre, elle ne voyait pas vraiment d'autre choix que de faire ce que sa mère lui demandait. Elle ne voulait pas risquer la sécurité physique de Silas juste parce qu'il était en colère contre leur mère. Shannon l'était aussi, mais avec toutes les histoires que Gigi causait dans leurs vies, s'il y avait bien une chose qu'elle n'avait jamais faite, c'était les mettre en danger physiquement. Elle n'arrivait pas à croire que leur mère puisse être derrière cette agression.

— Maman n'irait pas embaucher quelqu'un pour jeter une brique dans la vitre du spa, dit-elle à voix basse.

Silas ferma les yeux et poussa un long soupir. Quand il les rouvrit pour regarder sa sœur, il dit :

— Tu sais, Shannon, il y a un an de cela, j'aurais été d'accord avec toi. Maintenant, je n'en suis plus si sûr. Mais il y a une chose sur laquelle tu as raison.

— Quoi ?

Il jeta un coup d'œil vers la cuisine, là où il avait laissé Levi.

— On ne peut pas rester ici s'il y a davantage de violence. Je ne veux pas que nos amis soient blessés ou leurs maisons endommagées à cause de ma célébrité.

Shannon aurait voulu protester, lui dire que ce n'était pas sa faute. Mais elle ne le fit pas, car elle était certaine qu'il le savait déjà. Cela ne changeait rien au fait que tout ce délire avec les paparazzi ne serait pas arrivé si Silas n'était pas venu à Keating Hollow.

— D'accord. Faisons un pacte.

Elle marcha jusqu'à lui et tendit la main. Silas la prit et la serra fort. Shannon fit une petite grimace et reprit :

— S'il y a ne serait-ce qu'un soupçon de violence, contre des personnes ou des objets, nous descendrons à Los Angeles jusqu'à ce que ça se calme. Tous les deux.

Silas gémit, mais il hocha la tête et serra sa main. Il leva la tête vers le plafond, comme pour prier une puissance supérieure, et dit :

— Je vous en prie, faites que les bêtises de ces derniers jours soient derrière nous. On aimerait vraiment pouvoir profiter du reste de l'été avec nos amis sans qu'il arrive de mal à quiconque.

— Amen, dit Shannon.

Silas eut un sourire amer et repartit dans la cuisine.

CHAPITRE 23

*B*rian faisait les cent pas dans son salon. Au final, il n'y avait pas de photographes en train de camper devant chez lui, et cela faisait au moins vingt-quatre heures que c'était le cas. Il ne savait pas s'ils avaient abandonné et étaient repartis à Los Angeles, ou si c'était juste qu'il ne les intéressait pas tant que ça. Très probablement, c'étaient les photos de lui et Shannon qui rapportaient, et s'ils les surveillaient, elle et Silas, ils savaient déjà que Brian n'était pas avec eux.

Ces pensées ne faisaient rien pour l'apaiser. Cela faisait deux jours qu'il n'avait pas parlé à Shannon et il commençait à s'inquiéter. Elle lui avait laissé un message, mais quand il l'avait rappelée, son répondeur était plein. Il était prêt à sauter dans son SUV et à descendre en ville juste pour voir si tout allait bien pour elle quand son téléphone vibra.

— Jacob, quoi de neuf ? demanda-t-il à son ami.

— À toi de me le dire. Qu'est-ce qui s'est passé dans le vignoble des Pelsh aujourd'hui ? demanda Jacob.

Brian fronça les sourcils.

— Comment ça ?

— Oh bon sang. Tu n'es pas au courant ?

— À l'évidence. Est-ce qu'ils vont bien ? Et Rex ? demanda Brian.

— Allume ta télé, mets la 4. C'est quelque chose qu'il faut voir pour le croire.

Brian marcha jusqu'au poste de télé et utilisa la télécommande pour mettre la bonne chaîne. La première image qui s'afficha était une vue aérienne des vignes des Pelsh. Des rangées et des rangées de plants de vigne et... est-ce que c'était Shannon qui courait à travers ? C'était difficile à dire, car elle portait un chapeau pour protéger son visage du soleil, et elle avait une baguette rouge. Celle de Shannon n'était-elle pas turquoise à paillettes ? Mais ça lui ressemblait vraiment. C'étaient ses courbes et ses cheveux roux.

— Jacob, qu'est-ce que je suis en train de regarder ? Pourquoi est-ce que Shannon est en train de courir dans les vignes ?

— Regarde les plants sur le bord du terrain.

Brian parcourut l'écran du regard et poussa un juron en voyant des éclairs enflammés toucher les vignes. Une petite section avait été réduite en cendres.

— Qui est responsable, bon sang ?

— Personne ne sait. C'était un petit groupe, tous habillés en noir. Ils se sont pointés et ils ont commencé à crier sur Shannon et à la traiter de putain.

Brian se figea.

— Ils la traitent de putain ? À cause de moi ?

— Je crois, mon vieux.

Jacob poussa un long soupir.

— Ce n'est pas tout.

— Quoi ? aboya-t-il.

Il était tellement en colère qu'il aurait pu donner un coup de poing dans le mur. Il se réfréna, car il savait que cela ne lui apporterait rien d'autre que quelques os cassés. Il ferait mieux de garder ses poings pour quelqu'un qui le mériterait.

— Quelqu'un a vandalisé la maison de sa grand-mère. Ils ont tagué « Brian et Cara pour toujours » sur la porte, et ils ont brûlé sa pelouse avec de la magie de feu pour faire apparaître le même message.

— Oh bon sang, la vache.

Brian se laissa tomber sur son canapé, la tête douloureuse.

— Qui ferait un truc pareil ? Je ne suis personne dans ce monde.

— Mais Cara est connue, dit doucement Jacob. Tu sais comment c'est, Los Angeles. L'image, c'est tout, et celle de Cara a pris un coup dans l'aile avec les rumeurs comme quoi tu l'as trompée, et tout.

— Je n'ai trompé personne ! gronda Brian.

— Je sais. Je veux juste dire que c'est ce que les tabloïds ont fait croire à tout le monde. Tu te rappelles comment ça marche, non ? C'est entre autres pour ça qu'on vit ici maintenant.

Brian n'avait-il pas pensé exactement ça, quelques jours auparavant ?

— Oui. Je sais. C'est juste… complètement dingue.

— Ce n'est pas moi qui vais te contredire, dit Jacob. Tu es sûr que ça va ? Tu veux que je passe ? Que je vienne au vignoble avec toi pour voir comment ça va ?

— Ça va. Et non. Mais merci.

Brian ne voulait pas attirer Jacob dans ce bazar. Il fallait qu'il pense à Skye et Yvette. Si ces gens brûlaient des vignobles, qui sait ce qu'ils pourraient faire d'autre ?

Après avoir raccroché, Brian essaya de rappeler Shannon une fois de plus.

Répondeur complet.

Mince ! Il composa un SMS de seulement deux mots : *Appelle-moi.*

Et puis il attendit en fixant sa télé.

La présentatrice commença par parler de Silas et du fait qu'il était en visite chez sa sœur dans la petite ville pour faire une pause. Il y avait des rumeurs à propos d'une émission de télé-réalité et on se demandait s'il reprendrait le tournage de sa série à l'automne. Puis elle passa aux cancans quant aux fiançailles de Brian et Cara, et la soi-disant infidélité de Brian. Ils montrèrent une photo de Shannon qui partait de chez elle, et puis une autre de Shannon et Rex devant chez les Pelsh… en train de s'embrasser.

Les yeux de Brian faillirent lui sortir de la tête alors qu'il fixait la photo. Rex embrassait sa copine ? Ce n'était pas possible, n'est-ce pas ? Shannon ne ferait jamais une chose pareille. Et Rex non plus. Mais il en avait la preuve juste sous les yeux. Rex tenait son visage entre ses mains, il fermait les yeux, et ses lèvres touchaient les siennes. Les photos ne mentaient pas.

Quelque chose mourut en Brian, et il se sentit comme le jour où il avait découvert qu'il n'était pas vraiment le père de Skye. Il savait que la situation n'avait rien à voir, mais cela ne l'empêchait pas d'avoir l'impression qu'on venait de lui arracher le cœur. Il appuya une main contre son torse et fit de son mieux pour arrêter l'hémorragie métaphorique.

Il se leva et passa dans la cuisine. Sans pensée consciente, il sortit la bouteille de scotch et en versa deux doigts dans un verre. Pur. C'était ce que son père buvait après une journée de merde. Il laissa un rire amer lui échapper. Après tout ce temps passé à essayer de ne pas être son père, au final, les chiens ne faisaient pas des chats.

Alors qu'il sirotait son scotch, il se rappela toutes les fois où il n'avait pas été mentalement disponible pour Sienna. Comment il avait toujours su qu'il n'était pas bon pour elle. Sa présence dans sa vie n'avait fait qu'empirer les choses. Et même si Shannon était l'exact opposé de Sienna, il semblait qu'il n'était pas bon pour elle non plus. Durant le peu de temps où ils étaient sortis ensemble – pari ou non –, elle s'était retrouvée harcelée par des paparazzi, des infos avaient circulé sur elle, et elle avait été harcelée en ligne et agressée par des tarés qui semblaient incapables de distinguer la fiction de la réalité.

Il jeta un coup d'œil à la télé qu'il avait mise en pause sur la photo de Rex et Shannon. Son ami semblait savoir très bien s'occuper de sa copine. Peut-être que ça serait pour le mieux s'ils étaient ensemble. Brian n'avait fait que lui apporter des ennuis. Et c'était la dernière chose qu'il voulait pour elle. Elle méritait ce qu'il y avait de mieux, pas un homme qui décidait qu'il valait mieux garder ses distances quand les choses devenaient dures.

Dégoûté par lui-même, il éteignit la télé, balança le reste de son scotch dans l'évier et enfila un jogging, déterminé à courir jusqu'à ce que la douleur dans son cœur s'étiole.

CHAPITRE 24

— Je n'arrive pas à croire que je sois de retour ici, dit Shannon.

Elle agrippait le volant de la voiture de location si fort qu'elle commençait à avoir des crampes aux mains. Elle fixa du regard le haut portail de la villa de ses parents sur Hollywood Hills et se demanda si sa banque accepterait de monter le plafond de sa carte de crédit pour qu'elle puisse prendre une chambre d'hôtel à la place. S'endetter aurait valu le coup pour ne pas dormir sous leur toit.

Silas était avachi sur son siège. Il avait beau faire vingt-cinq degrés, il portait un sweat dont la capuche était tellement rabattue sur son visage qu'elle cachait ses yeux.

— À qui le dis-tu. J'espérais que c'était un cauchemar et que j'allais me réveiller dans la chambre de Levi en me demandant pourquoi c'était moi qui prenais le matelas gonflable et pas toi.

— Ça, c'est parce que je suis vieille et que je me retrouverais toute bossue si je devais dormir sur un matelas gonflable, répondit-elle pour la troisième fois de la semaine.

Pendant leur séjour chez Hope et Chad, Levi avait dormi sur le canapé tandis que Shannon et Silas partageaient la chambre de Levi. Shannon avait pris le lit et Silas un matelas gonflable. Ce n'était pas l'idéal, mais c'était mieux que d'être à la merci de tarés.

— Ah oui, tu es si vieille, j'espère que tu as emporté tes protections urinaires.

Elle sentit un petit rire monter de sa poitrine et elle en fut reconnaissante. La journée avait été un vrai cauchemar. Elle avait commencé normalement. Shannon était allée à Une Cuillerée de Magie, elle avait mis quelques commandes en carton, fait un peu d'administratif, et puis elle s'était présentée au vignoble des Pelsh à midi, comme promis. Avec Rex, elle avait passé une heure à travailler sur de nouveaux vins et juste au moment où ils comptaient prendre une pause, un groupe de sorciers de feu s'étaient pointés et avaient commencé à incendier une partie du vignoble. Ils psalmodiaient *putain, putain, putain* en boucle pendant que Shannon et Rex s'étaient mis à courir.

Quand Yvette et les autres sorciers de feu volontaires étaient arrivés, le groupe avait déjà disparu. Ils avaient le visage couvert de peinture si bien que personne n'avait pu les reconnaître et il n'y avait pas de pistes. Pour couronner le tout, elle avait appris ensuite que la maison de sa grand-mère avait été vandalisée. Des vitres avaient été brisées, et des graffitis peints sur la façade. C'était là qu'elle avait su qu'il fallait qu'elle prenne Silas et qu'elle quitte la ville. L'ironie étant que ce n'était pas lui la cible, mais elle. Mais elle ne serait jamais partie sans son petit frère.

Ça n'avait pas fait plaisir à Silas de devoir quitter Keating Hollow – ou Levi. Ils avaient partagé une longue étreinte. Silas avait fini par le lâcher et était monté en voiture. Levi était resté sous le proche, appuyé à sa béquille, et les avait regardés s'éloigner en silence. C'était un moment doux-amer, et cela n'avait fait que renforcer la colère de Shannon d'être forcée de quitter Keating Hollow.

Le portail commença à s'ouvrir et Shannon grogna. Cela faisait quelques minutes qu'ils étaient garés devant, et elle n'avait pas encore trouvé la force d'appuyer sur le bouton de l'interphone. Visiblement, il n'était pas nécessaire d'annoncer leur arrivée.

— Ils nous ont vus.

— Maman a probablement demandé à la bonne de surveiller les caméras de sécurité pour la prévenir dès qu'on arriverait.

Shannon lui jeta un coup d'œil.

— Sérieux. Vous avez une bonne à plein temps ?

Il releva sa capuche pour la regarder.

— Je trouve ça perturbant que tu sois davantage surprise que maman ait une bonne, que du fait qu'elle lui fasse surveiller les caméras.

Shannon pouffa de rire et démarra pour passer la grille. La propriété n'était pas immense, mais tout de même spacieuse, avec un joli jardin fleuri devant la maison, et une zone où se garer devant le garage qui pouvait facilement contenir jusqu'à cinq voitures. Shannon vit le portail se refermer dans le rétroviseur. L'angoisse qui la suivait depuis l'incident dans le vignoble des Pelsh disparut. La respiration plus facile, elle se gara de façon à ne pas bloquer l'allée et coupa le moteur. Elle se tourna vers Silas.

— Prêt ?

— Non.

Mais il descendit de voiture et était déjà en train de sortir leurs bagages quand elle le rejoignit.

— Mr Silas, je vous en prie, je m'en occupe, annonça une femme âgée dans un uniforme de domestique noir et blanc.

Ses cheveux gris étaient tirés en un chignon sévère, mais son maquillage impeccable devait la rajeunir d'au moins dix ans.

— Votre mère vous attend avec impatience.

— Nan, Bett, je m'en occupe. Ça me fait du bien d'utiliser mes muscles de temps en temps, de toute façon.

Il la poussa gentiment de côté et attrapa sa valise et celle de Shannon.

— Bonjour, Bett, dit Shannon.

Elle serra son sac à dos contre elle et tendit une main à la femme.

— Je suis Shannon, la fille de Gigi.

— Oh, Miss Shannon. Ravie de vous rencontrer.

Bett lui serra la main tout en lui prenant le sac des bras.

— Je vais prendre ça. Mrs Gigi ne voudrait pas que je vous laisse tout porter.

Shannon lâcha, car elle ne doutait pas que cela fût vrai.

— Merci, c'est très gentil.

— Silas ? appela Gigi à la seconde où ils eurent franchi la porte. C'est toi ? J'ai des nouvelles pour toi.

Silas leva les yeux au ciel et chuchota :

— Évidemment.

Shannon regarda autour d'elle. Ce n'était pas la maison où ils avaient vécu quand elle allait à la fac à l'Université de Los Angeles. Elle était plus grande, dans un quartier mieux coté, et la décoration semblait sortir de *Maisons et jardins*. Il y avait du blanc partout, avec des touches de turquoise et de rose pâle.

— Par ici.

Silas indiqua de la tête l'escalier qui tournait sur la gauche alors que Gigi continuait à l'appeler, quelque part vers le fond de la maison.

— Mrs Gigi vous appelle, Mr Silas, dit Bett.

— Dites-lui que j'arrive dans quelques minutes, d'accord ?

Il lui adressa un de ses sourires étourdissants, et la domestique rougit avant de partir faire ce qu'il lui avait demandé.

— Tu la mènes par le bout du nez, dit Shannon.

— C'est parce que je suis le seul ici à la traiter comme un être humain, grommela-t-il.

Il posa sa valise dans une pièce tout en noir et blanc, quasiment dépourvue d'objets personnels.

— C'est ta chambre ? demanda Shannon en passant la tête à l'intérieur. On dirait plus un Airbnb de luxe.

Il renifla.

— C'est aussi l'effet que ça me fait.

Il sourit et marcha jusqu'à une porte qui semblait être celle d'un placard. Mais quand il l'ouvrit, les yeux de Shannon faillirent lui sortir de la tête : un home cinéma, d'énormes fauteuils en cuir, et une montagne de jeux vidéo dans un coin. Il y avait aussi un bar rempli de soda, de jus de fruits et d'eau, et de trucs à grignoter.

— Oh la vache. C'est la plus belle tanière que j'aie jamais vue.

— Oui. Ce n'est pas un mauvais endroit où se planquer.

Shannon fronça les sourcils. Il n'y avait toujours rien dans cet endroit qui soit spécifique à Silas. Pas de photos de lui et ses amis, ni de photos de famille ou de souvenirs d'enfance. Pourquoi ça ?

Il referma la porte et la conduisit de l'autre côté du couloir à une autre chambre joliment décorée où il déposa sa valise.

— Laisse tes affaires ici, et quand on aura dit bonjour aux

parents, on se retrouve dans la tanière. On pourra regarder un film et faire semblant d'être toujours à Keating Hollow.

Shannon posa son sac à main dans un coin et répondit :

— Ça me va.

Après s'être débarbouillée, elle suivit Silas en bas, où ils traversèrent un couloir qui menait dans un immense bureau où leur mère était assise derrière une grande table.

— Silas. Enfin.

Elle se leva pour venir le serrer dans ses bras.

— Tu m'as manqué, chéri.

Il tapota le dos de sa mère, mais ne répondit pas.

Vêtue d'un tailleur pantalon en lin blanc et d'un chemisier en soie pêche, Gigi se recula pour l'observer. Elle émit un petit « tss » en secouant la tête et murmura :

— On va devoir faire venir la styliste ici à l'aube. Tes cheveux ont besoin d'être éclaircis, tes sourcils d'être épilés, et il te faut sûrement un soin du visage complet et une manucure. Il faut que tu sois impeccable pour ces réunions demain après-midi.

Un muscle de la mâchoire de Silas se contracta.

— Quelles réunions ?

Shannon s'appuya au cadre de la porte du bureau et se demanda si sa mère avait seulement remarqué sa présence.

Gigi lâcha Silas et retourna s'asseoir derrière son bureau. Elle s'appuya au dossier et noua ses doigts derrière sa tête.

— Avec les producteurs du réseau. Si on veut faire décoller ce projet, il faut qu'on se bouge.

Silas la fixa un long moment. Et puis il secoua la tête et sortit de la pièce.

— Silas ! Arrête ça. J'en ai plus qu'assez de ton attitude boudeuse ! cria Gigi dans son dos, une moue sur le visage.

Comme il ne répondait pas, elle tourna son attention vers

la paperasse qui couvrait son bureau. Shannon la fixa, les yeux étrécis, et comme elle faisait toujours mine de n'avoir pas remarqué sa présence, elle entra carrément et ferma la porte derrière elle.

— Je ne veux rien entendre, Shannon, dit Gigi sans relever la tête de ce qui semblait être un agenda à l'ancienne.

— Oh, alors tu as remarqué que j'étais là, dit Shannon en s'asseyant en face de sa mère.

— Bien sûr. Tu me fusilles du regard depuis que tu es là. Je ne suis pas d'humeur à te faire entendre raison. Je ne devrais pas avoir à t'expliquer que je fais tout ce qui est en mon pouvoir pour *aider* Silas, pas pour l'embêter.

— Cela ne va pas l'aider des masses si tes plans pour sa carrière lui donnent envie de quitter Hollywood pour de bon, déclara Shannon d'une voix calme.

Gigi releva vivement la tête.

— Ton frère n'est pas comme toi. Il ne quittera jamais le milieu.

— Peut-être pas, dit Shannon. Mais toi, il te laissera derrière dès qu'il en aura l'occasion si tu continues comme ça.

Gigi leva les yeux au ciel.

— Pourquoi est-ce qu'il me quitterait ? Je l'ai rendu très riche.

— C'est à lui qu'il doit sa fortune, corrigea Shannon. Tu n'as fait que lui ouvrir les portes.

— J'ai fait plus que ça, siffla Gigi.

Elle était furieuse, désormais, et elle se leva et posa ses paumes à plat sur le bureau.

— Tu n'as aucune idée de ce que j'ai dû faire pour trouver des opportunités à ce garçon. Et s'il pense me lâcher pour un des requins de cette ville, alors il ferait bien de grandir. Personne ne tient à lui autant que moi.

— Vraiment, maman ? Je crains que tu ne te trompes.

Shannon se leva et marcha jusqu'à la porte.

— Qu'est-ce que tu racontes ? demanda Gigi.

Shannon secoua la tête et sortit. Il n'y avait pas de raison qu'elle affiche une cible dans son dos de façon précoce. Si sa mère savait que Silas lui avait d'ores et déjà demandé d'être son agente quand il aurait dix-huit ans, elle ferait tout ce qui était en son pouvoir pour saper cette décision au cours des huit prochains mois. Shannon aurait probablement mieux fait de ne rien dire, mais la regarder piétiner Silas comme ça l'avait fait passer en mode protectrice. Elle aurait tellement voulu monter dans un avion pour Keating Hollow avec Silas, et ne jamais revenir en arrière. Mais c'était impossible et ils le savaient tous les deux.

— Eh ! Voilà ma petite chérie ! tonna une voix masculine dans la cuisine alors qu'elle passait. Viens faire un câlin à ton papa.

Shannon sentit un sourire étirer ses lèvres et elle alla étreindre son père.

— Papa ! Je ne savais même pas que tu étais à la maison.

— Je viens de rentrer d'une réunion de travail à San Diego, répondit Nate Ansell en la serrant fort. Il semble que ton père va investir dans une micro-brasserie.

— Vraiment ?

Sans le lâcher, elle releva la tête pour voir son visage bienveillant.

— Je ne savais pas que tu t'y connaissais en micro-brasseries.

— Je n'y connais rien, répondit-il en pouffant de rire. Mais mes associés, si. Mon rôle, c'est de ramener des investisseurs.

Il lui fit un clin d'œil.

— Ça veut dire que je leur balance du cash et que je convaincs mes potes de poker d'en faire autant.

Shannon recula en riant.

— Bon, tant que tu es heureux et que ça t'amuse, c'est tout ce qui compte, j'imagine.

— C'est ce que je n'arrête pas de dire à ta mère.

Il regarda autour de lui.

— Tu as ramené ton frère avec toi ?

Elle hocha la tête.

— Il est en haut, il est furax à cause des réunions auxquelles elle veut l'obliger à aller.

— Ta mère a déjà pris les rendez-vous ?

Son expression s'était faite orageuse et il commença à avancer vers le couloir.

— On dirait, oui.

Il se retourna vers elle.

— Je lui avais dit de vous laisser souffler un peu avant qu'elle recommence avec cette satanée télé-réalité. Après tout ce que vous avez vécu…

Il secoua la tête.

— Plus ça va, plus c'est une machine. Dis à Silas de ne pas s'inquiéter, je m'en occupe.

Il traversa le couloir et quelques instants plus tard, elle entendit la porte du bureau de sa mère claquer.

Elle en resta bouche bée. Était-ce l'homme qui l'avait vue grandir ? Il avait toujours laissé leur mère décider de tout, s'en remettant à elle pour ce qui relevait de la carrière de leurs enfants. Elle était la force qui avait rendu leur affaire florissante, alors il la laissait se débrouiller. Il semblait que les choses avaient changé. Enfin, et c'était pour le mieux. Il avait toujours eu bon cœur. Peut-être qu'il avait fini par ouvrir les yeux et s'était rendu compte du mal que Gigi causait. Shannon était contente qu'il défende Silas.

Une fois à l'étage, elle prit un moment pour essayer d'appeler Brian à nouveau. Maintenant que sa mère et les journalistes avaient arrêté de faire sonner son téléphone toutes les cinq minutes, elle le ralluma et vida son répondeur. Elle trouva un SMS de Brian qui lui demandait de la rappeler, et elle se sentit submergée par la culpabilité. Elle aurait dû l'appeler tout de suite après l'agression chez les Pelsh, mais elle avait été trop occupée à tout organiser pour quitter la ville. Il avait fallu qu'elle contacte Miss Maple, Rex et Faith pour les prévenir qu'elle ne pourrait pas venir travailler pendant au moins une semaine. Une fois sur le chemin de l'aéroport, elle s'était effondrée et avait dormi.

Ça avait été une journée infernale.

Elle tomba directement sur le répondeur de Brian. Elle lui laissa un message pour lui dire où elle était et pourquoi, mais qu'elle comptait revenir pour le mariage de Faith et Hunter, même si c'était juste pour une journée. Elle n'aurait manqué ça pour rien au monde.

— Silas ? appela-t-elle en frappant à la porte de son frère.

Il ouvrit aussitôt. On aurait dit qu'une bombe avait explosé dans la pièce. Il y avait des vêtements partout, ainsi qu'une pile de photos et quelques peluches qu'elle n'avait pas vues depuis qu'il était gamin.

— Qu'est-ce qui se passe ? l'interrogea-t-elle d'une voix hésitante.

Elle se demandait où il gardait tous ces souvenirs. Sous le lit ?

— Je me tire. Elle est folle.

Il tira une seconde grosse valise d'un placard et commença à y jeter des vêtements au hasard.

— OK. Je suis d'accord. Elle est barge. Mais où est-ce que tu comptes aller ?

Il s'arrêta d'un coup et fixa le plafond en se passant les mains dans les cheveux.

— Je n'en sais rien, Shan. Juste… n'importe où sauf ici.

Des larmes brûlèrent les yeux de Shannon : son petit frère était en train de craquer complètement. Mais elle les ravala et fit ce que leur mère aurait dû faire. Elle marcha jusqu'à lui et le serra dans ses bras.

— Ça va aller mieux, Si. Promis.

— Je veux que ça s'arrête. Je ne peux plus continuer comme ça.

Il appuya la tête contre son épaule et s'accrocha à elle.

— Je sais.

Elle fit courir sa main dans son dos et essaya de le réconforter. Au bout d'un moment, elle reprit :

— Je crois que papa essaie de lui faire entendre raison, là. Quand il a appris qu'elle avait arrangé ces réunions sans ton consentement, il a pété un câble.

Silas s'extirpa de son étreinte et fourra les mains dans ses poches.

— Comment ça ?

— Il a foncé dans son bureau, en rage, et il a claqué la porte.

Shannon s'assit sur le lit.

— Je ne sais pas ce que ça va donner, mais je ne l'ai jamais vu faire ça avant.

Silas s'assit à côté d'elle, les sourcils froncés.

— C'est bizarre. Il ne remet jamais en question ce qu'elle fait.

Des pas étouffés résonnèrent dans le couloir devant la porte de Silas juste avant que leur père n'apparaisse. Il entra, le visage pincé d'agacement, mais son expression s'adoucit quand il vit ses enfants.

— Ça me fait tellement plaisir de vous voir tous les deux ensemble.

Shannon se décala pour faire de la place entre elle et Silas et tapota le lit :

— Viens t'asseoir.

Il sourit et prit place entre eux deux. Il passa son bras en travers de leurs épaules et les serra de côté.

— Vous m'avez manqué tous les deux.

— Je ne suis pas parti longtemps, papa, dit Silas.

— Physiquement, non, mais mentalement, si. Ça fait un moment que tu es très renfermé.

Silas soupira.

— Oui, peut-être.

— Il est trop stressé, papa. Maman a… commença Shannon.

— Ta mère et moi venons d'avoir une conversation et nous en sommes venus à un accord, déclara Nate Ansell.

— C'est-à-dire ? demanda Silas sans se donner la peine de dissimuler son scepticisme.

— On ne parle plus de travail cette semaine. Puisque Shannon est là, on va juste être une famille. Pas de réunions, pas de négociations, aucune mention de travail à moins que ce soit vraiment une urgence.

Silas souffla.

— Pas moyen, papa. Tu sais que ça ne va jamais marcher. Elle fera venir les producteurs et les réalisateurs soi-disant pour une visite « impromptue » dès demain.

— Eh bien si elle fait ça, on prend la voiture tous les trois, et on part à Disneyland ou je ne sais où. Elle n'aura qu'à se débrouiller avec eux.

Shannon laissa un éclat de rire lui échapper.

— Tu sais quoi, papa ?

— Quoi ? demanda-t-il avec un regard amusé.

Ses yeux ressemblaient beaucoup à ceux de Shannon.

— Tu n'es pas si mal que ça.

Shannon se pencha et lui fit un bisou sur la joue, soudain pas si mécontente d'être venue chez ses parents.

CHAPITRE 25

*A*ssis dans son SUV devant la maison où Shannon avait vécu jusqu'à seulement quelques jours auparavant, Brian se lamentait sur ce vandalisme idiot, tout en écoutant son message sur son répondeur pour la cinquième fois. Elle l'avait appelé la veille pour lui dire qu'elle était à Los Angeles jusqu'à nouvel ordre, mais il ne l'avait pas rappelée. Il en était incapable. Pas maintenant. Pas après l'avoir vue embrasser Rex, sans mentionner tous les problèmes qu'il lui avait causés dernièrement. Ce qu'il fallait, c'était leur laisser un peu d'espace à tous les deux. Et l'appeler, entendre sa voix, ne ferait que lui donner envie de sauter dans un avion et d'arriver à Los Angeles le plus vite possible pour découvrir qui elle voulait vraiment, lui ou Rex. Mais la tempête médiatique qui s'ensuivrait le faisait frissonner d'angoisse.

Non. S'il y avait la moindre chance que sa présence dans sa vie les mette en danger, elle ou son frère, ou lui fasse du mal, il ne pouvait justifier le fait de la voir. Il fallait qu'il garde ses distances pour le moment. Et entretenir un contact téléphonique ne ferait que leur rendre les choses plus difficiles.

Le cœur battant, il tapa un message pour dire à Shannon qu'il partait en voyage d'affaires outre-Atlantique et qu'il serait absent au moins quelques jours. Après avoir appuyé sur *Envoyer*, il ressentit une drôle d'impression de perte et de tristesse le submerger, comme s'il avait renoncé à elle pour de bon.

Son téléphone vibra aussitôt et même s'il se dit qu'il valait mieux l'ignorer, il ouvrit le message pour voir la réponse de Shannon et sourit en voyant une photo d'elle qui lui soufflait un baiser. La légende disait : *Bon voyage. J'ai hâte de te revoir au mariage de Faith.*

Il gémit. Était-ce une bonne idée de venir à ce rendez-vous ? Il n'en savait rien. La seule chose qu'il savait, c'était qu'il était temps de faire en sorte que les paparazzi arrêtent de la harceler, et s'il devait jouer les durs pour ça, eh bien soit.

Il fit apparaître le nom de son père dans son répertoire, et quand William Knox décrocha, il dit :

— Papa ? J'ai besoin de ton aide.

— Je t'écoute, dit son père.

— Tu connais quelqu'un qui puisse faire paraître un article qu'on verra partout ? Je n'ai plus envie de dépendre de la bonne volonté de Cara.

Son père eut un rire bas.

— Eh bien, je connais pile la personne qu'il te faut.

Quand Brian raccrocha cinq minutes plus tard, il se sentait plus léger que depuis des jours. Il sauta de son véhicule, attrapa le matériel de peinture qu'il avait amené, et se mit en demeure de couvrir les insultes inscrites sur le cottage qui avait été la maison de Shannon pendant si longtemps.

~

TROIS JOURS s'étaient écoulés depuis que Shannon et Silas étaient arrivés à Los Angeles. Après la conversation que leur père avait eue avec leur mère, quelque chose de magique s'était produit ; Gigi Ansell n'avait plus dit un mot sur l'émission dans laquelle elle voulait voir Silas.

Shannon était heureuse, mais avec prudence, quant à Silas, il s'attendait au pire. Il avait du mal à croire qu'elle ait mis cette idée de côté juste parce que Nate le lui avait demandé.

— Je suis déjà passé par là trop de fois, dit-il à Shannon alors qu'il les conduisait à une soirée dans une maison sur la plage, chez un de ses collègues acteurs. Elle se tient tranquille pendant un certain temps, et puis elle balance une bombe. J'attends juste que ça explose.

— C'est assez cynique pour un jeune de dix-sept ans.

Elle se sentait un peu stupide de venir à une fête avec son petit frère, mais Silas l'avait convaincue qu'il y aurait des gens de tout âge.

— Le show-business, ça a cet effet-là sur toi.

— Je sais.

Son téléphone vibra, elle venait de recevoir un message. Elle y jeta un coup d'œil et gémit.

— Qu'est-ce qui se passe ?

— Maman vient de m'envoyer un article sur Brian et Cara.

Elle envisagea de simplement effacer le SMS. Avait-elle vraiment envie de lire les derniers potins ? Elle croyait Brian quand il disait qu'il n'y avait rien entre lui et Cara. Elle n'avait pas besoin de lire quoi que ce soit d'autre.

Mais un autre SMS arriva juste derrière. *On dirait que tu as trouvé un mec bien cette fois.*

Shannon ne pouvait ignorer cela. Elle appuya sur le lien et lut le titre à Silas : « Cara Manchester et Brian Knox n'ont jamais été fiancés ».

— Enfin, dit Silas. C'est un journal correct ?

— Oui. C'est *Cali Style*, celui qui avait publié l'article qui a lancé tout ça, confirma Shannon.

— Super. On ne devrait plus en entendre parler.

Il lui fit un grand sourire.

— Félicitations, frangine. Tu as survécu à ton premier scandale made in Hollywood.

— Dieu merci, dit-elle en parcourant l'article.

Celui-ci expliquait que tout cela n'était qu'un coup de pub de la part de Cara Manchester, d'après des sources chez Newport Broadcasting, la chaîne qui produisait l'émission de télé-réalité dans laquelle Cara devait apparaître à la rentrée. Une fois qu'elle eut fini de lire, elle envoya un court message à sa mère pour la remercier. Elle ne fut pas surprise qu'elle ne réponde pas.

Silas pénétra dans une longue allée privée et gara la Porsche, qu'ils avaient fait rapatrier la veille de Keating Hollow, à côté d'une Tesla argentée.

Shannon contempla la douzaine de voitures de luxe qui les entouraient et poussa un petit sifflement.

— Nous ne sommes plus à Keating Hollow, Toto.

Silas poussa un soupir.

— Non. Et c'est dommage, car je préférerais largement être là-bas qu'ici.

Il fourra ses mains dans ses poches et remonta l'allée bordée de fleurs qui menait jusqu'à la porte.

— Moi aussi. Mais tant qu'à être là, autant en profiter, non ? dit Shannon avec un clin d'œil.

— Je suppose.

Silas serra la main du jeune homme qui ouvrit la porte et présenta sa sœur à son collègue. Celui-ci les fit entrer et dès que Shannon eut passé l'angle du salon, un cri de surprise lui échappa. Tout le mur du fond était vitré, et la vue sur l'océan était incroyable. Tout ce qu'elle voyait, c'étaient les eaux du Pacifique, et des kilomètres de plage. Bon sang, elle aurait pu s'habituer à cette vue… mais seulement si ça avait été à côté de Keating Hollow. Aussi fascinant que soit l'océan, ça ne remplaçait pas la petite communauté de gens qui devaient attendre son retour.

— Tiens, dit Silas en lui collant un verre dans les mains et en la tirant à l'extérieur sur la terrasse.

Une légère brise donnait des airs paradisiaques à cette journée.

— Ça te dérange si je reste juste là au soleil ? lui demanda-t-elle.

— Bien sûr que non. Tu n'as pas besoin de demander.

Il prit une longue gorgée d'un gobelet en plastique rouge.

— Je demande parce que je vais être très asociale, et rester assise là à absorber le soleil.

Elle jeta un coup d'œil à son gobelet.

— Qu'est-ce que tu bois ?

— De la limonade au gingembre, dit-il en la lui fourrant sous le nez.

Comme c'était un ado à une fête dans le milieu du cinéma, au lieu de se contenter de la renifler, elle en prit une gorgée. En effet, c'était de la limonade.

— D'accord. Va te faire des amis. Et ne laisse personne verser des trucs chelous dans ton verre.

Il leva les yeux au ciel.

— Oui, maman.

Mais elle ne manqua pas son sourire amusé alors qu'il retournait à l'intérieur.

— C'est ça, frangin. Pas de beuveries quand je suis dans les parages.

Il leva la main droite et lui fit un doigt d'honneur.

En ricanant, elle s'assit sur une chaise longue et se mit aussitôt à somnoler. Elle se réveilla en sursaut, sans trop savoir ce qui l'avait tirée du sommeil. Allongée sur sa chaise, immobile, elle écouta les vagues qui s'écrasaient sur la plage presque déserte et admira le soleil de cette fin d'après-midi qui dansait dans les flots bleus.

— J'ai entendu dire qu'il quittait le business pour de bon, dit une femme dont la voix était portée par la brise.

Shannon regarda autour d'elle à la recherche de cette femme et finit par apercevoir une blonde taille mannequin qui se trouvait de l'autre côté du patio avec une femme plus petite aux cheveux sombres. Elles tenaient toutes les deux des verres de vin et étaient penchées l'une vers l'autre, comme si ce qu'elles se disaient était confidentiel. Elles lui tournaient le dos et Shannon supposa que vu où elle était placée, elles ne l'avaient même pas remarquée en entrant sur la terrasse.

— On ne dirait pas. Il est venu aujourd'hui, non ? dit la brune.

— Mais pour combien de temps ? Le jour où on m'a présenté Silas, la première chose qu'il a faite a été de me mettre en garde contre les tabloïds. Il a dit que rien de ce qui y paraissait n'était vrai, et que souvent, cela faisait du mal à l'acteur en question. Il était franchement véhément à ce sujet. Si jamais il découvre ce que sa mère a fait pour manipuler sa carrière, je parie qu'il claquera la porte et arrêtera tout. Tu imagines ? Ta mère est censée te protéger, pas faire de ta vie un enfer.

Shannon s'était raidie à la mention du nom de Silas. Mais quand la femme dit que leur mère le manipulait, elle se figea complètement. Qu'est-ce qu'elle voulait dire exactement ? Et comment le savait-elle ?

La brune secoua la tête d'un air dégoûté.

— Mon ex, Randy Randolf, tu te souviens de lui, hein ? Il travaille pour *Total Gossip*. Eh bien, il m'a dit que c'est Gigi en personne qui les a rancardés sur l'endroit où se trouvait Silas quand il a disparu de Los Angeles. Et c'est elle qui leur a filé l'info pour Cara Manchester, et ça a eu un effet direct sur la sœur de Silas. Je te jure, cette femme, c'est la pire des salopes pour se faire de la pub.

Shannon sentit sa poitrine se contracter ; elle avait soudain du mal à respirer. Est-ce que ces femmes disaient vrai ? Est-ce que c'était Gigi qui tirait les ficelles depuis le début ? C'était logique. Elle voulait que Silas rentre à la maison. Quel meilleur moyen d'y parvenir que de s'assurer que son séjour à Keating Hollow se passe mal ? Mais pourquoi leur avait-elle fourni ces infos sur Cara ? Juste pour attiser les flammes ?

— C'est Randy qui t'a dit ça ? demanda la blonde. Pourquoi ?

— Confidences sur l'oreiller. Tu sais comment c'est. De temps en temps, tu couches avec ton ex. Randy a toujours été du genre bavard.

Elles rirent et continuèrent à parler des relations avec les ex, et au bout d'un moment, elles rentrèrent à nouveau à l'intérieur. Shannon se redressa, se frotta les yeux, et tapa *Randy Randolf* sur son téléphone. Effectivement, son nom était bien listé dans les reporters de *Total Gossip*.

Shannon fixa son téléphone et essaya de ravaler le dégoût qui la submergeait. Leur propre mère leur avait envoyé les paparazzi. Il y avait eu des dégâts matériels. Quelqu'un aurait pu être blessé. Et tout ça parce que Gigi Ansell n'avait pas obtenu ce qu'elle voulait.

Elle envoya un SMS à Silas.

Il faut qu'on y aille. Retrouve-moi à la voiture.

CHAPITRE 26

— Je le savais ! enragea Silas alors qu'ils entraient en trombe dans la maison de leurs parents.

Shannon avait décidé d'attendre pour lui dire ce qu'elle avait entendu jusqu'à ce qu'ils soient arrivés. Elle savait qu'il serait furieux et qui aurait pu le lui reprocher ?

— Tu te rappelles quand je t'ai dit que c'était probablement elle qui se trouvait derrière tout ça ? Putain de… elle n'a aucun sens de la morale. Je ne peux plus continuer comme ça.

Il courut à l'étage, sans doute pour faire ses valises à nouveau.

Shannon le regarda partir, puis marcha calmement jusqu'au bureau de sa mère. La porte était légèrement entrouverte et elle l'entendit parler au téléphone avec un de ses nombreux contacts. Elle recula et partit à la recherche de son père. Elle le trouva assis dans un fauteuil au soleil dans la véranda, en train de lire un livre électronique.

— Salut, Shan, dit-il en souriant.

Son regard s'éclaira comme s'il était sincèrement heureux de la voir.

— Comment c'était la plage ? On dirait que tu as un peu pris le soleil.

— C'était superbe. Ça doit être fou de vivre dans un endroit pareil, dit-elle.

— Et cher.

Il pouffa de rire et reposa sa liseuse.

— Il y a quelque chose qui te tracasse, hein ?

Shannon se percha sur le canapé en osier à côté de lui.

— Je peux te demander quelque chose à propos de la maison de grand-mère ?

— Bien sûr, mignonne. Il y a des réparations à prévoir ? Je ne suis pas sûr que le toit tienne encore longtemps.

— Heu...

Elle fronça les sourcils.

— Je ne sais pas trop. Le toit n'a pas posé de problèmes, si c'est ça la question. Il faudrait repeindre, maintenant qu'elle a été vandalisée, mais...

— Vandalisée ?

Il se redressa et regarda sa fille avec inquiétude.

— Comment ça ? Qu'est-ce qui s'est passé ? Je pensais que Keating Hollow était une ville sûre. Ça l'était quand nous y vivions. Nous n'avons jamais eu de problèmes de vandalisme. Est-ce qu'on devrait envisager de vendre ?

Shannon cligna des yeux, stupéfaite pendant un instant qu'il soit aussi peu au courant. Puis elle prit une grande inspiration et lui raconta tout.

— Papa, maman m'a mise à la porte. Elle a dit qu'il était temps de vendre cette maison. Mais quand on est venus ici, quelqu'un a tagué « Brian et Cara pour toujours » sur tous les murs. Si tu comptes vendre, il faut...

— Je n'ai jamais dit que je comptais vendre cette maison.

Il se dressa sur ses pieds et partit vers le couloir.

— Ce n'est pas à elle de prendre cette décision.

Il marqua une pause et se tourna vers Shannon.

— Allons-y. Il faut que je mette quelques petites choses au point avec ta mère.

C'était un ordre et Shannon n'y réfléchit pas à deux fois. Elle le suivit dans le bureau de sa mère, puis elle resta complètement silencieuse pendant plus d'une heure tandis qu'elle regardait ses parents se disputer à propos de la maison que son père avait eu l'intention de léguer à Shannon. Il parvint ensuite à faire avouer à Gigi tout ce qu'elle avait manigancé dernièrement quant à la carrière de Silas.

Shannon finit par intervenir :

— N'oublie pas de lui dire, pour Randy Randolf.

Gigi blêmit à cette mention du journaliste people.

— Comment… heu, comment tu es au courant ?

— Personne ne peut garder un secret dans cette ville, maman. Tu devrais le savoir mieux que quiconque, dit Shannon qui n'avait pas envie de révéler ses sources.

— Gigi, qu'est-ce que tu as fait ? demanda Nate d'une voix exigeante.

Shannon s'appuya au mur du bureau et attendit.

Gigi baissa la tête et marmonna un juron.

— J'attends, dit le père de Shannon qui semblait prêt à exploser d'une minute à l'autre.

— Je voulais juste que Silas rentre à la maison, dit-elle. Ce contrat… ça n'aidera pas que lui. Notre nouveau client, Jordon James, il sera dans l'émission aussi si ça marche. C'est bon pour nous tous, Nate. Je ne savais pas que ces tarés d'Internet viendraient pour menacer Shannon. Ce n'était pas mon intention. Je n'aurais jamais…

— Peu importe quelle était ton intention, maman, l'interrompit Shannon. C'est arrivé, et c'est arrivé parce que tu t'es montrée égoïste. Et même après avoir appris ce qui s'était passé, tu n'as rien fait pour arrêter, ça, hein ?

— Si, dit-elle d'une voix qui tremblait désormais. J'ai demandé une faveur à quelqu'un et j'ai fait fermer ce blog, Shannon. Je te le jure. Je suis désolée. Ce n'est pas ce que je voulais. Bien sûr que non. Vous êtes mes enfants. Tu penses vraiment que je voudrais qu'il vous arrive du mal ?

— Tu les as jetés hors de la maison de ma mère, intervint Nate.

Le visage de Gigi blanchit encore davantage alors qu'elle se tournait vers son mari.

— Et tu as dit à Shannon que tu allais vendre cette maison, n'est-ce pas ?

— Oui, mais…

— Ce n'est pas à toi de prendre cette décision, Gigi.

Nate marcha jusqu'au cabinet dans le coin du bureau. Il fouilla dans un des tiroirs et en tira une enveloppe en papier kraft qu'il tendit à Shannon.

— C'est quoi ? demanda-t-elle.

— L'acte de propriété de la maison de ma mère.

Il afficha un doux sourire.

— J'avais toujours voulu te la donner comme cadeau de mariage, mais maintenant que j'y pense, c'est un peu vieux jeu, non ? Tous les papiers sont prêts. Tout ce que tu as à faire, c'est les déposer chez un notaire, et la maison est à toi, mignonne.

Gigi renifla et s'essuya les yeux. Nate se tourna vers elle.

— Nous reparlerons de ces folies. Pour le moment, je vais aller parler à mon fils et voir ce qu'il veut faire après ce fiasco. Bon sang, Gigi. À quoi est-ce que tu pensais ?

— Je voulais que sa carrière ait du succès. Il ne m'écoutait pas et…

— Il a déjà du succès, dit Shannon. Je peux te dire, moi, ce qu'il veut. Il m'a demandé de devenir son agente dès qu'il sera majeur.

— Mais tu ne vis même pas ici ! s'exclama Gigi.

— C'est ce que je lui ai dit. Il s'en fiche. Tout ce qu'il veut, c'est quelqu'un qui soit à cent pour cent de son côté, plutôt que quelqu'un qui l'utilise en sa faveur, expliqua Shannon.

— Je peux faire ça, dit Gigi en se tamponnant les yeux avec un mouchoir.

— Non, Gigi, dit Nate en secouant la tête. Tu essaieras toujours d'obtenir des choses qui sont inatteignables. Je crois qu'il est temps que tu laisses Silas tranquille.

Il se tourna vers Shannon.

— Dis à ton frère que je monterai lui parler dans un instant. Je viendrai avec les papiers qu'il faut, et d'ici ce soir, tu seras sa nouvelle agente.

Elle contempla son père avec stupéfaction. Elle ne l'avait jamais vu prendre les choses en main jusqu'alors. Pas comme ça. Gigi était effondrée et il était clair qu'elle ne contesterait pas. Shannon se demanda comment se passait leur mariage quand personne ne regardait. Bien sûr, cela faisait dix ans qu'elle était partie. C'était logique de se dire que la dynamique entre eux avait pu changer.

— Vas-y, Shannon, l'encouragea-t-il. Ta mère et moi avons à parler.

— Merci, papa.

Elle le serra dans ses bras et fonça à l'étage pour apprendre la bonne nouvelle à son frère.

— Je me tire d'ici, gronda Silas quand Shannon entra dans sa chambre.

Elle sourit et le serra contre elle de toutes ses forces. Silas poussa un grognement surpris, mais il lui rendit son étreinte avant de demander :

— Qu'est-ce qui se passe, Shan ?

Elle recula et prit les joues de son frère entre ses paumes.

— On rentre à la maison. À Keating Hollow. Et grâce à papa, je suis ta nouvelle agente, et ça rentre en application immédiatement.

— Quoi ?

Il recula et secoua la tête.

— Est-ce que j'ai bien entendu ?

Elle hocha la tête, des larmes de bonheur aux yeux.

— Oui, petit frère. Vas-y, envoie un SMS à Levi, parce qu'on part demain matin.

— Tu ne crois pas que les paparazzi seront toujours là-bas ?

— Est-ce qu'on les a vus une seule fois ici ? contra-t-elle.

Il secoua la tête et fit la moue.

— Ah oui. Ils étaient là à cause de maman. Qu'est-ce qui te fait penser qu'elle ne recommencera pas ?

Shannon afficha un sourire carnassier.

— Parce que tu n'es plus son client. Tu es le mien. Et papa sait tout ce qu'elle a fait. Alors ne t'inquiète de rien. On se tire d'ici, et tu n'auras pas besoin de revenir avant le tournage des *Gardiens du temps*.

Silas s'assit sur le lit, et tout un panel d'émotions passa dans ses yeux. De l'appréhension, de l'incrédulité, et finalement, ce fut de la pure joie qui illumina son regard. Il renversa la tête en arrière et laissa un éclat de rire lui échapper.

— Je n'arrive pas à y croire, Keating Hollow pour tout un mois ? Tu es sérieuse ?

Shannon sortit son téléphone et ouvrit une application.

— Totalement. Je réserve notre vol dès maintenant. Prépare-toi à te lever à l'aube.

CHAPITRE 27

— Shannon ! s'écria Hope en ouvrant grand la porte. Tu es rentrée !

Elle regarda Silas et lui sourit.

— Bonjour, Silas. On est tous ravis que tu viennes passer le reste de l'été ici. Il y a quelqu'un dans la cuisine qui a très hâte de te voir.

Shannon se poussa de côté pour laisser Silas se glisser à l'intérieur. Il salua Hope de la main et se précipita à l'intérieur, en ligne droite vers la cuisine.

Elles entendirent Levi s'exclamer « Si ! » et les deux garçons se mettre à rire.

— Je suis contente de voir que quelqu'un a droit à de belles retrouvailles, dit Shannon.

Elle recula et alla s'asseoir sur la balancelle. Hope la suivit.

— Tu veux dire que tes retrouvailles avec Brian ne se sont pas passées aussi bien que cela ?

— Quelles retrouvailles ? Il n'est même pas en ville et il ne répond pas à mes textos.

Le retour de Shannon avait été un peu amer quand elle s'était aperçue qu'elle n'arrivait pas à contacter Brian. Il lui avait envoyé un SMS plusieurs jours auparavant pour la prévenir qu'il quittait la ville quelques jours, mais il n'avait pas précisé où il allait au juste. Elle mourait d'envie de le revoir, de lui dire que tout allait bien et qu'ils n'avaient plus besoin de prendre leurs distances comme il l'avait suggéré.

— Qu'est-ce qui te fait croire ça ? demanda Hope. Il est là. Il est venu ce matin pour un massage. Il avait une contracture à l'épaule après toute cette peinture.

— Cette peinture ?

Shannon étrécit les yeux en regardant son amie.

— Tu es en train de dire que c'est lui qui a repeint la maison de ma grand-mère ?

Hope se pencha, interloquée.

— Quoi, tu n'étais pas au courant ?

Shannon secoua lentement la tête.

— Il m'a dit qu'il devait quitter le pays un moment et qu'il ne pourrait pas me contacter. Je n'ai pas eu de nouvelles de lui depuis.

C'était incompréhensible. S'il avait repeint sa maison et qu'il était en ville, pourquoi ne l'avait-il pas rappelée, pourquoi n'avait-il pas répondu au SMS qu'elle lui avait envoyé pour lui dire qu'elle rentrait ?

— Oh, chérie, dit Hope en lui tapotant le genou. On dirait que vous avez besoin d'une bonne conversation, tous les deux.

— Tu m'étonnes. Mais s'il refuse de répondre au téléphone…

Sa frustration commençait à déborder et elle poussa un soupir agacé.

— Je ne comprends pas.

— Bien sûr, dit Hope en riant. C'est un homme. Tu ne peux pas comprendre.

Elle se leva et tendit la main à son amie pour l'aider à s'extraire de la balancelle.

— Je vais te dire… prends ta voiture, et file jusqu'à sa belle baraque sur la colline. Silas peut dormir ici ce soir. Je suis sûre que lui et Levi vont vouloir jouer à des jeux vidéo et manger des cochonneries toute la nuit de toute façon. Toi, tu files et tu vas voir ce qui se passe dans le crâne de Brian ; je m'occupe du reste.

Shannon n'hésita pas. Elle serra rapidement Hope dans ses bras, la remercia d'être la meilleure amie dont on puisse rêver, et se précipita vers sa voiture. Ce ne fut qu'à la moitié de la Grand-Rue qu'elle se rendit compte qu'elle n'avait même pas l'adresse de Brian. Elle s'arrêta rapidement à la librairie d'Yvette pour lui demander l'itinéraire et repartit.

BRIAN RELUT le SMS de Shannon pour ce qui devait être la centième fois. Elle était de retour, dans le cottage de sa grand-mère. Et il restait planté chez lui, à faire comme si ça ne voulait rien dire pour lui. Une seule question lui tournait dans la tête : *Qu'est-ce qui cloche chez moi ?*

Il connaissait la réponse. Mais cela ne voulait pas dire qu'il avait envie d'affronter cette réalité, le fait qu'il n'était pas l'homme qu'il lui fallait. Il n'avait pas été capable de la protéger quand des tarés s'étaient mis à la harceler. Il avait même été la raison pour laquelle ils la harcelaient. C'était comme avec Sienna, il n'avait pas été bon pour elle. Elle était malade et il n'avait fait qu'empirer les choses en se voilant la face à propos de son comportement autodestructeur. Si seulement il avait insisté pour qu'elle voie un psy avant, les choses n'auraient peut-être pas dégénéré à ce point. Il en avait marre d'être l'homme qui causait des problèmes aux femmes à qui il tenait ; il voulait être celui qui leur facilitait la vie.

Le téléphone était chaud dans sa main. Il bougea le doigt pour effacer le dernier message de Shannon, mais découvrit qu'il en était incapable. Ç'aurait été comme la faire disparaître de sa vie. Et même s'il était déterminé à la laisser en paix, il ne pouvait pas effacer toutes traces d'elle. C'était trop douloureux.

Avec un grognement, il laissa tomber son téléphone sur le bar et passa dans la cuisine. Il noua un tablier autour de sa taille et sortit un bol en acier inoxydable, de la farine, du sucre et du beurre, avec l'intention de faire des shortbreads. Il n'avait pas faim. Il n'avait pas d'appétit depuis le jour où Shannon avait quitté la ville en fait. Mais il fallait qu'il fasse quelque chose pour s'occuper les mains, sinon…

La sonnette retentit, suivie de coups frappés à la porte.

Il laissa tomber la plaquette de beurre sur le plan de travail en granit et partit voir qui s'était embêté à grimper la moitié de la montagne pour le voir en personne. Il s'essuya les mains sur son tablier et ouvrit la porte.

— Shannon ?

Elle entra sans même dire un mot.

— Salut, dit-il.

Une joie pareille à un rayon de soleil le réchauffa de l'intérieur. Par les dieux, elle lui avait manqué encore davantage qu'il ne s'en était rendu compte.

Elle fit volte-face, posa les mains sur ses hanches et dit :

— Tu comptes m'expliquer pourquoi tu m'as menti en disant que tu n'étais plus à Keating Hollow ?

— Seulement si tu comptes m'expliquer pourquoi je t'ai vue embrasser Rex.

Les mots sortirent de sa bouche avant qu'il puisse les arrêter. Il n'avait pas eu l'intention de la confronter quant à ce qu'il avait vu aux infos, mais on y était. Il n'était pas sûr de vouloir la réponse, mais il était trop tard maintenant.

— Quoi ?

Son visage se tordit d'incompréhension.

— Je n'ai pas embrassé Rex. Qu'est-ce qui te fait croire ça ? Je ne l'ai même pas vu, je ne lui ai pas parlé depuis le jour où le vignoble a été incendié.

— Je l'ai vu aux infos, Shannon. Il tenait ton visage entre ses mains et ses lèvres étaient sur les tiennes.

Il était en colère désormais. C'était une chose d'embrasser un de ses meilleurs amis. C'en était une autre de faire comme si ça n'était pas arrivé.

La ride au milieu du front de la jeune femme ne fit que se creuser davantage.

— Rex ne m'a pas embrassée, insista-t-elle. Il a pris mes joues dans ses mains, mais c'était parce que j'étais en train de paniquer et qu'il essayait de me calmer. Mais il ne m'a certainement pas embrassée. Pourquoi aurait-il fait ça ? C'est ton ami.

Elle semblait si catégorique, si sûre d'elle. Ses yeux l'auraient-ils trompé ? Il ne le pensait pas. Il savait ce qu'il avait vu. Brian marcha jusqu'à elle, posa les deux mains sur ses joues et pencha la tête de façon à ce que ses lèvres effleurent à peine les siennes.

— Tu es en train de me dire que ce n'est pas ça que j'ai vu à la télé ?

Elle planta son regard dans le sien et répondit d'une voix ferme :

— C'est exactement ce que je suis en train de dire.

Elle lui fit enlever ses mains et plaça les siennes sur ses

joues à lui. Elle approcha son visage très près du sien et le regarda droit dans les yeux.

— Rex essayait de me calmer. Il l'a fait en me forçant à me concentrer sur lui comme ça. Quand il a fini de me parler, il a plaqué un baiser sur mon front, et il m'a mise dans ma voiture. Juste comme ça.

Elle se hissa sur la pointe des pieds et déposa un doux baiser sur sa peau.

Tout le corps de Brian se mit à le picoter de désir à ce simple baiser, et il poussa un gémissement à peine audible.

Shannon recula et retira ses douces mains de lui.

— C'est pour ça que tu m'évites ? Parce que tu pensais qu'il y a quelque chose entre moi et Rex ?

— Oui.

Il grimaça et ajouta :

— Non. Pas vraiment.

— Alors pourquoi ? demanda-t-elle.

— Parce que, Shannon, dit-il en levant les mains vers le ciel, rien de tout ceci ne serait arrivé sans moi. Si tu ne t'étais pas retrouvée embringuée dans ce délire avec Cara, personne ne s'en serait pris à toi. Tu n'aurais pas été blessée, Faith n'aurait pas reçu une brique dans sa vitre, et le vignoble des Pelsh n'aurait pas été incendié. Je n'ai pas très bien géré le problème avec Cara. Pas avant qu'il ne soit trop tard, en tout cas. Je… Il vaut sans doute mieux pour toi que je garde mes distances.

Shannon en resta bouche bée. Il plaisantait ?

— Tu ne peux pas être sérieux.

— Je suis très sérieux. D'abord, je n'ai pas très bien géré les choses avec Sienna. Ensuite, je n'ai pas pris la situation avec Cara assez au sérieux, et tu aurais pu être blessée à cause de moi.

Shannon secoua la tête et se rapprocha. Elle posa ses paumes sur son torse.

— Brian, la ferme.

— Quoi ?

Il ne put s'empêcher de pouffer de rire. Cette réponse lui ressemblait tellement.

— C'est à cause de ma mère que les paparazzi étaient là. Si on veut rendre quelqu'un responsable, c'est elle. Pas toi. Et avant que tu commences à battre ta coulpe de nouveau, essaie de te rappeler que tu ne peux pas être responsable des actions des autres, s'il te plaît. Surtout quand les autres sont dingues.

— Je ne voulais pas te causer davantage de problèmes, dit-il en enlaçant la taille de la jeune femme, soudain incapable de s'empêcher de la toucher.

— Silas et moi, on a amené les nôtres. On peut laisser tomber et aller de l'avant ? Je ressens le besoin de tirer la conclusion de ce pari.

— Je suis plus que d'accord pour aller de l'avant.

Il inclina la tête et fit courir ses lèvres le long de sa mâchoire avant de déposer un doux baiser sur ses lèvres.

— Mais comment ça, tirer la conclusion ? Si je compte bien, il nous reste encore quatre rendez-vous.

— Je capitule. Je sais déjà que je vais perdre, alors si on passait directement au massage dénudé ? Parce que j'ai très hâte de pouvoir te toucher partout.

— Bon sang, Shannon, murmura Brian en commençant à la faire reculer vers sa chambre. Tu te rends compte que je ne vais jamais pouvoir m'empêcher de te toucher aussi, hein ?

— Je compte là-dessus.

Dès qu'ils furent dans sa chambre, Shannon le fit se tourner si bien qu'il se retrouva le dos plaqué au mur. Elle lui retira son tablier et fit glisser ses mains sous son tee-shirt, révélant son torse aux muscles bien dessinés. Elle descendit une main pour agripper ses fesses fermes et l'embrassa avec passion. Quand elle se détacha enfin, Brian respirait fort et son regard sombre était tumultueux de désir. Une fois de plus, elle se rapprocha, prit ses joues entre ses paumes, et quand il sentit sa respiration se bloquer, elle dit :

— Déshabille-toi.

CHAPITRE 28

*D*errière le comptoir d'Une Cuillerée de Magie, Shannon essaya de réprimer un bâillement. Son massage dénudé avec Brian s'était transformé en nuit d'amour complète, et elle n'avait eu que quelques heures de sommeil avant de partir travailler. Mais ça ne la dérangeait pas. Chaque délicieuse seconde qu'elle avait passée dans le lit de Brian avait été bien employée.

— Arrête de sourire comme si tu venais de gagner au loto. Ça me met de mauvaise humeur, dit Miranda Moon depuis sa place habituelle à une des tables.

C'était une auteure de romance paranormale qui avait emménagé en ville durant l'été et avait décidé que la table d'Une Cuillerée de Magie était devenue son nouveau bureau.

— Tu as l'air d'avoir été pleinement… hum, satisfaite.

Shannon se mit à rire.

— Je ne raconte pas ce genre de choses.

— Pas la peine. C'est écrit sur ton visage.

— Pardon ?

Shannon prit sa baguette et la dirigea vers l'assiette et les couverts de Miranda. Ils flottèrent tranquillement devant elle et atterrirent dans l'évier où ils furent rincés puis placés dans le lave-vaisselle sans que la jeune femme ait à lever le petit doigt.

— Sympa ce petit tour, dit Miranda. Je crois que je vais le faire figurer dans mon livre. Un conseil sur comment faire ça bien ?

Shannon leva sa superbe baguette rouge catin.

— Il faut une bonne connexion avec ta baguette, et le secret, c'est le poignet. Pour ce tour-là, c'est un petit tour rapide, avant de pointer.

Elle fit une démonstration avec la serviette en papier sale qui se trouvait devant Miranda.

— Comme ça.

Elle visa avec sa baguette et lui montra les mouvements, puis elles contemplèrent toutes deux la serviette s'élever dans les airs et atterrir dans la poubelle toute proche.

— Super. Il ne me reste plus qu'à espérer que ça n'aille pas de travers.

— Comment ça ? demanda Shannon.

Miranda agita une main, l'air de dire que ce n'était pas important. Mais Shannon était du genre insistante.

— Tu as des problèmes avec ta magie ?

— Non, pas vraiment. C'est juste que… je n'ai jamais eu de difficultés à obtenir un rendez-vous avant. Tu vois ce que je veux dire.

Elle se leva et tourna sur elle-même : sa silhouette pulpeuse était mise en valeur par une robe-corset noire.

— Normalement, ça fait tout le boulot, tu vois ?

Shannon pouffa de rire en jetant un coup d'œil au décolleté de l'autre femme.

— J'imagine. Ce style te va vraiment bien.

— N'est-ce pas ?

Miranda baissa les yeux sur elle-même et soupira.

— Je commence à me dire que j'ai perdu la main, et ça me rend un peu dingue.

La clochette de la porte sonna et Rex Holiday entra. Un grand sourire fendit son visage quand il aperçut Shannon.

— Eh, salut. Ça fait plaisir de te revoir par ici.

— Salut, Rex. Ça fait plus que plaisir d'être de retour. Comment ça va, au vignoble ?

— C'est mieux, dit-il. Abby est passée, et ensemble on a réussi à sauver la plupart des pieds endommagés.

— Super.

Shannon l'aida à sélectionner un cadeau pour Abby Townsend en guise de remerciement pour son aide. Pendant qu'elle était en train de l'emballer, Miranda Moon les rejoignit au comptoir et effleura de son bras celui de Rex.

— Salut, beau gosse.

Elle leva ses grands yeux sombres vers lui, en toute innocence. Rex lui sourit, son intérêt évident alors qu'il la balayait du regard. *Miranda avait raison*, pensa Shannon. Cette robe était une arme secrète.

Quand Shannon essaya de tendre son carton à Rex, Miranda tendit la main, et le fit accidentellement tomber par terre.

— Oh, non, je suis tellement désolée.

Elle se pencha pour ramasser le paquet en même temps que Rex, mais elle manqua son coup et attrapa quelque chose de complètement différent à la place.

Le paquet de Rex.

Celui-ci poussa un glapissement et recula vivement, une main plaquée contre son entrejambe, l'autre tenant toujours le carton de sucreries.

Le visage de Miranda vira au rouge vif, et elle balbutia ses excuses alors que Rex se hâtait de sortir de la boutique.

— Oh. Heu. Mince.

Miranda se laissa retomber sur sa chaise.

— Je n'arrive pas à croire ce qui vient de se produire.

Shannon ne put retenir le rire qui enflait dans sa poitrine.

— Bon sang, Miranda. Je vois ce que tu veux dire. La robe faisait son boulot, et puis tout est parti en cacahuète en dix secondes chrono.

Miranda appuya le dos de sa main contre son front.

— Je dois être maudite. C'est la seule explication.

— Ou juste maladroite, la taquina Shannon.

Mais elle se demanda si Miranda n'était pas vraiment maudite. Il n'y avait pas si longtemps, Miss Maple avait neutralisé un sortilège d'amour mal fait attaché sous la table préférée de Miranda.

— Peut-être. Je vais rentrer chez moi et noyer ma honte dans une bouteille de vin. Je te vois au mariage, vendredi ?

— Absolument. Brian et moi on y sera, plutôt deux fois qu'une.

Shannon sortit deux chocolats de la vitrine et les apporta à Miranda.

— Tiens. Pour accompagner le vin.

Miranda lui adressa un sourire reconnaissant.

— Écoute, dit Shannon, désireuse d'étendre son cercle social. Je fais un après-midi piscine samedi, avec juste les filles. Tu serais dispo ? Il devrait y avoir Hope, Wanda, Hanna, et une ou deux sœurs Townsend.

— Chez toi ? demanda Miranda.

— Oui. En début d'après-midi, quand le soleil est au max.

Miranda afficha un grand sourire.

— Je ne manquerais ça pour rien au monde.

LE MARIAGE de la veille avait été une fête qui resterait dans les annales. Faith et Hunter étaient superbes dans leurs tenues de mariage, mais ce qui avait rendu le tout aussi spécial, c'est que la fête s'était déroulée dans le spa qu'ils avaient construit ensemble. Il y avait des guirlandes lumineuses et des bougies partout. Shannon n'avait jamais rien vu d'aussi beau. Elle avait passé toute la soirée à danser avec Brian, et le reste de la nuit avec lui dans son lit.

Là, elle était assise sur une chaise longue avec cinq copines, à boire des mojitos et à profiter du soleil.

— C'est dommage que Rex ne reste pas, dit Wanda. Il est canon.

Hanna et Hope acquiescèrent en hochant la tête alors qu'elles remettaient de la crème solaire.

— Où est-ce qu'il va ? demanda Miranda dont le visage rougit légèrement alors qu'elle prenait une grande gorgée.

Shannon lui sourit, consciente qu'elle était toujours gênée par la façon dont elle l'avait peloté accidentellement à la chocolaterie.

— Christmas Grove, dit Yvette. Lui et Jacob y ont un ami qui possède une exploitation de sapins de Noël. Rex va y aller pour lui donner un coup de main et soigner la section de sa pépinière qui n'a pas un très bon rendement.

— Je suis allée à Christmas Grove une fois, dit Shannon. C'est très joli. Une ville adorable, et les montagnes sont magnifiques.

— Moi aussi, dit Hanna. Mes parents nous emmenaient là-bas pour les fêtes de fin d'année. Il y a un concours avec des rennes qui est hilarant. Les sorcières d'air animent des peluches de rennes, et il y a des épreuves d'athlétisme. Je voulais en avoir un comme animal de compagnie jusqu'à ce que je comprenne que ce n'étaient pas des vrais.

— C'est vraiment incroyable, confirma Yvette. Jacob et moi y allons juste après Thanksgiving pour un petit week-end. Toi et Brian devriez venir avec nous, Shannon. Je suis sûre que Jacob et Rex seraient enchantés.

Shannon rit et secoua la tête.

— Je suis persuadée que Jacob et toi n'avez pas envie qu'on vienne gâcher votre échappée romantique.

Ce fut au tour d'Yvette de rire.

— Oh non. Ce n'est pas ce genre de voyage. Skye vient avec nous. C'est plutôt des mini-vacances en famille. Vous devriez vraiment venir. Ça serait sympa de passer un peu plus de temps ensemble, sans avoir à courir dans tous les sens pour le boulot.

— Eh bien, dit comme ça…

Un hoquet collectif échappa aux amies de Shannon, suivi de sifflets et de hululements qu'elle ne pouvait décrire que comme lubriques. Elle releva la tête et faillit avaler sa langue en voyant Brian avancer fièrement le long de la piscine, vêtu seulement d'un string.

— Vas-y ! cria Wanda en levant le poing en l'air alors que Brian se déhanchait en avançant en direction de la cabane où était suspendue l'épuisette.

— Contracte ça ! Montre-nous tes biceps, ajouta Miranda.

Elle pouffa de rire quand Brian prit une pose de bodybuilder pour elle.

— Ouah, Shannon. Tu sais divertir tes invitées, dit Hope en riant.

— Bon sang, murmura Shannon pour elle-même alors que son cœur explosait d'amour.

C'était bien Brian, ça, de remplir le gage d'un pari qu'il n'avait pas perdu.

— Ouah, Shannon, dit Yvette. Il a des tablettes de chocolat de malade. Comment tu fais pour te contenir ?

Shannon sourit et haussa les épaules l'air de rien. Ce n'était pas comme si Yvette n'avait pas été mariée à un sacré canon de son côté. Et puis, elle savait que l'autre femme la taquinait. Ou bien ? Parce que, bon sang, Brian était incroyable comme ça. Est-ce qu'il avait passé de l'huile de massage sur sa peau pour accentuer l'effet ? Vu comment il brillait au soleil, c'était bien possible. Elle se redressa et cria :

— Montre-nous que tu sais bouger !

Brian cessa de contracter ses muscles, la regarda droit dans les yeux, lui fit un clin d'œil et commença à twerker.

Les filles rugirent de rire. Le temps qu'elles redescendent, elles étaient hors d'haleine et avaient les larmes aux yeux.

Shannon sortit de sa chaise et marcha jusqu'à l'homme auquel elle penserait désormais toujours comme au mec le plus sexy du monde, puis le récompensa d'un baiser brûlant. Leur public les encouragea joyeusement en sifflant et en leur criant de se trouver une chambre.

Quand ils se séparèrent enfin, Brian demanda :

— C'était pour quoi, ça ?

— Pour être le meilleur petit ami du monde. Pourquoi tu viens là en string te trémousser devant mes copines ?

Ses yeux pétillèrent de malice.

— Je voulais rendre cette journée mémorable.

— Oh, c'est mémorable, aucun problème. Mais qu'est-ce qu'elle a de particulier cette journée ?

— Elle a de particulier, Shannon Ansell, que j'ai quelque chose à te demander.

Il posa un genou à terre, fit glisser une bague platine et diamant de son petit doigt et la lui tendit en disant :

— Je ne plaisantais pas en disant que je voulais t'emmener au mariage de ma sœur en tant que ma fiancée. J'ai eu envie de toi depuis à peu près le premier jour où tu m'as fait ce beau sourire. Je ne pense pas que cela change… eh bien, jamais. Alors, ma question c'est… veux-tu m'épouser ?

Une onde de plaisir la balaya des pieds à la tête et elle ne put se rappeler avoir jamais vécu un moment aussi parfait.

— Après avoir vu ton talent en matière de twerk, je serais folle de dire non.

Ça le fit rire.

— Alors c'est un oui ?

— Oui.

Il sauta sur ses pieds, l'enlaça et la fit voltiger autour de lui avec une joie contagieuse. Il y avait une chose de sûre, quelles que soient les aventures qui l'attendaient avec Brian Knox, ils ne s'ennuieraient pas.

— Oh par la déesse ! cria Yvette.

Au début, Shannon crut qu'elle était juste vraiment heureuse pour elle et Brian. Mais elle le répéta, et cette fois il y avait une touche de panique dans sa voix. Quand Shannon se retourna, elle vit qu'elle était au téléphone.

— Qu'est-ce qu'il y a, Vette ? demanda Wanda. Qu'est-ce qui se passe ?

— C'est Noel. Elle est en train d'accoucher. Cette petite fille nous rejoint aujourd'hui !

Yvette sauta de sa chaise, rapidement suivie par les autres filles, qui étaient aussi toutes proches de Noel. Elles félicitèrent Brian et Shannon, s'excusèrent de couper court à l'après-midi piscine, et filèrent pour ce qui serait probablement des heures dans une salle d'attente.

Brian suivit Shannon dans la maison après le départ des filles, et dès que la porte d'entrée se fut refermée, il demanda :

— Silas est là ?

— Non. Il passe la journée avec Levi.

— Parfait.

Brian la souleva dans ses bras et monta l'escalier quatre à quatre.

— J'ai une fiancée à qui passer de l'huile de massage.

CHAPITRE 29

*N*ovembre

REX HOLIDAY MARCHAIT dans Christmas Grove derrière ses deux couples d'amis, conscient qu'il était déjà tombé amoureux de la ville. Par bien des côtés, elle ressemblait plutôt à Keating Hollow. La rue principale était remplie de boutiques consacrées à la magie. Il y avait le Petit Atelier du père Noël, où les jouets semblaient apparaître de nulle part, la Librairie du Sortilège, le Haricot Enchanté qui servait de tout, du café au jus d'herbe de blé, et bien sûr, la chocolaterie Philtre d'Amour.

Ce qu'il aimait le plus dans cette ville, c'étaient les gens. Il était tombé sur le club du troisième âge, Ours Polaire, constitué de cinq vieilles dames qui passaient tout l'hiver à se balader en snowmobile et à nager toutes nues dans le lac Lune d'Argent dès qu'elles en avaient l'occasion, d'octobre à mars. Il y avait un groupe d'ados qui se chargeaient de décorer pour Noël. Et puis il y avait le club de lecture... quatre hommes d'âges différents qui adoraient choisir des titres excentriques pour les lire avant de les recommander au reste de la ville.

Tout le monde avait l'air heureux, satisfait. C'était un état d'esprit qui avait fait défaut à Rex par le passé. Il avait déjà connu de tels moments, bien sûr, mais ils avaient été éphémères. Dans cette ville par contre... Il y avait quelque chose dans cette atmosphère qui le touchait au cœur et lui faisait penser qu'il pourrait se sentir comme cela pour toujours.

Dommage qu'il ait un travail dans l'État de New York qui l'attendait en janvier. Il aurait bien aimé essayer de vivre à Christmas Grove pour un temps.

Jacob s'interrompit et se retourna pour croiser le regard de Rex.

— On va à la cérémonie d'illumination du sapin. Ça te tente ?

— Bien sûr. Laisse-moi m'arrêter prendre à boire quelque part. Je vous retrouve au square. Est-ce que quelqu'un a besoin que je lui ramène quelque chose ?

Jacob posa la question à sa femme, Yvette, puis à Brian et Shannon qui était si entichés l'un de l'autre que Rex n'était pas sûr qu'ils aient entendu la question. C'était mignon, même si un peu agaçant. Il avait un peu craqué sur Shannon avant de se rendre compte que son ami l'avait repérée avant lui. Il était prêt à reconnaître que c'était sans doute mieux comme ça. Son palmarès en matière de relations était pire que médiocre. La plus longue qu'il ait jamais eue n'avait duré que trois mois. Ce n'était pas très impressionnant pour un homme de trente-cinq ans.

— On a tout ce qu'il nous faut, dit Jacob. On sera à côté du renne géant.

Il pouffa de rire.

— Skye veut le caresser.

— C'est normal. Regarde-le.

Il désigna du menton la peluche de deux mètres cinquante de haut. Le rêve pour les enfants.

— Je vous rejoins d'ici quelques minutes.

Jacob hocha la tête et dirigea sa petite famille ainsi que Shannon et Brian vers le square.

Rex fit demi-tour et partit droit vers la chocolaterie Philtre d'Amour. Il y avait un carré de chocolat couvert de caramel dans la vitrine qui criait son nom. À cause de la cérémonie du sapin qui était prête à commencer, la boutique était vide le temps qu'il arrive, à l'exception d'une très jolie rousse aux cheveux bouclés appuyée au comptoir en attendant qu'on vienne la servir.

— Bonjour, dit Rex en la rejoignant. Vous avez vu quelqu'un ? demanda-t-il juste pour faire la conversation.

Peu lui importait en vérité combien de temps ça prendrait. Il n'était pas pressé. Les illuminations du sapin seraient tout aussi fantastiques après la cérémonie que pendant, n'est-ce pas ?

— Bien sûr, répondit la femme.

Ses beaux yeux verts le parcoururent des pieds à la tête.

— Mrs Pottson est derrière, elle est allée chercher mon cheesecake de Noël.

Rex avait un peu l'impression qu'elle venait de le faire passer aux rayons X et il décida que lui rendre la pareille ne serait que justice. Il prit donc son temps pour la détailler. Bon sang, elle était belle. De longues jambes bien faites, des hanches rondes, une silhouette en sablier et un visage qu'il aurait pu contempler pendant des heures. Ça la fit rire.

— Vous trouvez quelque chose d'intéressant ?

Sa question directe le força à se ressaisir. Il sourit comme un idiot. Il n'y avait rien qui lui plaisait autant qu'une femme qui ne tournait pas autour du pot. Il supposait que c'était pour cela qu'il s'était intéressé à Shannon avant qu'elle ne soit plus disponible.

— Pour tout dire, oui. Vous avez des jambes incroyables. Vous dansez, peut-être ?

Elle inclina la tête de côté pour l'observer.

— Comment vous le savez ? Vous dansez aussi ?

Il secoua la tête.

— Malheureusement, même pas un peu. Mais ma sœur a fait de la compétition pendant des années. J'ai vu ma dose de jambes de danseuses.

— J'imagine.

Mrs Pottson revint avec le cheesecake et le tendit à la superbe créature devant lui.

— Voilà pour toi, Holly. Mais, ça m'a pris du temps. Il était caché derrière le gâteau jardin. Tu sais comme ces fleurs peuvent devenir grosses.

Holly dit à l'autre femme que ce n'était rien, et alors qu'elle se tournait pour partir, elle jeta un coup d'œil à Rex.

— Ravie de vous avoir rencontré.

— Attendez, dit Rex en se dressant sur son chemin.

Il lui tendit la main.

— Cela ne fait que quelques semaines que je suis là, et je crois qu'on ne s'est pas encore croisés. Je suis Rex Holiday, je suis là pour aider mon ami, à la pépinière Frost. Je me disais que ça pourrait être sympa de faire connaissance.

Holly lui adressa un sourire poli et lui serra la main. En le lâchant, elle dit :

— Holly Reineer. Je suis là depuis longtemps. En général, on me trouve derrière le comptoir de la bibliothèque municipale. Enchantée, Rex.

Elle tourna les talons, peut-être un peu trop vite, et partit vers la porte.

— Eh, Holly ?

Elle se tourna pour le regarder.

— Oui ?

— Peut-être qu'on pourrait boire un verre ensemble ce soir, voire encore mieux, dîner ensemble ?

Quelque chose qui ressemblait diablement à de l'intérêt passa dans ses beaux yeux verts. Mais cela disparut aussitôt et elle répondit :

— Désolée. Je ne sors pas avec des hommes temporaires.

La porte s'ouvrit, et avant qu'il puisse trouver quelque chose à rétorquer, elle avait disparu.

— Mince. Bon, ça valait le coup d'essayer, dit-il.

— Certainement, jeune homme, dit Mrs Pottson.

Rex reporta son attention vers la vieille dame au visage rond et bienveillant.

— Comment ça, « temporaire » ? C'est une nouvelle insulte qui vient de sortir ?

Mrs Pottson se mit à rire.

— Mais non, mon cher. Cela veut dire qu'elle sait que vous n'êtes pas en ville pour longtemps.

Il fronça les sourcils.

— Comment elle peut savoir ça ?

— Une vision, répondit-elle simplement. Holly est toujours la première au courant de tout.

Elle lui fit un clin d'œil et posa ses bras sur le comptoir.

— Maintenant, qu'est-ce que je peux vous servir ?

— Je ne sais pas ce que c'est, mais le truc au chocolat couvert de caramel que vous avez en vitrine, et quelque chose à boire.

— Vous allez à la cérémonie d'illumination du sapin ? demanda-t-elle en allant chercher son chocolat.

— Oui. Mes amis m'attendent là-bas.

Mrs Pottson hocha la tête comme s'il venait de lui dire quelque chose d'important. Et puis elle sourit et demanda :

— Vous aimez le cidre ?

— Bien sûr.

— Parfait. Un verre de cidre Cupidon pour vous.

Cinq minutes plus tard, Rex avait son chocolat et sa boisson, et il se frayait un chemin à travers la foule pour rejoindre l'énorme renne en peluche que Skye aimait tant. Il repéra Brian et Shannon appuyés à une rambarde, et il fonça droit sur eux. Presque aussitôt, il aperçut Yvette, Jacob et Skye en train de jouer juste sous le renne avec un autre bambin qui semblait fasciné par l'énorme peluche.

— Je ne sais pas comment ils font, dit Rex.

Brian suivit son regard jusqu'à ce qu'il aperçoive Jacob et Skye en train de rire comme des fous.

— C'est une sorte de sérum spécial pour les parents, dit-il avec un grand sourire. Ils sont fous de leurs petits monstres, et perdus pour les humains normaux. Je te préviens, si tu ne veux pas passer tes journées avec des peluches et des nœuds dans tes cheveux, tu as intérêt à sortir couvert.

Rex aboya de rire et fit un salut militaire à son ami.

— Compris, Capitaine.

— Bravo.

Brian tourna son attention vers la femme qui venait de se placer derrière le micro.

La jolie femme aux cheveux clairs était habillée presque exactement comme Glenda la gentille sorcière dans *Le Magicien d'Oz*. Elle portait une robe beige à paillettes, avec une couronne et une baguette avec une étoile. C'était tout à la fois nunuche et adorable. Elle lut un poème de Noël, chanta un cantique qu'il n'avait jamais entendu, et termina sur une sorte de prière :

— Que vos nuits soient pleines de chaleur et vos jours pleins d'amitié. Laissez venir l'amour en cette fin d'année, laissez-le grandir, et surtout, croyez. Bonnes fêtes à tous !

Elle leva son verre et prit une gorgée.

Rex répéta son incantation et vida son cidre. Aussitôt, ses membres se mirent à le picoter, et il sentit une chaleur naître dans sa poitrine. Mais les deux sensations disparurent et il ne resta qu'une envie impérieuse. Il n'était pas sûr que ce soit la meilleure émotion à retenir, mais au moins c'était honnête. Il voulait quelqu'un dans sa vie, quelqu'un à lui. Il n'était juste pas certain d'être prêt pour cela.

— Bon sang, Rex. Est-ce que tu viens de boire un philtre d'amour ? demanda Shannon.

— Quoi ? Pourquoi tu dis ça ? demanda-t-il.

Il baissa les yeux sur lui-même, comme s'il s'attendait à voir un halo rose.

— Tu brilles.

Elle porta son doigt à sa poitrine.

— Juste là. C'est comme une cible.

Cette fois, quand il regarda, il vit ce qu'elle voulait dire. Un petit cercle de lumière entourait l'emplacement de son cœur. Il se demanda ce que ça voulait dire.

Quelqu'un derrière lui le percuta et le fit trébucher en avant.

— Oh, zut. Je suis vraiment désolée, dit la femme qui le tira par la main pour l'aider à conserver son équilibre.

Tous les picotements et la chaleur qu'il avait ressentis après la cérémonie l'abandonnèrent pour aller percuter Holly

Reineer de plein fouet. Elle retira vivement sa main, fixa sa paume et poussa un juron d'une voix sonore.

— Qu'est-ce qu'il y a ? demanda Rex.

— Espèce d'idiot. Vous venez de me balancer un philtre d'amour.

— Ah bon ? demanda-t-il, perplexe.

— Oui, et maintenant je vais devoir passer les quatre prochaines semaines à essayer de m'en débarrasser. Comme je l'ai déjà dit, je ne m'intéresse pas aux hommes de passage. Merci beaucoup, Rex.

Elle s'en alla et il se retrouva à admirer ses formes de derrière.

Un sourire s'afficha lentement sur ses lèvres alors qu'il réfléchissait à ce qu'elle venait de dire et il pensa : *C'est ce qu'on verra.*

RÉSUMÉ DU LIVRE

Deanna Chase, auteure de best-sellers aux classements du New York Times et de USA Today, a grandi en Californie, avant de s'installer dans le sud-est de la Louisiane, au rythme de vie plus tranquille. Quand elle n'écrit pas, elle passe du bon temps à La Nouvelle-Orléans avec son mari ou elle joue avec ses deux chiens shih tzu. Pour plus d'informations et actualités sur ses nouvelles parutions, visitez son site web, deannachase.com.